Rob Stevens

Perdido

Das Amulett des Kartenmachers

Boje

Rob Stevens

Perdido

Das Amulett des Kartenmachers

Aus dem Englischen
von Katharina Orgaß und Gerald Jung

Vignetten
von Eva Schöffmann-Davidov

Boje

Die englische Originalausgabe erschien 2009
unter dem Titel »The Mapmaker's Monsters – Beware the Buffelogre!«
bei Macmillan Children's Books, London
Aus dem Englischen von Katharina Orgaß und Gerald Jung
Umschlagillustration und Vignetten: Eva Schöffmann-Davidov
Umschlaggestaltung: Büro Ziegler, Köln
Satz: Noch & Noch, Balve
Gesamtherstellung: Verlags- und Medien AG, Köln
Printed in E.U.
ISBN 978-3-414-82161-4

5 4 3 2 1 13 12 11 10 09

www.boje-verlag.de

Prolog

Pedro bekam es mit der Angst zu tun. Was ging hier vor? Er hatte sich stark gefühlt und war rasch vorangekommen, aber jetzt konnte er auf einmal kaum noch aufrecht stehen. Als er an sich heruntersah, begriff er, woran das lag.

Seine Taschen hatten sich mit Steinen gefüllt, die auf den Boden rieselten und sich zu seinen Füßen sammelten. Auf seinem Kopf saß plötzlich der Helm eines römischen Zenturios und ein verzierter Brustpanzer umschloss seinen Oberkörper. Eine endlos lange Kette schlang sich so eng um seinen Hals, dass er kaum noch Luft bekam. Wenn er nicht bald etwas unternahm, würde er lebendig begraben werden.

Pedro streifte Helm und Rüstung ab, wickelte die Kette von seinem Hals und leerte seine Taschen aus. Er grub ein Loch, verstaute alles darin und schüttete wieder Erde darüber. Dann sah er sich um, kratzte ein paar Kerben in ein Stück Holz und steckte es in seinen Waffenrock. Irgendwann würde er mit einem ganzen Heer Soldaten zurückkehren und sich sein Eigentum wiederholen.

Zwanzig Minuten darauf lief Pedro um sein Leben. Er hastete durch den Wald, Äste schlugen ihm entgegen und zerkratzten ihm Gesicht und Hände. Jemand verfolgte ihn, und er wollte lieber nicht stehenbleiben, um herauszufinden, wer.

Jetzt schnaubte es hinter ihm. Der Boden erbebte im Takt donnernder Hufschläge. Zwischendurch ertönte ein grässliches Kreischen, von dem es Pedro eiskalt den Rücken herunterlief. Der Verfolger kam näher – wer immer es sein mochte.

Pedro stürmte zwischen den letzten Bäumen hindurch und rannte über den unebenen, steinigen Boden auf die Klippe zu. Das Mondlicht ließ den Atem, der stoßweise aus seinem Mund drang und himmelwärts stieg, hell aufleuchten. Am liebsten wäre er selbst frei wie ein Vogel in den Nachthimmel emporgeschwebt.

Er erreichte den höchsten Punkt der Klippe und drehte sich um. Am Waldsaum tauchte ein dunkler Umriss auf. Es war irgendein vierbeiniges Tier, das da angeprescht kam. Das Vieh hatte breite, kräftige Schultern und hielt den Kopf im Laufen tief gesenkt. Jetzt brachen vier seiner Artgenossen zwischen den Bäumen hervor, dann noch einmal sechs. Sie jagten im Rudel und kamen rasch näher.

Verzweifelt wandte sich Pedro ab und spähte über den Rand der Klippe. Dann lief er zu einem eiförmigen Felsbrocken, holte das Seil hervor, das darunterlag, warf es über die Felskante und sah ihm nach, als es sich entrollte und geräuschlos tief unten auf den Strand fiel.

Pedro packte das Seil mit beiden Händen und stieg rückwärts über die Felskante. Nur seine Zehen hatten festen Halt, um seine Fersen wehte Meeresluft. Er lehnte sich so weit zurück, wie er sich traute, fing sein Gewicht mit den Armen ab und kletterte, immer eine Hand unter der anderen, abwärts.

Als er den Kopf hob, sah er zehn Meter über sich drei Schemen am Rand der Klippe verharren. Sie beobachteten ihn. Hinter ihnen stand der helle Halbkreis des Mondes am Himmel und umgab ihre Umrisse mit einem schaurig leuchtenden Saum. Jedes Ungeheuer trug drei Furcht einflößende gewundene Hörner auf dem Schädel. Die Schnauzen in den breiten, flachen Gesichtern wiesen nur eine einzige runde Nüster auf, aus der Dampfwolken quollen. Noch nie hatte Pedro etwas derart Abstoßendes erblickt. Vor lauter Schreck kletterte er noch schneller … bis ein kräftiger Ruck durch das Seil ging.

Als er abermals aufsah, musste er feststellen, dass eins der Scheusale das Seil ins Maul genommen hatte. Es warf den Kopf hin und her wie ein Hund, der mit einem Knochen spielt. Pedro klammerte sich an den schlackernden, schlingernden Strick, seine Füße verloren den Halt, dann schlug er der Länge nach an die Felswand. Nun schwang das Untier das Seil von einer Seite zur anderen, sodass Pedro wie ein übergroßes Pendel mal nach rechts, mal nach links ausschlug. Der Strand war noch viel zu weit unten, um gefahrlos hinunterzuspringen, darum hielt sich Pedro weiter fest und legte den Kopf in den Nacken, wenn er gegen das schroffe Gestein prallte.

Endlich pendelte das Seil aus. Pedro nahm unverzüglich den Abstieg wieder auf … bis es wieder am Seil ruckte, und zwar gleich mehrmals. Das Vieh zog ihn zu sich hoch wie einen Fisch an der Angelschnur!

Abermals ging ein Ruck durch das Seil und Pedros Füße wurden ein Stück höher geschleift. Da griff er zum letzten Mittel, kniff die Augen zu und ließ los. Im Fallen schlugen seine Arme wie Windmühlenflügel, dann kam er unsanft auf und landete ächzend auf dem weichen violetten Sand.

Wenn er in sein Ruderboot steigen könnte, das nur wenige Meter entfernt auf dem Strand lag, wäre er in nicht mal einer Stunde wieder auf dem Schiff. Er stand unbeholfen auf. Er hatte sich den Knöchel verstaucht, aber allem Anschein nach hatte er sich nichts gebrochen. Nun konnte ihm ja wohl nichts mehr passieren. Doch ein Geräusch ließ ihn jäh aufblicken – und sein erleichtertes Lächeln verwandelte sich in einen Ausdruck des Entsetzens.

Die breitschultrigen, schwerfälligen Ungeheuer kamen die Klippe heruntergeklettert und bewegten sich auf ihren vier Stampfern so leichtfüßig wie Spinnen an einer Hauswand. Wie gelähmt vor Furcht sah Pedro sie immer näher kommen, wobei sie sich mit den breiten Schwänzen auf dem steilen Hang abstützten, um nicht das Gleichgewicht zu verlieren. Im Nu hatten sie ihn umzingelt.

Ein Scheusal holte mit dem Schwanz nach dem Ruderboot aus. Das kleine Fahrzeug wurde wie ein federleichtes Balsaholzmodell an die Felswand geschleudert und war nur noch ein Trümmerhaufen. Die Ungeheuer kreischten triumphierend. Pedro stieg ein abscheulicher Gestank nach faulen Eiern in die Nase und er musste würgen. Eine Bestie richtete sich auf den Hinterläufen auf und kam auf ihn zugestapft. In dieser Haltung glich sie eher einem Menschen als einem Tier: ein abstoßender Unhold, der sich mit den geballten Klauentatzen auf den gehörnten Kopf trommelte.

Pedro begriff, dass er verloren war. Als er jedoch gen Himmel blickte, um leise ein letztes Stoßgebet zu sprechen, erblickte er etwas, das ihn wieder hoffen ließ. Hoch oben auf der Klippe stand eine massige Gestalt, deren Fell im Mondschein glänzte.

»He, Erebus!« Pedros Stimme überschlug sich. »Bitte hilf mir!«

»Du hast mich hintergangen«, lautete die knurrende Antwort. »Warum sollte ich dir jetzt helfen?«

»Weil ich dir dann verrate, wo sie ist. Ich habe sie auf der Insel versteckt, aber ich habe mir aufgeschrieben, wo. Wenn du mir aus der Klemme hilfst, bringe ich dich hin.«

Pedro zog das schmale Stück Holz aus seinem Waffenrock und hielt es hoch. »Da steht alles drauf, Ehrenwort!«

Die Bestien rückten näher an ihr im Sand kauerndes Opfer heran. Einen Augenblick lang verharrte der Fürst reglos, dann stieß er einen gellenden Schrei aus – wie ihn zuvor die Ungeheuer ausgestoßen hatten. Die Bestien hielten sofort inne. Zwei trabten davon und kletterten die Felswand ebenso flink wieder hoch, wie sie hinuntergeklettert waren. Im Nu standen sie oben auf der Klippe, wo sie den Fürsten tief geduckt wie jagende Löwen umschlichen. Der Fürst zog sein Schwert. Die breite Stahlklinge blitzte im Mondlicht.

Da sprangen ihn die beiden Untiere an. Der Fürst wich einen Schritt zurück, drehte sich um und stieß dem einen das Schwert in den Bauch. Ein grässlicher Schrei – die Bestie stürzte zu Boden. Blitzschnell zog der Fürst die Klinge wieder heraus, fuhr herum und stand dem anderen Vieh gegenüber. Er holte noch einmal weit aus und ließ das Schwert schwungvoll niederfahren. Diesmal ertönte kein Schrei.

Das zweite Untier brach neben dem Fürsten zusammen. Sein abgetrennter Kopf kullerte die Felswand hinunter, immer schneller, wie ein Ball, der eine Treppe hinunterspringt, und landete dumpf im Sand. Die einzelne Nüster zuckte immer noch schauerlich.

Daraufhin heulten die überlebenden Ungeheuer im Chor. Pedro bekam am ganzen Leib eine Gänsehaut. Jetzt würden sie ihn bestimmt fressen!

Aber sie würdigten ihn keines Blickes mehr. Denn sie waren allesamt losgestürmt und kletterten die Klippe hoch, angespornt von einem tierischen Instinkt, der ihnen gebot, auf jeden loszugehen, der ihrem Rudel Böses wollte.

Das war die Gelegenheit! Das Ruderboot war nicht mehr zu gebrauchen, aber Pedro war ein guter Schwimmer. Als er ins Wasser watete, hörte er die Todesschreie eines weiteren Ungeheuers. Pedro war klar, dass der Fürst nicht alle Bestien ganz allein erschlagen konnte, aber das kümmerte ihn nicht. Er wollte bloß noch weg von der Insel – und zwar lebendig. Als er sich eben in die glatten schwarzen Fluten stürzen wollte, packte ihn jemand an der Schulter.

Pedro wurde aus dem Wasser gerissen und hoch und immer höher himmelwärts entführt. Er flog! Er hing in den Klauen eines riesigen Vogels mit Flügeln, so groß wie die Segel eines kleinen Schiffes. Pedro wand sich zappelnd, worauf das Holzstück aus seiner Rocktasche glitt und lautlos an seinen vergeblich danach haschenden Händen vorbei in die Tiefe trudelte.

Pedro wurde über die Klippe getragen. Unter sich sah er den von Ungeheuern umzingelten Fürsten. Einen flüchtigen Augenblick lang fühlte sich Pedro seltsam geborgen, wie er da hoch über dem tödlichen Kampf schwebte … dann merkte er, dass der Vogel zur Landung ansetzte. Pedro strampelte trotzig mit den Beinen, als der Vogel auf die tobende Meute niederstieß, und als er schon das struppige Fell auf den Rücken der Untiere erkennen konnte, ließen ihn die Vogelklauen los.

Pedro überschlug sich und blieb mitten im Getümmel auf dem Rücken liegen. Vor ihm schwang der Fürst sein Schwert. Pedro wollte sich hochrappeln, doch schon stand ein Ungeheuer auf den stämmigen Hinterläufen über ihm. Sein Atem roch faulig, die Augen waren milchig rosa. Als das Vieh das Maul aufriss, sah man Zähne, spitz wie Glasscherben. Ein zäher Speichelklumpen tropfte auf Pedro herunter und bedeckte ihn mit Schleim. Das Vieh riss das Maul noch weiter auf. Pedro schrie in Todesangst. Das Ungeheuer stürzte sich schnaubend auf ihn. Dann schnappten die mächtigen Kiefer zu.

1. Kapitel

Rupert Lilywhite reichte der jungen Dienstmagd seinen Mantel, nahm den Hut ab und warf das lange Haar in den Nacken. Das Mädchen knickste und eilte davon. Rupert schritt in den Salon, wo seine Mutter damit beschäftigt war, ein Spitzentaschentuch zu besticken.

»Hast du einen schönen Spaziergang gemacht, Rupert?«, erkundigte sich Lady Lilywhite.

»Die Stadt ist das reinste Tollhaus«, erwiderte Rupert. »Überall gewöhnliche Leute!«

»Deswegen nennt man sie ja wohl auch ›gewöhnlich‹.« Lady Lilywhite lächelte. »Wenn sie nicht überall wären, wären sie ›ungewöhnlich‹, nicht wahr?«

Rupert betupfte sein Gesicht mit einer Puderquaste. »Unten am Hafen herrscht ziemliche Aufregung«, fuhr er mit matter Stimme fort. »Alles spricht über einen gewissen Kolumbus.«

Lady Lilywhite strahlte. »Ich weiß! Ist das nicht aufregend?«

»Ist *was* nicht aufregend? Wer zum Teufel ist dieser Kolumbus eigentlich?«

»Der bedeutendste Seefahrer, den die Welt je gesehen hat. Er ist soeben von seiner großen Reise zurückgekehrt.«

Rupert seufzte. »Und warum machen die Leute einen solchen Wirbel um irgendeinen unbedeutenden Seefahrer?«

»Kolumbus ist nicht irgendein Seefahrer. Er ist Admiral der spanischen Flotte und ein bedeutender Entdecker. Es heißt, er sei westwärts übers Meer gesegelt und habe ein noch unbekanntes Land entdeckt.«

»Donnerwetter!«, sagte Rupert ironisch.

»Anscheinend hat ihm Königin Isabella von Spanien eine Audienz gewährt. Nun wird er ihr von seinem jüngsten Abenteuer gewiss die kostbarsten Schätze mitbringen.«

»Schätze?« Rupert horchte auf.

»Im Gegenzug wird ihn die Königin zum Don ernennen.«

»Zum was?«

»Ich glaube, so nennt man die spanischen Edelleute«, erklärte Lady Lilywhite. »Es heißt, Kolumbus sei bald ein weltberühmter Mann.«

»Bloß weil er ein bisschen auf dem Meer herumgeschippert ist?«

»Du hast ja recht«, räumte Lady Lilywhite ein. »Als ich jung war, begnügten sich Könige und Königinnen damit, ihre Nachbarn zu überfallen. Heutzutage wollen sie immer gleich unbekannte Erdteile erobern. König Heinrich hat jedem Engländer, der ein noch unbekanntes Gebiet entdeckt, den Ritterschlag und obendrein ganz Cornwall versprochen.«

Rupert lauschte gebannt. »Sir Rupert Lilywhite von Cornwall …«, sagte er leise vor sich hin. »Weltberühmter Entdecker und Intimus des Königs von England …«

Kurz darauf stürmte Rupert ins Arbeitszimmer seines Vaters.

»Ich habe mit dir zu reden, Vater!«, verkündete er großspurig.

Lord Lilywhite blickte von seinem Schreibtisch auf. »Ist alles in Ordnung, Rupert? Du siehst ja aus, als hättest du gerade ein Gespenst gesehen.«

»Danke, mir geht's gut«, erwiderte Rupert ungehalten. »Ich habe mir bloß eben die Wangen gepudert. Das ist in Frankreich jetzt der letzte Schrei.«

Lord Lilywhite hob die Brauen, sagte aber nichts.

»Ich weiß jetzt endlich, was ich mal werden will«, verkündete Rupert. »Seefahrer!«

»Das ist ja wunderbar!« Lord Lilywhite war hocherfreut. Er hatte schon befürchtet, dass sich sein Sohn nie für einen Beruf entscheiden würde. »Ich habe bei der Marine ein paar gute Freunde. Die können dafür sorgen, dass du rasch Karriere machst.«

»Bei der Marine?« Rupert war pikiert. »Ich gehe doch nicht zur Marine! Bin ich vielleicht irgendein dahergelaufener Bauer? Ich will ein berühmter Entdecker werden! Du sollst mir ein Schiff kaufen, damit ich unbekannte Länder entdecken kann.«

»Aha.« Lord Lilywhite rieb sich die Augen.

»Außerdem brauche ich einen Titel«, fuhr Rupert fort. »Nur so lange, bis mich der König zum Ritter schlägt.«

»Nun, wenn du ein eigenes Schiff befehligst, bist du damit zwangsläufig Kapitän.«

»Kapitän?« Rupert ließ die Bezeichnung auf sich wirken. »Ich dachte da doch an etwas Pompöseres. ›Admiral‹ würde mir entschieden besser gefallen.«

Da nun Lord Lilywhite ein ausgesprochen wohlhabender Geschäftsmann war, und da er Rupert für das Genialste seit der

Erfindung des Rades hielt, gab er den Bau eines Schiffes in Auftrag. Zudem hatte Lord Lilywhite auch in Europa viele Bekannte. Der eine war zufällig mit Christoph Kolumbus befreundet und wusste zu sagen, dass der berühmte Entdecker bald nach England käme, um eine Schiffsbesatzung für seine nächste Unternehmung anzuheuern. Der Bekannte arrangierte für Rupert ein Treffen mit Kolumbus, damit er sich von ihm erzählen lassen konnte, wie man Entdecker wurde.

Als Rupert jedoch mit Kolumbus bekannt gemacht wurde, holte er nicht etwa dessen Rat bezüglich der Segelkunst oder des Navigierens ein, sondern ließ sich lang und breit darüber aus, wie reich und berühmt er demnächst sein würde, wenn er erst einmal einen neuen Kontinent entdeckt hatte. Er prahlte auch mit dem Schiff, das eigens für ihn gebaut wurde.

»Es wird aus massiver Eiche gefertigt«, verkündete er. »Der Großmast wird länger als der jedes anderen Schiffes in der Geschichte der, äh … großen Schiffe. Und meine Kajüte wird die luxuriöseste aller Zeiten. Sie wird mit feinstem Hirschleder ausgeschlagen.«

»Gewiss doch«, erwiderte Christoph Kolumbus. (Er war zwar Italiener, beherrschte aber viele Sprachen.) »Und was für eine Mannschaft wollt Ihr anheuern?«

»Was für eine Mannschaft? Ach, ich suche mir einfach am Hafen irgendwelche Seeleute zusammen – Vater hat mir reichlich Geld gegeben. Übrigens wird mein Schiff die göttlichste aller Galionsfiguren besitzen.«

»Aha.« Christoph Kolumbus gähnte verstohlen. »Auf welchen Namen wollt Ihr Euer Prachtschiff denn taufen?«

»Ach, auf keinen gar zu pompösen, Bescheidenheit ist schließlich eine Zier.« Ein zufriedenes Lächeln umspielte Ruperts Lippen. »Wahrscheinlich taufe ich es auf einen sträflich untertriebenen Namen, zum Beispiel *›Der Glorreiche Unerschrockene Rupert Lilywhite‹*.«

»Das klingt allerdings, äh, ausgesprochen bescheiden«, entgegnete Kolumbus. »Darf ich Euch einen Vorschlag machen?«

»Wenn's sein muss.«

»Ich finde, ein ausländischer Name würde Eure umfängliche Erfahrung und unbändige Abenteuerlust noch besser charakterisieren.«

Rupert nickte nachdenklich.

»Es gibt da einen spanischen Ausdruck, der Eure Person trefflich beschreibt«, sagte Christoph Kolumbus. »Wie wär's, wenn Ihr Euer Schiff auf den Namen *›El Tonto Perdido‹* tauft?«

Das hörte sich in der Tat ungemein klangvoll an, fand Rupert.

2. Kapitel

Hugo Bailey und sein Onkel Walter kamen aus Daisys Hafenteestube und hielten sich die vollen Bäuche. Sie feierten Hugos Geburtstag und hatten soeben zwei gebratene Frettchen und einen ganzen marmeladengefüllten Biskuitkuchen verdrückt.

»In meinem ganzen Leben habe ich noch nicht so gut gegessen«, schnaufte Hugo. »Danke, Onkel Walter.«

»Nun ja, mein Lieblingsneffe wird schließlich nur einmal zwölf.« Walter setzte eine flache Stoffmütze auf. Er hatte buschige weiße Augenbrauen und einen dichten Schnurrbart, der seinen Mund verdeckte. Wenn er lächelte – wie gerade eben –, bebte der Schnurrbart, und er bekam Fältchen um die Augen. Er legte Hugo den Arm um die Schultern und sie schlenderten den kopfsteingepflasterten Kai entlang.

Vor einem prächtigen Schiff hatte sich ein kleiner Menschenauflauf gebildet. Hugo zupfte seinen Onkel am Ärmel. Ein ungewöhnlich blasser Mann war eben im Begriff, vom Bug des Schiffes aus eine Ansprache zu halten.

Rupert Lilywhite hatte eine öffentliche Feier zur Taufe seines nagelneuen Schiffes organisiert, das unbestreitbar ein ausgesprochen eindrucksvolles Fahrzeug war. Es besaß drei gewaltige Masten, von denen der längste über sechzig Meter hoch aufragte. Die Segel knatterten ungeduldig im Wind. Über jedem Segel wehte ein violettes Seidenbanner, das in verschnörkelten Goldlettern die Anfangsbuchstaben ›R. L.‹ trug.

Das Schiff hatte am Bug und am Heck erhöhte Decks, aber das Prachtvollste war die aus Eichenholz geschnitzte Galionsfigur, die stolz aus dem Bug vorsprang. Sie stellte einen Mann dar, der mit herrischer Gebärde ein Schwert schwang, wobei das lange Haar wie eine Mähne hinter ihm herwehte. Der Mann grinste, als lachte er der Gefahr dreist ins Gesicht, und auf seinem Hut prangte ein üppiger Federbusch. Dieses kühne Bildwerk musste nach Ruperts Meinung jeden begeistern, der einen Fuß auf das Schiff setzte. Es war ein geschnitztes Abbild Rupert Lilywhites.

»Freunde und Bewunderer«, hob er an, »wie allgemein bekannt, bin ich der berühmte Entdecker Admiral Rupert Lilywhite …«

In Erwartung einer Runde Beifall legte er eine Kunstpause ein, aber niemand klatschte. Die meisten Anwesenden hatten noch nie von ihm gehört. Sie waren nur vorbeigekommen, weil auf der Einladung zur Schiffstaufe von einem Freigetränk und einem Stück Schweinebraten zu lesen war.

»Was hast du denn schon alles entdeckt?«, rief jemand.

Das überhörte Rupert geflissentlich und fuhr fort: »Darum taufe ich das Schiff hiermit ohne große Umschweife auf den Namen *El Tonto Perdido*. Möge Gott ihm und seiner ganzen Besatzung allzeit gnädig sein.«

Allgemeine Verwirrung machte sich breit und überall wurde getuschelt.

»Ulkiger Name«, meinte einer.

»Klingt irgendwie ausländisch«, ein anderer.

»Das ist Spanisch«, sagte Onkel Walter, »und heißt ›*Der unfähige Trottel*‹.«

»Glaubst du, er braucht noch Seeleute?«, raunte Hugo.

Walter schaute auf ihn hinunter. Sein Neffe strahlte ihn zahnlückig an. Hugos rundes Gesicht war mit Sommersprossen getüpfelt und die blauen Augen leuchteten unter der blonden Lockenmähne vor Eifer. Walter wusste genau, was in seinem Neffen vorging, und das Herz fiel ihm in die Hose.

Walter Bailey hatte schon an vielen Forschungsreisen zu Wasser und zu Lande teilgenommen. Er war ein erfahrener Kartograf, ein Kartenzeichner, der die ganze Welt bereist und die Ruhmestaten etlicher bedeutender Entdecker mit der Feder festgehalten hatte. Vor vier Jahren jedoch hatte sein Leben eine unerwartete Wendung genommen, als man ihn nämlich aufgefordert hatte, an einer Fahrt unter der Leitung von Bartolomeu Diaz teilzunehmen, der als erster Mensch den südlichsten Zipfel Afrikas umsegeln wollte. Damals hatte Walters jüngerer Bruder Jack in einem kleinen Dorf unweit der Stadt als Tischler gearbeitet. Die Geschäfte liefen schlecht und Jack war mit der Miete im Verzug. Er verdiente kaum genug, um seine Frau und seinen Sohn Hugo zu ernähren, und der Vermieter drohte ihm mit Kündigung. Als Jack hörte, dass Diaz eine Besatzung für seine Unternehmung zusammenstellte, wollte er sich zusammen mit Walter melden. Solche Entdeckungsreisen waren äußerst gefahrvoll, und Jack war klar, dass ihm seine Familie schrecklich fehlen würde, aber die Bezahlung war vielversprechend. Was Jack in einem halben Jahr auf See verdienen könnte, würde ausreichen, um alle seine Schulden zu begleichen und seine Familie mehrere Jahre lang zu ernähren.

Walter versuchte, seinem Bruder diesen Einfall auszureden, denn niemand wusste besser als er, wie schwer und gefährlich das Leben auf See sein konnte, aber Jack ließ sich nicht umstimmen. Daraufhin sprach Walter mit Diaz. Er räumte ein, dass Jack zwar wenig Erfahrung als Seemann hatte, betonte aber, dass er ein begabter Tischler und Zimmermann war und alle Schäden reparieren konnte, die das Schiff auf der beschwerlichen Reise womöglich erlitt. Diaz vertraute auf Walters Empfehlung und nahm Jack mit an Bord.

Ehe Jack losfuhr, schenkte er dem achtjährigen Hugo eine geschnitzte Schachfigur in Gestalt eines Pferdekopfes. Schach war Hugos Lieblingsspiel, und der Springer war seine Lieblingsfigur, weil der sich immer aus den kniffligsten Situationen retten konnte. In den Sockel der Figur waren die Worte »Hilfsbereit, Unerschrocken, Großherzig, Optimistisch« eingeritzt.

»Was bedeutet das?«, erkundigte sich Hugo.

»Tja, was ergeben denn die Anfangsbuchstaben?«

Hugo überlegte. »Hugo!«, sagte er breit lächelnd.

»Richtig.« Sein Vater erwiderte das Lächeln. »Diese vier Eigenschaften machen dich nämlich aus.«

Von da an trug Hugo den geschnitzten Springer an einer Schnur um den Hals und verbrachte Stunden damit, ihn anzuschauen, obwohl er die Bedeutung der Worte anfangs nicht recht verstand. Wenn er aufgeregt war, spielte er damit herum, und im Schlaf drückte er das Figürchen an die Brust.

Bartolomeu Diaz fuhr mit zwei Schiffen los. Als sein Kartograf segelte Walter im Flaggschiff voraus, während Jack auf dem Versorgungsschiff Dienst schob. Nach wenigen Monaten hatten sie die tückischen Meere des Südens durchquert und die Spitze Afrikas umsegelt. Diaz taufte sie ›Kap der Guten Hoffnung‹.

Kurz nachdem die Expedition den Heimweg angetreten hatte, gerieten sie in einen fürchterlichen Sturm, den schlimmsten, den die Seeleute je erlebt hatten. Riesenhohe Wellen warfen die Schiffe umher wie welkes Laub, gewaltige Brecher türmten sich über ihnen auf und schlugen brodelnd und schäumend über den Decks zusammen. Die Matrosen flüchteten sich unter Deck und flehten dic Meeresgötter um Erbarmen an.

Nach vielen Tagen verzog sich der Sturm und Walter begleitete Diaz an Deck. Im Norden war der Horizont unbewegt – eine gerade, undurchbrochene Linie. Anschließend ließ Walter den Blick nach Süden, Osten und Westen schweifen und ihm dämmerte Schreckliches. Verzweifelt suchte er immer wieder den ganzen Horizont ab, während ihm Panik die Kehle zuschnürte. Aber er konnte beim besten Willen nichts erspähen und seine schlimmsten Befürchtungen bestätigten sich. Das Schwesterschiff war nicht mehr da.

Sie suchten tagelang, aber schließlich mussten sie sich in das Offenkundige fügen. Jacks Schiff war verschollen, höchstwahrscheinlich untergegangen.

Als Walter heimkehrte, ging er geradewegs zu Jacks Frau, um ihr die schlimme Nachricht zu überbringen. Aber in ihrem Haus wohnte inzwischen eine andere Familie, und Walter erfuhr, dass Hugos Mutter kurz nach der Abfahrt ihres Mannes krank geworden war. Die Ärzte hatten ihr Möglichstes getan, hatten sie sogar mit Blutegeln zur Ader gelassen, um die tückische Krankheit auszusaugen, aber es hatte nichts geholfen. Hugos Mutter war gestorben.

Im Arbeitshaus für Waisen entdeckte Walter den müden, abgemagerten, todtraurigen Hugo. Er hatte eine rote Schwiele in der Handfläche, weil er sein Holzfigürchen jede Nacht fest umklammert hielt. Walter bestand darauf, für seinen kleinen Neffen zu sorgen. Erst war der Waisenhausvorsteher nicht bereit, Hugo gehen zu lassen, weil der Kleine so fleißig arbeitete. Walter machte sich sogar erbötig, die angefallenen Auslagen zu begleichen, doch der Vorsteher verweigerte sein Einverständnis. Erst als Walter sein Angebot drastisch erhöhte und dem Vorsteher praktisch seine gesamten Ersparnisse in Aussicht stellte, willigte der Mann ein, den kleinen Hugo gehen zu lassen.

So kam es, dass Hugo zu seinem Onkel zog. Walter gab das Reisen auf, obwohl man ihm immer wieder verlockende Offerten machte. Er lehnte sogar ab, als ihm Christoph Kolumbus anbot, auf der *Santa Maria* mitzufahren.

Anfangs hatte Walter das Leben als fahrender Kartenzeichner schmerzlich vermisst und damit einhergehend die beträchtliche Befriedigung, die er empfunden hatte, wenn er wieder einmal eine neue Einzelheit zu der ersten Weltkarte beitragen konnte, die diesen Namen zu Recht trug. Aber er fühlte sich für das Schicksal seines Bruders verantwortlich und hatte sich geschworen, sich um Hugo zu kümmern. Das Seefahrerleben war viel zu gefährlich für einen Jungen in Hugos Alter.

Walter war fest entschlossen, Hugos Neugier auf die Welt jenseits von Englands Küsten im Keim zu ersticken. Jedes Mal wenn ihn sein Neffe nach seinen Abenteuern fragte, wechselte er das Thema. Er hatte alle seine Karten und Schaubilder zusammengesucht und zusammen mit den Kartografeninstrumenten in seinem Arbeitszimmer weggeschlossen.

Seither versuchte Walter, sein täglich Brot mit dem Verkauf von Stadtplänen zu verdienen. Aber das Geschäft lief schlecht. Kein Mensch brauchte eine Karte, um sich hier zurechtzufinden. Es gab nur eine Hauptstraße, und dass man sich verlief, war so gut wie ausgeschlossen.

Ohne regelmäßiges Einkommen und ohne Aussicht auf eine feste Arbeit musste Walter die Miete und Hugos Unterhalt von dem wenigen Ersparten bestreiten, das ihm geblieben war. Das Geld war knapp, aber Walter und Hugo waren zufrieden und glücklich. Walter half Hugo bei den Hausaufgaben, Hugo brachte Walter das Schachspielen bei. Hin und wieder bettelte der Junge, der Onkel möge ihn doch auf eine Forschungsreise mitnehmen.

»Du weißt, was ich von Forschungsreisen halte«, erwiderte Walter jedes Mal, wobei seine freundlichen Augen hinter den runden Brillengläsern aufblitzten. »So etwas ist viel zu gefährlich.«

Als Essen und Trinken verteilt waren, verlief sich die Menge vor der *El Tonto Perdido* wieder. Nur Hugo stand noch am Kai und spähte zum Deck empor.

»Warum fragen wir ihn nicht, ob er einen Kartografen braucht?«, wandte er sich an seinen Onkel. »Jetzt, wo ich zwölf bin, brauche ich nicht mehr in die Schule zu gehen. Ich könnte als dein Gehilfe mitfahren.«

Walter lachte gezwungen. »Du tätest weit besser daran, eine Lehre bei einem Bauzeichner oder Schiffsbauer anzutreten«, entgegnete er und zog Hugo weiter. »Außerdem hast du keine Ahnung vom Kartenzeichnen!«

Hugo warf einen letzten Blick auf das Schiff. War es an der Zeit, Onkel Walter die Wahrheit zu gestehen?

3. Kapitel

Auf dem Heimweg kamen sie an Kuchenverkäufern vorbei, die lautstark ihre Waren anpriesen, und an Kindern, die Fangen und Hüpfkästchen spielten. Eine Menschenmenge hatte sich versammelt, um zuzusehen, wie Schauspieler auf offener Straße ein Stück aufführten, während andere einem Jongleur zujubelten, der seine Kunst mit Holzkugeln vorführte. Vor dem Zunfthaus waren zwei Männer an den Handgelenken an den Pranger gebunden. Die Vorbeigehenden blieben stehen, um sie zu beschimpfen und mit faulem Gemüse zu bewerfen. Hugo überlegte, welches Verbrechen die Männer wohl begangen haben mochten, dass sie solchermaßen bestraft wurden.

Schließlich bogen sie von der Hauptstraße in die enge, schummrige Pfefferkorngasse ab.

Walter schloss die Tür auf und winkte Hugo in das schmale Häuschen.

»Herein in die gute Stube, mein Junge!«

Sie wohnten in einem einfachen Holzhaus mit gestampftem Lehmboden. Eine auf Böcken ruhende Tischplatte mit zwei Sitzbänken nahm fast das ganze Wohnzimmer ein. Des Weiteren gab es zwei kleine Schlafzimmer und ein Arbeitszimmer, das kaum größer als ein Wandschrank war, sowie ein einziges kleines Fenster mit einer prachtvollen Aussicht auf den offenen Rinnstein, in dem das Abwasser an ihrer Tür vorbeiplätscherte.

Walter kniete sich vor den Kamin und stellte ein paar Holzscheite auf den Rost. Dann schlug er zwei Feuersteine gegeneinander und bald erhellte ein kleines Feuer den Raum. Walter legte eine Steckrübe und ein paar Möhren auf den Tisch und fing an, das Gemüse klein zu schneiden.

»Und wie hätte der gnädige Herr sein Gemüse heute Abend gern zubereitet?«, erkundigte er sich.

»Gekocht bitte, wie immer«, erwiderte Hugo schelmisch.

»Aber selbstverständlich, der Herr.« Walter rang sich ein Schmunzeln ab, doch er schämte sich für die Verhältnisse, in denen sie leben mussten. Seit Wochen hatte er keinen Stadtplan mehr verkauft, und seine Ersparnisse, von denen sie jahrelang gezehrt hatten, gingen rasant zur Neige. An Bord eines Schiffes würde Hugo zumindest regelmäßige Mahlzeiten bekommen. Obendrein würde der Junge die Welt sehen, nicht nur den Rinnstein vor der Tür. Aber Walter seufzte bloß. Er wollte nicht dafür verantwortlich sein, dass noch ein Verwandter auf See umkam.

In dieser Nacht wachte Hugo kurz nach Mitternacht auf. Er trippelte auf Zehenspitzen an Walters Schlafzimmer vorbei und um den Tisch herum. Es war stockfinster, aber Hugo unternahm eine solche nächtliche Wanderung nicht zum ersten Mal und hätte sich auch mit geschlossenen Augen zurechtgefunden. Geräuschlos holte er einen großen Steingutkrug vom Regal und stellte ihn auf den Tisch. Dann angelte er einen Schlüssel aus dem Krug und steckte ihn in die verschlossene Tür des Arbeitszimmers. Als er den Schlüssel umdrehte, hielt er den Atem an, aber Klinke und Scharniere waren gut geölt, und die Tür ließ sich öffnen, ohne dass es quietschte. Hugo schloss die Tür hinter sich und zündete eine Lampe an.

Nachdem er bei seinem Onkel eingezogen war, hatte sich Hugo monatelang mit der Frage beschäftigt, was sich hinter der verschlossenen Tür verbergen mochte. »Nichts, was dich etwas anginge«, hatte Onkel Walter stets geantwortet.

Hugo hatte den Schlüssel per Zufall entdeckt, als er eine verlorene Schachfigur suchte. Die Neugier hatte ihn noch in derselben Nacht durch die Tür getrieben und ihn seither jede Nacht wiederkommen lassen.

Er sah sich um und sein Herz schlug höher. Unzählige Papierrollen lehnten an den unebenen Wänden und lagerten stapelweise in schmalen Holzregalen. Begierig griff er nach einer Rolle und breitete sie auf dem kleinen Tisch aus. Das dicke Papier knisterte laut, als er es mit der flachen Hand glatt strich. Sein Blick schweifte über die Weltkarte.

Hugo liebte den Geruch von Papier, den Duft von Tinte, Öl und Staub. Er fand Karten ungeheuer spannend, denn sie verhießen Wissen über die Vergangenheit, ungelöste Rätsel und künftige Abenteuer. Wenn er mit dem Finger die Küstenlinien nachfuhr, stellte er sich das Land vor, das sie umschlossen. Sein Finger wanderte die Westküste von Afrika hinunter bis zum Kap der Guten Hoffnung, dann wagte er sich aufs Meer hinaus und zog immer engere Kreise.

Ganz benommen nahm Hugo die Hand wieder weg und betrachtete die Karte mit großen Augen. So viele Länder gab es, ein jedes mit seiner ganz eigenen, klar umrissenen Form und Größe … seinem ganz eigenen Charakter. Er staunte jedes Mal aufs Neue, wie klein England doch war. Das einzige Land, das er kannte, war verglichen mit dem Rest der Welt bloß ein kleiner Klecks. Und der Rest der Welt bestand lediglich aus jenen Landstrichen, die schon entdeckt waren. »Was mag es noch alles für ferne Länder geben?«, raunte er wie im Selbstgespräch.

Schon von den auf den Karten verzeichneten Namen bekam er eine Gänsehaut: Böhmen, Konstantinopel, Arabien, Mosambik … Er hatte oft zugehört, wenn Onkel Walter seinem Vater von den Wüsten, Gebirgen und Meeren erzählt hatte, die auf den Karten dargestellt waren, und er wünschte sich nichts sehnlicher, als selbst einmal zu erleben, was für Farben, Geräusche und Gerüche diese fremdländischen Orte zu bieten hatten. Onkel Walters Karten machten ihm Appetit darauf, die Welt zu entdecken. Vielleicht würde das Festmahl bald stattfinden.

Von seiner Seite aus stand dem jedenfalls nichts mehr im Wege. Kartenzeichnen war sowohl eine Wissenschaft als auch eine Kunst und Hugo hatte sich ordentlich hineingekniet. Nur nachts kam er dazu, Walters Karten und seine ausführlichen Aufzeichnungen zu studieren. Hugo hatte sich Trigonometrie und Astronomie beigebracht, und wie man mit Hilfe der Sonne und der Sterne die Breitengrade berechnet, und er hatte sich eingeprägt, wie man auf offener See die Geschwindigkeit eines Schiffes abschätzt.

Als er diesmal die Tür hinter sich abschloss und den Schlüssel wieder in den Krug legte, war er zufrieden, aber zugleich platzte er schier vor Ungeduld. Er hatte alles auswendig gelernt, was Onkel Walters Notizen über das Kartenzeichnen zu entnehmen war. Es wurde Zeit, dass er seine Kenntnisse endlich anwandte.

4. Kapitel

Admiral Rupert Lilywhite traf um die Mittagszeit im Hafen ein. Er gedachte schon am folgenden Tag in See zu stechen und hatte so gut wie alle Vorbereitungen getroffen. Fehlte nur noch eine Kleinigkeit, nämlich die Besatzung, die auf der *El Tonto Perdido* für das Segeln zuständig war, während er selbst das tat …, nun, was berühmte Entdecker auf großer Fahrt eben zu tun pflegten.

Rupert hielt Ausschau nach irgendwem, der aussah, wie er sich einen Seemann vorstellte. Sein Blick blieb an einem stoppelbärtigen Tätowierten mit langem, strähnigem Haar haften, weil der Mann den Eindruck machte, als sei er ein wenig unsicher auf den Beinen. Sogar im Stehen schwankte er wie ein junger Baum im Wind. Rupert hatte gehört, dass sehr erfahrene Seeleute manchmal so an das Schlingern ihrer Schiffe gewöhnt waren, dass sie an Land Schwierigkeiten hatten, sich auf den Beinen zu halten. Der Tätowierte hatte derartige Schwierigkeiten, sich auf den Beinen zu halten, dass Rupert daraus schloss, er müsse ein wahrhaft erfahrener Seemann sein.

»Ahoi, Kamerad!« Rupert tat sein Bestes, sich einwandfrei seemännisch auszudrücken. »Ich bin gerade dabei, eine Besatzung für mein Schiff zusammenzustellen.« Er deutete schwungvoll auf die *El Tonto Perdido*.

Der schwankende Tätowierte betrachtete erst das über ihm aufragende Schiff und dann Rupert, wobei er bei dem Versuch, ihn anzupeilen, ein Auge zukniff. »Hä?«, machte er.

»Einem erfahrenen Seemann, der eine tüchtige Mannschaft befehligen kann, biete ich eine mehr als anständige Heuer.« Um seine Behauptung zu unterstreichen, holte Rupert ein Säckchen Goldstücke aus der Tasche und wog es in den Händen, als wollte er abschätzen, wie schwer es war.

Der schwankende Tätowierte begaffte das Säckchen mit aufgerissenen Augen. »Wenn das so ist, bin ich ein anständiger Seemann mit einer erfahrenen Mannschaft und lasse mich gern tüchtig bezahlen«, lallte er.

»Wohin ging die weiteste Fahrt, die du bislang unternommen hast?«, erkundigte sich Rupert.

»Auf unserer letzten Fahrt sind wir die ganze Strecke bis Land's End und wieder zurück gesegelt«, entgegnete der schwankende Tätowierte.

Rupert hatte zwar noch nie etwas von Land's End gehört, aber dem Klang nach lag es sicherlich am anderen Ende der Welt. (In Wirklichkeit war es nur ein paar Seemeilen weit weg die Küste entlang.) Darum heuerte er den Seemann an und machte mit ihm aus, dass er und seine Mannschaft sich am nächsten Morgen an Bord der *El Tonto Perdido* einfinden sollten.

»Ach, übrigens, Kamerad, ich habe nicht richtig verstanden, wie du heißt.«

Der Seemann nahm den Hut ab und drückte ihn an die Brust. »'tschuldigung, Sir!« Er verbeugte sich schwankend. »Ich heiße Oliver Muddel.«

Hugo beobachtete die beiden Männer, die sich so angeregt unterhielten, aus der Entfernung. Am Morgen hatte er Onkel Walter angeschwindelt, er hätte Bauchweh, wahrscheinlich weil er gestern zu viel gegessen habe. Hugo war im Bett geblieben, und Walter war auf den Marktplatz gegangen, um dort vielleicht ein paar Stadtpläne loszuwerden. Hugo war noch ungefähr zehn Minuten liegen geblieben, dann hatte er sich angezogen und war zum Hafen gelaufen.

Am Kai angekommen, hatte er Admiral Lilywhite sofort wiedererkannt. Der Admiral trug ein scharlachrotes Wams und eine gleichfarbige Kniehose, dazu cremefarbene Strümpfe und eine buschige cremefarbene Feder am Dreispitz. Das lange braune Haar hatte er mit einer schwarzen Samtschleife zum Pferdeschwanz gebunden und sein Gesicht war weiß wie das eines Zirkusclowns. Das gepflegte Schnurrbärtchen stach schwarz von der kreidebleichen Haut ab.

Der andere Mann war groß, zottelhaarig und hatte allem Anschein nach ordentlich einen über den Durst getrunken.

Hugo war neugierig, worüber sich die beiden wohl unterhielten, und schlenderte wie zufällig an ihnen vorbei.

»Ich möchte, dass deine ganze Mannschaft morgen um sieben an Deck erscheint«, sagte der Admiral.

»Sieben Uhr *früh?*«, fragte der Betrunkene.

»Selbstverständlich«, antwortete der Admiral. »Punkt neun laufen wir aus.«

Hugos Herz schlug höher. Sie wollten schon morgen lossegeln! Er blieb stehen und wartete, bis die Unterhaltung beendet war. Als der Seemann in Schlangenlinien davongewankt war, trat er vor Admiral Lilywhite hin.

»Schönen guten Tag, Sir. Stellen Sie vielleicht zufällig eine Mannschaft für eine baldige Schiffsreise zusammen?«

»Meine Mannschaft ist bereits vollzählig«, antwortete Rupert und entfernte sich eiligen Schrittes.

Hugo wartete einen Augenblick, dann rief er ihm nach: »Darf ich fragen, wer Ihr Kartograf ist, Sir?«

Rupert blieb unvermittelt stehen und drehte sich um. »Mein Kartograf?«

»Jawohl, Sir.«

»Ich habe keinen Kartografen.«

»Wie wollen Sie dann nach ihrer Rückkehr vorweisen, wo Sie überall gewesen sind?«

»Ich … Ich … Daran habe ich noch gar nicht gedacht«, stotterte Rupert. »Dafür werde ich wohl selbst sorgen müssen.«

Hugo lächelte. »Aber Sir, man weiß doch, dass selbst Kolumbus einen eigenen Kartografen hatte. Er war viel zu sehr damit beschäftigt, neue Erdteile zu entdecken, als dass er sich auch noch um das Kartenzeichnen hätte kümmern können. Glauben Sie nicht auch, dass Sie als berühmter Entdecker ebenfalls viel zu unentbehrlich sind, als dass Sie ihre Erfolge selbst dokumentieren müssten?«

»Allerdings!« Rupert warf sich in die Brust. »Ich halte mich durchaus für unentbehrlich.«

»Ich bin jahrelang bei dem berühmten Meister Walter Bailey in die Lehre gegangen, dem Kartografen von Bartolomeu Diaz persönlich …«

Rupert hatte zwar noch nie von einem Bartolomeu Diaz gehört, aber so ehrfürchtig, wie der Junge den Namen aussprach, handelte es sich offensichtlich um eine bedeutende Persönlichkeit. »Wenn das so ist, bist du angeheuert. Wie dir sicher bekannt ist, bin ich Admiral Rupert Lilywhite. Du darfst mich mit 'Admiral' ansprechen. Und du bist …?«

»Ich heiße Hugo Bailey.«

Hugo sah Admiral Lilywhite noch eine Weile nach. Dann blickte er zu dem prächtigen Schiff mit den violetten Seidenbannern hoch und stellte sich vor, wie es über das weite Meer glitt. Dabei schlug sein Magen erst recht Purzelbäume.

Als Walter abends heimkam, lag Hugo wieder im Bett.

»Hast du was verkauft?«, erkundigte er sich.

Walter schüttelte den Kopf. »Geht's dir denn besser?« Er kniete sich neben Hugos Lagerstatt.

»Nicht besonders. Ich glaube, ich mache noch ein bisschen die Augen zu.«

»Recht so.« Walter umarmte Hugo. »Schlaf gut.«

Hugo schlang ihm die Arme um den Hals und griff mit beiden Händen in sein Hemd. »Danke, Onkel Walter!«

»Wofür denn?«, fragte Walter überrascht.

»Dass du dich um mich kümmerst. Ich meine, äh, wenn ich krank bin und so.«

Walter zauste seinem Neffen lächelnd die blonden Locken. »Bist ein braver Junge, Hugo«, sagte er und ging aus dem Zimmer.

Noch vor Sonnenaufgang kletterte Hugo aus dem Bett, schloss geräuschlos das Arbeitszimmer auf und holte einen länglichen Kasten vom obersten Regalbrett. Den Kasten stellte er auf den Tisch und klappte den Deckel auf. Behutsam hob er Onkel Walters Davis-Quadranten heraus und rieb ihn mit einem weichen Tuch blank. Das Messinstrument bestand aus zwei Holzstäben, die so aneinander befestigt waren, dass sie ein ›V‹ bildeten, zwei gebogenen Messskalen, einem kleinen Schieber und einem Visier. Hugo wagte kaum zu atmen, als er das Gerät wieder in den Kasten legte und das Behältnis in seinen Tornister steckte. Anschließend suchte er Papier, Federn und Tinte, ein Messseil, etliche Seekarten und einen Kompass zusammen, außerdem ein Notizbuch und ein paar Stücke Zeichenkohle, und packte alles ein.

Vor Onkel Walters Schlafzimmer blieb er stehen. Er hatte ein schlechtes Gewissen, weil er ihn im Stich ließ, und erwog flüchtig, hierzubleiben. Aber er wäre ja Ende des Jahres wieder da. Und dann wäre er ein ebenso erfahrener Entdecker wie sein Onkel und hätte endlich das Meer kennengelernt, das ihm den Vater genommen hatte. Hugo fasste nach der Schachfigur um seinen Hals und rezitierte leise: *Hilfsbereit, Unerschrocken, Großherzig, Optimistisch.*

Er wollte endlich beweisen, dass sein Vater zu Recht an ihn geglaubt hatte, und zugleich Onkel Walter vorführen, was er alles gelernt hatte. Beide sollten sie stolz auf ihn sein.

»Bis in einem halben Jahr, Onkel Walter!«, raunte er.

5. Kapitel

Punkt sieben Uhr früh meldete sich Hugo auf der *El Tonto Perdido* zur Stelle. Admiral Rupert Lilywhite zeigte ihm seine Kajüte, einen schlecht beleuchteten Raum unter dem erhöhten Deck im Bug des Schiffes. Dort gab es weder Fenster noch Möbel. In einer Ecke lagen muffige Decken aufgestapelt, die, wie Hugo annahm, der Mannschaft als Betten dienen sollten. Vor einer solchen Decke kniete ein Mann, der ihm den Rücken zuwandte.

»Wie viele Seeleute sollen denn hier drin schlafen?«, erkundigte sich Hugo.

»Jeweils so um die fünfzehn«, erwiderte Rupert lächelnd. »Hier habt ihr es bestimmt schön warm und gemütlich.«

»Geht schon in Ordnung. Ich brauche ohnehin nicht viel Platz.«

»Natürlich wirst du mit meinem Hauptkartografen zusammenarbeiten. Da gewöhnt ihr euch am besten gleich aneinander.«

»Äh … wie bitte? Ich dachte, ich bin Ihr Kartograf!«

»Der Bursche hier hat mich gestern noch auf dem Kai angesprochen, gleich nachdem wir beide uns unterhalten hatten. Er macht einen überaus erfahrenen Eindruck. Er behauptet, er hat für … verflixt, wie hieß er doch gleich?« Rupert runzelte angestrengt die Stirn. »Ist ja auch schnurz, ich kann mir den Namen partout nicht merken, es war irgendeiner dieser ausländischen Seefahrer, der dies und das entdeckt hat. Jedenfalls hat er mich überredet, ihn anzuheuern. Damit hat sich deine Arbeitsplatzbeschreibung unwesentlich geändert.«

»Soll das heißen, Sie haben mich degradiert?«

»Ach, ›degradiert‹ ist so ein *unschönes* Wort!« Rupert grinste anzüglich. »Sagen wir doch lieber, ich habe dir einen anderen Posten zugewiesen.«

Das passte Hugo ganz und gar nicht. »Ich finde das ungerecht«, maulte er und ärgerte sich, dass ihm keine erwachseneren Argumente einfallen wollten.

Der Unbekannte in der Ecke war aufgestanden und kam zu ihnen herüber. »Es hat niemand behauptet, dass es auf See immer gerecht zugeht«, verteidigte sich Rupert.

»Aber ich bin kein kleines Kind mehr und brauche kein Kindermädchen«, widersprach Hugo mit absichtlich tiefer Stimme. »Ich weiß alles, was es übers Kartenzeichnen zu wissen gibt. Mir braucht niemand zu sagen, wie ich meine Arbeit zu machen habe.«

»Nimm's nicht so schwer«, mischte sich der geheimnisvolle Unbekannte ein. »Halten wir es doch einfach so, dass ich der Kartograf bin und du mein Gehilfe.« Im Sprechen trat er noch einen Schritt näher und der Schein von Ruperts Laterne fiel auf sein Gesicht.

Hugo traute seinen Augen nicht. »Onkel Walter?«

Rupert war erfreut. »Ach, wie schön, ihr beide kennt euch! Das macht das Ganze doch gleich *entschieden* weniger unangenehm. An besten macht ihr die Sache einfach unter euch aus.«

Hugo und Onkel Walter strahlten einander an, während der Admiral unbeholfen die steile Stiege zum Hauptdeck erklomm.

»Ich dachte, du liegst zu Hause im Bett und schläfst tief und fest«, sagte Hugo kleinlaut.

Onkel Walters Schnurrbart bebte. »Es ist erstaunlich, was gewisse Leute alles treiben, wenn sie eigentlich im Bett liegen sollten, stimmt's?«

»Was willst du damit andeuten?«, fragte Hugo unschuldig.

»Tja, mein Junge, ich weiß schon lange über deine nächtliche Lernerei Bescheid.«

»Dabei habe ich immer so aufgepasst, dass ich keinen Lärm mache!«

»Eben. Ich habe das Schloss und die Türangeln schon ewig nicht mehr geölt, trotzdem quietschen sie immer noch kein bisschen. Da habe ich mir gedacht, dass irgendwer seine Gründe hatte, sie zu ölen.« Walter sprach in ruhigem, freundlichem Ton. »Und als ich dein Gesicht gesehen habe, als wir vor dem Schiff standen, war mir endgültig klar, dass ich dich nicht länger zu Hause festbinden kann.«

»Tut mir leid, dass ich dir nicht gesagt habe, dass ich weggehe.«

»Schon in Ordnung. Ich kann das gut nachvollziehen.«

»Warum hast du mich dann nicht zurückgehalten?«

Onkel Walter zuckte die Achseln. »Ich wollte herausfinden, wie ernst es dir ist. Ich hätte dich nie dazu ermutigt, Entdecker zu werden, aber ich will dir auch nicht im Weg stehen.«

Hugo atmete auf. Er hatte bewiesen, dass er den Mut aufbrachte, sich ganz allein einer Expedition anzuschließen – aber im Grunde seines Herzens war er heilfroh, dass Onkel Walter mitfuhr. Als er das Deck der *El Tonto Perdido* betreten hatte, hatte ihn eine sonderbare Furcht beschlichen. Sich im Arbeitszimmer seines Onkels mit der Kunst des Kartenzeichnens vertraut zu machen war das eine, diese Kunst auch auszuüben, und das Hunderte Seemeilen fern der Heimat auf dem offenen Meer, etwas ganz anderes.

»Ich überlege die ganze Zeit, wohin die Fahrt eigentlich gehen soll«, sagte er.

»Geht mir genauso. Admiral Lilywhite hat nichts Näheres über seine Pläne verlauten lassen. Vorausgesetzt, er hat überhaupt irgendwelche Pläne.«

»Hoffentlich fahren wir irgendwohin in die Tropen, wo es Urwälder und Vulkaninseln gibt! Dann angeln wir Fische fürs Abendessen und trinken Kokosmilch. Vielleicht wandern wir auch tagelang durch den Urwald und erklimmen den Rand eines Vulkankraters. Vielleicht leben in dem Dschungel ja auch Eingeborene. Die fürchten sich dann vor uns, weil wir weiße Haut haben, und wollen uns gefangen nehmen. Wenn wir ihnen aber dann erklären, dass wir in friedlicher Absicht kommen, laden sie uns in ihre Hütten ein – in Baumhäuser hoch oben in den Wipfeln. Sie schenken uns Speere und Schilde und bitten uns, sie vor feindlichen Stämmen zu beschützen.«

Walter lachte. »Immer langsam, Hugo! Wir haben noch nicht mal Segel gesetzt, da willst du dich schon mit den Eingeborenen anfreunden. Du musst Geduld haben. Die Tage auf See sind lang, und es kann Wochen dauern, bis wir auf Land stoßen.«

»Ich kann's kaum erwarten!«, erwiderte Hugo grinsend. »Das wird ein richtiges Abenteuer!«

»Ganz bestimmt. Aber erst einmal müssen wir die Ärmel hochkrempeln und unsere Ausrüstung überprüfen.«

Walter und Hugo packten ihre Sachen aus und gingen wieder an Deck. Unterdessen waren auch Oliver Muddel und seine

Mannschaft eingetroffen. Die ungefähr dreißig Seeleute waren dabei, den Proviant einzuladen. Sie machten allesamt den Eindruck, als hätten sie ein Bad und eine Rasur genauso nötig wie eine ordentliche Mütze voll Schlaf. Ihre Kleider waren fleckig und schmuddelig, sie müffelten betäubend nach abgestandenem Bier und Zigarrenrauch. Neben kistenweise Lebensmitteln schleppten sie auch unzählige Bierfässer in den Laderaum sowie einen großen Lattenkäfig, in dem ein Dutzend Hühner auf und ab stolzierten.

Rupert wollte vor der Abfahrt noch einmal eine Ansprache halten, aber niemand hörte ihm zu. Die Matrosen reichten schon die Bierhumpen herum. Rupert fiel auf, dass sie allesamt torkelten und schwankten. Sogar ihm war bekannt, dass Matrosen nur auf festem Boden derlei Schwierigkeiten haben sollten. Gab es noch eine andere Ursache dafür, dass sie derart wacklig auf den Beinen waren?

»Matrose Muddel!«, rief Rupert, dem es jäh dämmerte. »Halten Sie es für angebracht, dass die Mannschaft hier herumsteht und Bier trinkt?«

Oliver Muddel überlegte. »Auf keinen Fall, Sir Admiral«, erwiderte er dann energisch und wandte sich an seine Kameraden: »Aufgepasst, Leute, der Admiral möchte nicht, dass ihr alle rumsteht und trinkt, und ich finde, wo er recht hat, hat er recht. Setzt euch doch zum Saufen einfach aufs Deck.«

»Ein dreifaches Hurra auf den Admiral«, rief jemand. Unter allgemeinem Jubel ließen sich die Männer aufs Deck plumpsen.

Das war zwar nicht ganz das, was Rupert beabsichtigt hatte, aber es schmeichelte ihm, dass er sich bei seiner Besatzung dermaßen beliebt gemacht hatte, und so ließ er die Angelegenheit auf sich beruhen.

»Ach, übrigens, Matrose Muddel«, fuhr er fort, »wofür sind eigentlich die Hühner gut?«

»Für die Eier«, antwortete Oliver Muddel schmunzelnd. »Die Männer essen gern Eier zum Frühstück. Das verleiht ihnen Bärenkräfte.«

»Schön und gut, aber ich dulde keine Faulheit, verstanden? Ihre Leute mögen ihre Humpen meinetwegen austrinken, aber in zehn Minuten will ich sie zur Lagebesprechung in Zweierreihen vor mir stehen sehen.«

Eine Stunde danach schlurfte ein wüster Haufen Seeleute aufs Hauptdeck. Walter und Hugo standen geschniegelt auf der Steuerbordseite, Rupert erschien oben im Heck und nahm seine Besatzung in Augenschein. Sein Gesicht war frisch gepudert, sein Hut mit einem aufwendigen Kunstwerk aus knallbunten Federn geschmückt.

»Hat der 'nen Papagei auf dem Hut sitzen?«, raunte ein Matrose, worauf die anderen in hemmungsloses Gekicher ausbrachen.

Rupert warf sich in die Brust und strich sich mit dem angewinkelten Zeigefinger das Schnurrbärtchen.

»Männer!«, hob er an. »Als euer Admiral möchte ich euch davon in Kenntnis setzen, wie ich mir unsere Entdeckungsfahrt vorstelle. In einer Stunde segeln wir los. Wir schlagen zunächst einen westlichen Kurs ein und dann …« Rupert merkte mit einem Mal, dass sich sein Plan damit bereits erschöpft hatte. Er rang nach Worten: »… dann werden wir einen nagelneuen Erdteil entdecken. Oder ein unbekanntes Land. Oder eine Insel … oder so.«

Als die Besatzung wieder davonschlurfte, ärgerte sich Rupert, dass er seine Ansprache nicht besser vorbereitet hatte.

Das Schiff legte um zwei Uhr nachmittags ab. Oliver Muddel stand am Steuer, während die Mannschaft die Leinen einholte und die Segel setzte. Rupert hatte sich im Bug aufgebaut und spähte demonstrativ durch sein Fernrohr. Doch bald wurden ihm die Arme lahm. Er setzte das Fernrohr ab, stemmte die Hände in die Hüften und setzte eine entschlossene Miene auf, wobei er sich dann und wann den Schnurrbart strich.

Walter und Hugo standen auf dem Oberdeck im Heck des Schiffes und sahen zu, wie England immer kleiner wurde. Als Hugo die Küste nicht mehr erkennen konnte, wurde er abermals von Furcht gepackt. Er hatte England noch nie verlassen. Walter legte ihm die Hand auf die Schulter und zog ihn an sich.

»Keine Bange, Hugo. Der Heimat passiert nichts, bis wir wieder da sind. Jetzt wollen wir aber mal unsere Karten vorbereiten.«

Unten in der Kajüte breiteten sie eine riesige Karte auf dem Eichenfußboden aus. Ganz rechts war der allerwestlichste Rand Europas eingezeichnet. Sonst war das Blatt bis auf ein feines Gitter aus großen Rechtecken leer.

»Glaubst du, dass wir irgendwann auf Land stoßen, Onkel Walter?«, fragte Hugo und setzte vorsichtig einen Stechzirkel auf dic Karte.

»Das wird sich zeigen. Aber wir müssen einen klaren Kopf behalten. Ich könnte mir denken, dass die Besatzung unsere Unterstützung beim Navigieren brauchen wird, um sich auf dem Meer zurechtzufinden!«

Als Walter und Hugo nach einer Weile wieder hochgingen, begegneten sie Rupert, der im Bug auf und ab schlenderte. Er zog sein Fernrohr aus und schob es wieder zusammen und gab sich überhaupt Mühe, einen äußerst beschäftigten Eindruck zu machen.

»Irgendwelche Änderungen bezüglich Ihrer Pläne, Admiral?«, erkundigte sich Walter.

»Mitnichten! Der geplante Plan wurde mit sorgfältiger Planung geplant. Es besteht kein Anlass, etwas daran zu ändern.«

»Verstehe«, sagte Walter taktvoll.

»Warum segeln wir dann nach Süden?«, fragte Hugo weniger taktvoll. »Haben Sie nicht vorhin gesagt, Ihr Plan sieht vor, dass wir nach Westen fahren?«

»Sei nicht albern, Kleiner!«, blaffte Rupert. »Wie kommst du drauf, dass wir nach Süden segeln?«

»Weil da drüben die Sonne untergeht.« Hugo deutete nach Steuerbord, wo am Himmel rötliches Licht durch die Abendwolken sickerte.

»Das sehe ich!«

»Wenn die Sonne zu unserer Rechten untergeht, segeln wir aber nicht nach Westen.«

»Was plapperst du da?«

»Das weiß doch jeder, dass die Sonne im Westen untergeht«, sagte Hugo.

Rupert schob sein Fernrohr mit Nachdruck zusammen. »Im Ernst?« Er sah fragend zu Walter hinüber.

»Allerdings, Admiral. Die Sonne geht im Osten auf und im Westen unter.«

»Wie jetzt – *jeden* Tag?«

Hugo und Walter nickten gleichzeitig. »Jeden Tag.«

»Hart Steuerbord, Matrose Muddel!«, zeterte Rupert mit zornrotem Gesicht. »Wir müssen doch der Sonne entgegensegeln, Sie Trottel! Das weiß doch jeder, dass die Sonne im Westen untergeht – und zwar jeden Tag!«

6. Kapitel

Die *El Tonto Perdido* segelte endlose Wochen dahin. Die Mannschaft arbeitete in zwei Schichten, immer vier Stunden Dienst, dann vier Stunden Ausruhen, Tag und Nacht. Hugo half beim Schrubben der Decks und beim Segelflicken. Außerdem hatte er sich um die Sanduhr des Schiffes zu kümmern. Wenn der Sand durchgelaufen war, musste er das Glas umdrehen und die Stunde ausrufen.

Jeden Mittag maßen Hugo und Walter mit dem Davis-Quadranten, wie hoch die Sonne über dem Meereshorizont stand. Die Sonne schien durch den Schlitz und das Visier warf einen Schatten auf die Messskalen. Wenn man beide Werte ablas, konnte man ausrechnen, auf welchem Breitengrad sie sich befanden, und mithilfe der geschätzten Durchschnittsgeschwindigkeit berechnete Walter ihre geografische Länge. Die fortlaufenden Eintragungen ihrer Position auf der Karte ergaben, dass das Schiff einen westlichen Kurs einhielt. Wenn auch nur so ungefähr.

Hugo fand die Seeleute ausgesprochen interessant und beobachtete sie oft heimlich, wenn er nicht gerade Walter zur Hand ging. Wenn die Männer nicht die Segel hissten oder in der Takelage herumkletterten, verbrachten sie ihre Tage mit Gesang und Kartenspiel. Abends vertrieben sich alle, die keine Wache hatten, die Zeit mit Wetten.

Sie veranstalteten Rennen mit Ratten und Küchenschaben, die sie an Bord gefangen hatten, und wetteten darauf, welches Tier als Erstes über die Ziellinie huschte. Beim Abendessen klopften sie ihren Schiffszwieback vor dem Hineinbeißen auf den Tisch. Dadurch fielen die Maden heraus. Hugo beobachtete oft, wie die Matrosen in munterem Wettstreit feststellten, wer innerhalb einer Minute die meisten Maden vertilgen konnte.

Sie wetteten sogar auf den Admiral. Sie wetteten, wie lange er durch sein Fernrohr spähen würde, als beobachtete er etwas am leeren Horizont (üblicherweise eine halbe Stunde), und wie viel Zeit er damit verbringen würde, sich das Gesicht zu pudern und die Haare zu kämmen (mindestens anderthalb Stunden). Einmal, bei einem Sturm, wetteten die Matrosen auch darauf, wie oft er sich über die Reling des Schiffes übergeben musste (die zutreffende Schätzung lautete siebzehn Mal).

Besonders gern hörte Hugo zu, wenn die Männer einander von ihren Fahrten erzählten. Was hatten sie nicht alle für tollkühne Abenteuer auf ihren vielen Reisen erlebt!

Einer, der allgemein Swipe genannt wurde, ein kleiner, drahtiger Bursche mit strubbligem Schopf und schiefen Zähnen, hatte im Golf von Biskaya gegen Piraten gekämpft, wobei er acht von ihnen eigenhändig ›das Licht ausgepustet‹ hatte. Hugo nahm an, das sollte heißen, dass er sie umgebracht hatte.

Ein anderer Matrose namens Hawkeye trug zwar eine Augenklappe, behauptete jedoch, mit dem anderen Auge ausgezeichnet sehen zu können. Er gab mächtig mit seiner Sehkraft an und verbrachte ganze Tage im Mastkorb, von wo aus er nach

Land Ausschau hielt. Er schilderte, wie er in Indien mit bloßen Händen Seetiger niedergerungen und in den Pyrenäen Gebirgsdrachen bezwungen hatte.

Rockford war groß wie ein kleines Haus und schien nur aus stahlharten Muskeln zu bestehen. Er behauptete, er habe vom Schlüsselbein bis zum Bauchnabel vier parallel verlaufende Narben, wollte sie aber nicht vorzeigen, weil sie gar zu abstoßend aussähen. Rockford erzählte, wie ihm ein riesiger Wolf mit rasiermesserscharfen Klauen den Oberkörper zerfetzt hatte, dass er dem Vieh aber schließlich doch den Garaus gemacht und es verzehrt habe. Angeblich schmeckte Wolf ganz ähnlich wie Hühnchen.

Voller Begeisterung und in ehrfürchtigem Ton berichtete Hugo seinem Onkel das Gehörte. Walter schmunzelte nur und sagte jedes Mal: »Meine Güte, die Kerle erzählen ja wirklich die tollsten Geschichten!«

Abends spielten Hugo und Walter Schach oder beobachteten vom Deck aus die Sterne. Während das Schiff träge schaukelte und knarrte, lehrte Walter seinen Neffen die Sternbilder.

»Das dort ist der große Wagen«, sagte er eines Nachts und deutete zum funkelnden Firmament empor. Er lehnte die Wange an Hugos Wange, damit sie beide der Bahn seines Zeigefingers folgen konnten. Walter fuhr die Umrisse eines Wagens nach.

»Ich seh ihn!«, rief Hugo aus.

»Man nennt ihn auch den ›großen Bären‹.«

»Wie kann ein Wagen gleichzeitig ein Bär sein?«

»Schau noch mal hin.« Walter zog eine andere Verbindungslinie zwischen den Sternen und malte einen Bären an den Himmel.

Hugo staunte. »Jetzt sehe ich den Bären auch!«

»Ein Kartenzeichner muss immer im Hinterkopf behalten, dass man alles von mehreren Seiten betrachten kann«, verkündete Walter.

Das ließ Hugo auf sich wirken und nickte feierlich.

»Ich schaue gern in den Himmel, wenn es so klar ist«, sagte Walter. »Dann kommt es mir immer vor, als könnte ich unendlich weit sehen.«

Hugo lächelte. »Das kenne ich. Man kann sich dann kaum vorstellen, dass der Himmel je wieder bewölkt sein könnte.«

»Jetzt legen wir uns aber aufs Ohr«, meinte Walter und ließ den Blick ein letztes Mal über den Horizont schweifen. »Wenn ich auf meinen Reisen eins gelernt habe, dann, dass es auf See immer dann brenzlig wird, wenn man am wenigsten damit rechnet.«

»Zieht denn ein Sturm auf? Siehst du was?«

Walter schüttelte den Kopf. »Ich spür's.«

7. Kapitel

Autsch!«, jammerte Hugo.

Er lag auf Händen und Knien und schrubbte bei strahlend blauem Himmel und sengender Sonne das Deck. Die nasse Bürste war ihm entglitten und seine Hand war über die Eichenplanken gerutscht. Dabei hatte er sich einen Splitter eingezogen.

»Was passiert, Kleiner?«, erkundigte sich Oliver Muddel.

»Bloß ein Splitter. Nicht so schlimm.«

»Vielleicht kommt du besser mit zum Schiffsarzt. Rusty soll sich deinen Finger mal ansehen.«

»Ich dachte, Rusty ist unser Smutje.«

»Allerdings.« Muddel griente. »Er ist ein vielseitiger Mann – und besitzt viele Messer.«

In der Kombüse schnappte sich Rusty Cleaver sofort Hugos Handgelenk und untersuchte den Finger. Er nickte vielsagend und drückte Hugos Hand auf den Tisch.

»Von dem Spreißel befrei ich dich ruckzuck!«, verkündete er, wischte sich die Hand an der blutfleckigen Schürze ab und musterte sein Arbeitsgerät, eine schöne Auswahl an Werkzeugen, die ausnahmslos eine große, scharfe Klinge aufwiesen. Seine

Wahl fiel auf das Messer, mit dem er soeben das Pökelfleisch zerteilt hatte, das er der Mannschaft zum Abendessen auftischen wollte. Er packte Hugos Handgelenk fester und holte schwungvoll mit dem Messer aus.

»Halt mal!«, rief Hugo. »Du willst mir doch wohl nicht wegen einem kleinen Splitter den ganzen Finger abhacken?«

Rusty brach in schallendes Gelächter aus. Er schaute Oliver Muddel an, der ebenfalls lachen musste.

»Natürlich hack ich dir nicht den Finger ab – ich hack dir gleich die ganze Hand ab! Ich hab schließlich nicht den ganzen Tag Zeit, mich mit einzelnen Fingern aufzuhalten, ich muss noch einen Kuchen für den Admiral backen.«

»Keine Bange, Kleiner«, sagte Oliver Muddel. »Wir besorgen dir 'nen schönen blanken Haken … wenn es nicht mehr blutet.«

»Ich will aber meine Hand behalten!«, wimmerte Hugo. »Ich hänge dran!«

»Fang bloß nicht an zu flennen«, spottete Muddel. »Das ist doch nicht das Ende der Welt!«

Hugo riss sich los und rannte zur Tür. »Es ist bloß ein harmloser Splitter.«

»Wenn wir ihn nicht rausoperieren, kann sich der Finger entzünden«, unkte Rusty. »Dann kriegst du womöglich Wundbrand. Der Wundbrand kann sich den ganzen Arm hochziehen bis in den Kopf. Dann schrumpft dein Schädel, bis er nur noch so groß ist wie 'ne Faust, und dir fallen die Augen raus. Und dann gehst du jämmerlich und qualvoll zugrunde, ganz egal, wie sehr du um Erlösung bettelst.«

Hugo schaute Rusty Cleaver und Oliver Muddel an.

»Ich überleg's mir noch mal«, sagte er, ließ die beiden in der Kombüse stehen und verzog sich eilig wieder an Deck.

Das Wetter schlug um. Der Himmel verdunkelte sich, eine frische Brise blähte die Segel. Das Meer glich einem Felsgebirge aus hohen Wellenbergen und tiefen Tälern. Geradeaus bedeckte eine schwarze Wolke den ganzen Horizont und türmte sich bis zum Himmel.

Hugo sah zu, wie die Matrosen die Segel in untypischer Eile einholten. Im Heck stieß er auf Onkel Walter, der eine Unterredung mit Admiral Lilywhite führte.

»Was würden Sie denn vorschlagen?«, fragte Rupert gerade.

»Das ist höchstwahrscheinlich bloß ein Gewitter«, meinte Walter. »Ich schlage vor, Sie bleiben auf Kurs und segeln einfach mittendurch.«

»Aber es sieht fürchterlich schwarz aus. Sind Sie ganz sicher, dass wir nicht plötzlich über den Rand der Erde kippen?«

»Wir können natürlich auch umkehren«, räumte Walter ein. »Christoph Kolumbus hat sich zwar wesentlich weiter nach Westen vorgewagt als wir, aber wenn Sie Angst haben …«

»Kurs halten!«, rief Rupert zu Swipe hinunter, der an der Ruderpinne stand. Als der Admiral das Fernrohr wieder ans Auge setzte, zitterten ihm die Hände.

Jetzt merkte Walter, dass sein Neffe neben ihm stand. »Wo hast du denn gesteckt, Hugo?«

»Och, Rusty wollte, dass ich ihm in der Kombüse ein bisschen zur Hand gehe. Was ist denn los?«

»Die Mannschaft glaubt, wir wären am Rand der Erde angekommen.« Das Schiff legte sich jäh auf die Seite und Walter hielt sich an seinem Neffen fest. »Die Leute sind davon überzeugt, dass die Erde eine Scheibe ist und dass man, wenn man zu weit segelt, auf Nimmerwiedersehen über den Rand purzelt.«

»Und, stimmt das?«, fragte Hugo. Jetzt prasselten dicke Regentropfen aufs Deck. Ein greller Blitz zuckte über den Himmel, gefolgt von einem krachenden Donnerschlag.

Walter schmunzelte. »Die meisten Wissenschaftler vertreten die Meinung, dass die Erde eine Kugel ist. Und ich habe noch auf keiner meiner Reisen irgendwo einen Rand gesehen. Die Befürchtungen der Mannschaft sind wahrscheinlich unbegründet.«

»*Wahrscheinlich*?«

»Wir wissen noch nicht genug über die Welt, um ganz sicher zu sein. Dafür sind Entdecker wie wir ja da.«

Hugo nickte energisch, aber ihm war doch ein wenig mulmig – was nicht nur daran lag, dass das Schiff derart schlingerte. Onkel Walter legte ihm tröstend die Hand auf die Schulter.

»Keine Angst, Hugo. Selbst wenn die Erde eine Scheibe ist, sind wir längst noch nicht weit genug gesegelt, um am Rand angekommen zu sein.«

Matrose Muddel kam aufs Achterdeck gestiegen. Er riss angstvoll die Augen auf, das klatschnasse Haar klebte ihm am Schädel und das Hemd am Bauch.

»Admiral!«, übertönte er den Sturm. »Sie müssen beidrehen lassen!«

»Kommt nicht infrage!«, erwiderte Rupert. »Wenn Christoph Kolumbus weiter nach Westen segeln kann, kann ich das schon lange.«

»Aber wir gehen womöglich alle drauf!«

»Wahrscheinlich ist es bloß ein gewöhnliches Gewitter«, warf Walter ein.

»Und wenn du dich irrst, Alter?« Muddel war außer sich. »Wenn wir alle in den Tod stürzen?«

»Keine Sorge, Matrose Muddel. Das ist doch nicht das Ende der Welt.« Hugo lächelte verschmitzt.

Es war ein fürchterliches Unwetter. Regen peitschte das Schiff und es hüpfte wie ein Korken über das aufgewühlte Meer. Manche Matrosen verkrochen sich unter Deck und beteten, andere tranken noch mehr Bier als sonst und beklagten, dass sie nun alle sterben müssten. Admiral Lilywhite schloss sich in seiner Kajüte ein und übergab sich – und zwar oft. Der Regen hatte ihm den Puder vom Gesicht gewaschen, aber er war trotzdem kreidebleich.

Walter drückte sich in eine Ecke der Kajüte und hielt Hugo im Arm. Der Junge barg den Kopf an der Brust seines Onkels und klammerte sich in Todesangst an ihn. Wenn sich das Schiff eine berghohe Welle hochkämpfte, kam es einem vor, als könnte es sich jederzeit überschlagen. Wenn es dann hinter dem Wellenkamm in die Tiefe stürzte, stellte Hugo sich vor, dass sie vom Meer verschlungen würden. Die Wellen schlugen über die Reling und überschwemmten die Decks. Alles, was nicht niet- und nagelfest war, wurde über Bord gespült.

Hugo begann schon zu zweifeln, ob das Unwetter je ein Ende nehmen würde, aber als am nächsten Tag die Sonne aufging, flaute der Sturm so schnell, wie er aufgekommen war, wieder ab. Der Himmel klarte auf, die See beruhigte sich.

Die Mannschaft wagte sich nur zögerlich wieder an Deck. Erst als die Männer ganz sicher waren, dass das Schiff nicht über den Rand der Erde kippen würde, machten sie sich wieder an die Arbeit. Anfangs noch voller Argwohn, pumpten sie den

Laderaum aus, flickten die Segel, kletterten in die Takelage und schrubbten die Decks. Es dauerte eine Weile, bis alles wieder seinen gewohnten Gang ging.

Walter verarztete den Finger seines Neffen. Er hielt die Spitze seines Zirkels kurz in kochendes Wasser und pulte den Splitter damit heraus. Hugos Hand wurde nicht vom Wundbrand befallen, und weder schrumpfte sein Kopf, noch fielen ihm die Augen aus.

Der gleichförmige Alltag kehrte wieder ein. Alle Stunde drehte Hugo die Sanduhr um und rief die Zeit aus. Aus Stunden wurden Tage, aus Tagen Wochen, aus Wochen Monate. Das Meer lag wie ein uferloser Spiegel vor ihnen, die Heimat war nur noch ein verblassender Traum. Hugo glaubte kaum noch daran, dass es irgendwo noch etwas anderes gäbe als ihr kleines Schiff und seine Besatzung.

Da stieß das Schiff eines schönen Tages mit etwas zusammen.

8. Kapitel

Ein dröhnendes Krachen ließ die Kajüten unter Deck erbeben. Das Schiff schlingerte und mehrere Seeleute fielen hin.

»Sind wir endlich auf Land gestoßen?«, keuchte Hugo.

»Ich weiß nicht«, antwortete Walter. »Komm, wir sehen mal nach.«

Sie liefen an Deck. Die Mannschaft war schon im Bug versammelt und spähte steuerbords ins Wasser. Hugo und Walter drängelten sich bis an die Reling durch. Nirgends war Land in Sicht, das Meer war glatt und uferlos, das Wasser tief und türkisfarben.

»Matrose Swipe!« Admiral Lilywhite tauchte in der Tür seiner Kajüte auf. »Worauf sind wir aufgelaufen?«

Swipe zuckte die Achseln. »Ich seh nix, Admiral.«

»*Irgendetwas* muss es ja sein, Dummkopf.«

Da ging ein Ruck durch das Schiff und es krachte noch einmal – diesmal auf der anderen Seite. Alles lief an die Backbordreling. Doch wieder gab es nichts zu sehen außer ruhigem Meer und tiefem Wasser.

»Vielleicht ist es ja ein Geist«, meinte Rockford. Für so einen großen, starken Mann hatte er eine unpassende Piepsstimme.

Hugo erwartete, dass ihn die anderen Seeleute auslachen würden.

»Ja, das wird's sein«, pflichtete ihm Oliver Muddel stattdessen bei. »Und zwar der, äh, … der Teufel aus der Tiefe.«

Hugo war zwar einigermaßen sicher, dass sich Matrose Muddel diese Bezeichnung gerade eben ausgedacht hatte, aber die anderen Seeleute nickten wissend.

»Der Teufel aus der Tiefe war's auch, der zwei von Da Gamas Schiffen im Mittelmeer versenkt hat«, sagte Hawkeye.

»Jawoll!« Swipe nickte. »Der verschlingt ganze Schiffe.«

»Ich hab ihn sogar schon mal gesehen!«, behauptete Rusty Cleaver. »Sein Maul ist so breit wie dieser Kutter hier. Und seine Fangarme sind doppelt so lang.«

Hugo blickte zu Onkel Walter auf. Der zwinkerte ihm zu und schüttelte den Kopf.

»Seht mal, da vorne!«, rief jemand. »Da ist er!«

Etwa dreißig Meter vor dem Bug sprang ein Riesenfisch in anmutigem Bogen aus dem Wasser und tauchte wieder unter. Es verschlug ihnen den Atem.

»Alle Mann an die Harpunen!«, brüllte Oliver Muddel dann. »Der Teufel aus der Tiefe sucht uns heim!«

Abermals schnellte das Geschöpf aus dem Wasser, diesmal so nah, dass Hugo es besser erkennen konnte. Das Tier war ungefähr zehn Meter lang. Sein Leib war rund und verjüngte sich nach hinten tropfenförmig. Es besaß einen breiten Fischschwanz und eine einzelne, gebogene Rückenflosse, dazu vier große Schwimmflossen, mit denen es sich im Wasser fortbewegte. Aus einer Öffnung oben auf dem Kopf sprühte Meerwasser, die Schnauze war länglich und vorn stumpf.

Das Geschöpf tauchte unter dem Schiff hindurch. Es krachte und ruckte wieder, dann schnellte das Tier auf der anderen Seite wieder aus dem Wasser.

»Tötet den Teufel!«, befahl Oliver Muddel. »Er will uns versenken!«

»Halt!«, rief Hugo. »Das ist kein Teufel.«

»Was soll es denn sonst sein?« Das kam von Rusty.

»Hast du nicht eben gesagt, der Teufel aus der Tiefe hat lange Fangarme und ein Maul, so breit wie dieses Schiff?«

Rusty war verunsichert.

»Hatte er ja auch, als ich ihn zuletzt gesehen hab«, behauptete er ausweichend. »Aber er … er kann jede Gestalt annehmen, die er will.«

»Richtig!«, stimmten ihm die anderen Matrosen wie aus einem Mund zu. »Der Teufel tarnt sich bloß!« Erschaudernd gingen sie wieder daran, die Harpunen schussbereit zu machen.

»Das ist trotzdem kein Teufel«, widersprach jetzt auch Walter. »Das ist ein Porpoisaurier – eins der sanftmütigsten Meeressäugetiere überhaupt. Von denen gibt es wahrscheinlich auf der ganzen Welt nur noch eine Handvoll. Wenn ihr diesen hier umbringt, stirbt die Tierart noch schneller aus. Außerdem will er uns nicht versenken, er will bloß spielen. Er hält unser Schiff für einen Artgenossen.«

Die Seeleute schenkten ihm keine Beachtung. Rockford griff zur Harpune und holte damit wie mit einem Speer weit aus. Hugo musste ihm zuvorkommen. Er griff sich ein Messer, das Rusty liegen lassen hatte, und kappte ein Tau. Ein Segel löste sich und begrub Rockford unter einer Leinwandlawine.

Fluchend kämpfte sich der Seemann unter dem Segel hervor und warf Hugo einen finsteren Blick zu. Dann griff er zur nächsten Harpune und wartete darauf, dass sich sein Opfer dem Schiff wieder näherte.

»Wir müssen etwas unternehmen!«, wandte sich Hugo an seinen Onkel. »Wir dürfen nicht zulassen, dass sie den armen Porpoisaurier umbringen.«

»Da kann man nichts machen«, sagte Walter bekümmert. »An nichts glauben Seeleute fester als an ihren Aberglauben. Sie richten ihr ganzes Leben nach irgendwelchen Ammenmärchen über Engel und Teufel aus.«

»Engel und Teufel?« Hugo hatte eine Eingebung. Er lief zu Oliver Muddel hinüber, stellte sich neben ihn an die Reling und beide sahen zu, wie der Porpoisaurier im Wasser umhertollte.

»Schon komisch …«, sagte Hugo nachdenklich.

»Was ist komisch?«, fragte Matrose Muddel.

»Ach, nichts. Mir ist nur grade etwas eingefallen.«

Es krachte, das Schiff schlingerte.

»Was ist dir denn eingefallen?«, wollte Muddel ungeduldig wissen.

»Es ist wahrscheinlich reiner Zufall«, sagte Hugo, »aber dieses Geschöpf sieht dem Engel der Weltmeere zum Verwechseln ähnlich – findest du nicht auch?«

Schweigen.

»Du hast doch schon vom Engel der Weltmeere gehört, oder?«

»Klar doch!« Oliver Muddel zog die Stirn kraus.

»Dann weißt du ja auch, dass ihn die Sage als stumpfnasiges Geschöpf mit Flossen wie riesige Ruder beschreibt, oder?«

»Klar.«

Rockford hielt im Ausholen inne.

»Und dann weißt du ja auch, dass dieses Geschöpf allen Seeleuten Glück bringt und einem gar nichts Besseres passieren kann, als dass es auftaucht, oder?«

»Das weiß doch der dümmste Seemann!«, bestätigte Muddel unwirsch.

Rockford ließ die Harpune sinken.

»Dann weißt du ja auch, dass jedes Schiff, das dem Engel der Weltmeere ein Leid zufügt, geradewegs zur Hölle fährt und bis zum Jüngsten Tag durch die ewige Verdammnis segeln muss, oder?«

»Lass sofort die Harpune fallen!«, brüllte Oliver Muddel.

Rockford sah ihn verdattert an.

»Dieses Geschöpf ist der Engel der Weltmeere«, verkündete Muddel. »Wie könnt ihr auch nur dran denken, ihm ein Leid zuzufügen!«

Der nächste Ruck. Die Matrosen brachen in Jubelrufe aus.

»Was sind wir doch für Glückspilze!«, freute sich Rusty. »Uns ist der Engel der Weltmeere erschienen. Jetzt kann nichts mehr schiefgehen!«

Der Porpoisaurier begleitete das Schiff noch den ganzen Tag lang. Die Matrosen sahen zu, wie er untertauchte und wieder emporschnellte, wobei er sich mitten in der Luft auf den Rücken drehte. Im Eintauchen peitschte er mit der riesigen Schwanzflosse und ließ eimerweise Gischt über die Besatzung des Schiffes regnen. Etliche Seeleute schlossen Wetten ab, wie lange der willkommene Besucher jeweils unter Wasser bleiben würde. Nachts verriet ihnen ein gelegentlicher Schlag gegen den Schiffsrumpf, dass er ihnen immer noch Gesellschaft leistete.

9. Kapitel

Land in Sicht!«

Hugo wurde von Hawkeyes Ruf aus dem Krähennest geweckt. Erst glaubte er, er hätte geträumt, doch da ertönte es noch einmal: »Land in Sicht!«

Hugo warf die Decke ab und ließ Walter ruhig weiterschlafen, während er aufs Hauptdeck eilte. Aber als er ins Freie trat, war die Enttäuschung groß. Das Schiff segelte durch den dicksten Nebel, den Hugo je erlebt hatte. Der Bug war ganz und gar in milchig weißen Dunst gehüllt, und sogar jene Matrosen, die nur wenige Meter weit weg standen, waren nur als gespenstische Schemen zu erkennen. Es war ausgeschlossen, dass Hawkeye in der Ferne Land erblickt hatte. Er hatte sich offenbar einen Scherz mit ihnen erlaubt.

In der kalten, feuchten Luft fröstelnd, gesellte sich Hugo zu ein paar Matrosen, die unter dem Großmast standen und zu Hawkeye hochriefen.

»Wie willst du denn in der Brühe Land sehen?«, brüllte Bandit, der beim Handgemenge mit einem weißen Hai den rechten Arm eingebüßt hatte. »Ich kann noch nicht mal meinen Haken vor meiner Nase erkennen.«

»Ich glaub, du hast was an den Augen«, rief Rockford.

»Oder der Nebel hat dir's Hirn vernebelt!«, setzte Swipe hinzu.

Mit dumpfem *Rums* sprang Hawkeye die letzten anderthalb Meter aus der Takelage aufs Deck. Die Seeleute stellten ihre Hänseleien ein und umringten ihn. Hugo drängelte sich vor.

»Ich hab überhaupt nix an den Augen«, widersprach Hawkeye und riss besagte Augen vor Aufregung weit auf. »Da vorn ist irgendwelches Land.«

»Du spinnst doch«, brummte Bandit. »Wahrscheinlich hast du dir das Fernrohr vor die Augenklappe gehalten.«

Hawkeye schüttelte energisch den Kopf. »Ich spinne nicht! Wenn du mir nicht glaubst, guck doch selber!«

»Welch ausgezeichneter Vorschlag!« Hugo erkannte Ruperts gewählte Ausdrucksweise. »Jemand soll in den Ausguck klettern und Herrn Hawkeyes Behauptung einer Prüfung unterziehen. Freiwillige vor!«

Die Seeleute sahen einander beklommen an und traten einhellig ein paar Schritte zurück. Hugo spähte am Mast empor. Es sah nach einer halsbrecherischen Kletterpartie aus, aber er platzte vor Neugier, ob Hawkeye recht hatte.

Darum holte er tief Luft, trat vor und verkündete: »Ich mach's!«

»Sieh an, sieh an!«, rief Rupert. »Wenn das nicht unser junger Kartenzeichnergehilfe ist! Wie außerordentlich heldenhaft von dir, dich freiwillig zu melden.«

Hugo steckte Hawkeyes Fernrohr in seinen Tornister und kletterte drauflos. Er stieg langsam und vorsichtig die Takelage empor – ein kompliziertes Gewirk aus Seilen und Tauen, das hoch oben an der Mastspitze zusammenlief. Die groben Seile scheuerten ihm die Hände auf, aber er hielt sich trotzdem fest und fand mit den weichen Lederstiefeln gut Halt. Bald hatte der Nebel das Deck unter ihm verschluckt, aber die Mastspitze konnte er genauso wenig erkennen. Er war mutterseelenallein in einer kleinen Dunsthülle.

Je höher er kam, desto stärker machten sich die Bewegungen des Schiffes bemerkbar – noch das sanfteste Schaukeln verursachte hier oben ein so heftiges Schlingern, dass sich einem schier der Magen umdrehte. Hugo versuchte, sich abzulenken, und rief sich ins Gedächtnis zurück, dass er schließlich in die Welt hinausgezogen war, um Abenteuer zu erleben.

Als er den Blick hob, konnte er verschwommen die Unterseite des Mastkorbs erkennen. Er war froh, dass die Kletterei gleich ein Ende hatte, andererseits jedoch enttäuscht, weil man auch von hier oben im Nebel nur ein paar Meter weit sehen konnte. Hawkeye musste sich das Land doch eingebildet haben. Hugo kletterte in den Ausguck und spähte angestrengt in die Nebelsuppe ringsum.

Dann beugte sich über den Korbrand und rief zum Deck hinunter: »Ich kann überhaupt nichts erkennen! Es ist viel zu neblig.«

Es dauerte einen Augenblick, bis Hawkeyes Erwiderung durch den Dunst drang. »Du bist zu klein! Stell dich mal auf das Fass!«

Hugo tastete umher, bis er ein umgekipptes leeres Bierfass entdeckte. Er stellte das Fass hin und kniete sich drauf. Dann zog die Beine eins nach dem anderen nach, bis er in der Hocke saß, und zu guter Letzt richtete er sich vorsichtig auf. Das Fass war unten nicht ganz eben und wackelte wie ein Tisch auf Kopfsteinpflaster. Hugo breitete die Arme aus, um nicht das Gleichgewicht zu verlieren.

Als er die Knie durchdrückte und den Hals reckte, geschah etwas Unglaubliches – sein Oberkörper tauchte aus dem Nebel in klares blaues Tageslicht!

Die Nebeloberfläche war leicht wellig und erinnerte Hugo an den ersten Schnee auf der heimatlichen Heide. Er musste daran denken, wie er einmal mit seinem Vater durch ein Tal gewandert war, wo der Schnee schon überall weggetaut war, nur ein Berggipfel war noch weiß.

»Das ist der König der Berge«, hatte ihm Jack erklärt. »Der höchste Punkt ist immer der erste und letzte, wo Schnee liegt, die Krone der Schöpfung.«

Hugo verlagerte sein Gewicht, als der Mast wie ein riesiges Metronom in weitem Bogen von einer Seite zur anderen ausschlug. Dann fiel sein Blick über seine rechte Schulter und er sah etwas.

Etwas Langgestrecktes, Schmales, das unter dem Nebel lauerte wie ein schlummerndes Krokodil. Hugo sprang von seinem Fass und lehnte sich über die Brüstung.

»Land in Sicht!«, jubelte er. »Land in Sicht!«

10. Kapitel

Admiral Lilywhite erteilte Oliver Muddel den Befehl zum Beidrehen. Kurz darauf glitt das Schiff aus der Milchsuppe heraus und in einen herrlich klaren Morgen hinein. Es war ein wunderschöner Tag, das leicht gekräuselte Meer glitzerte in der Sonne. Rockford bediente die schwere Ankerwinde, eine Anstrengung, von der seine Muskeln anschwollen wie Ballons.

Walter hatte Hugo rufen gehört und war hochgekommen, um nachzusehen, was die ganze Aufregung sollte. Er trat im selben Augenblick an Deck, als sein Neffe aus der Takelage sprang.

»Ich hab was gesehen, Onkel Walter!« Hugo vollführte vor lauter Freude Luftsprünge. »Ich glaub, es ist eine Insel.«

»Wo denn?« Walter setzte seine Brille auf und spähte blinzelnd umher wie ein Maulwurf.

»In dem Nebel drin!«

»Bin ich denn auch der Erste, der diese Insel entdeckt?«, vergewisserte sich Rupert. »Ist es Admiral Rupert Lilywhite tatsächlich gelungen, auf einen noch unerforschten Landstrich zu stoßen?«

»Wollen mal sehen«, erwiderte Walter milde belustigt. »Komm mit, Hugo, wir werfen einen Blick auf unsere Karten.«

Unten in der Kajüte rollten sie die riesengroße Seekarte auf dem Boden aus. Eine halbe Stunde lang schaute Hugo zu, wie Walter die Karte studierte, Winkel maß und mit der Feder Linien zog. Wenn Walter einen Bogen malte, sah Hugo gut hin, und wenn Walter sich den Kopf kratzte, kratzte sich Hugo ebenfalls den Kopf. Dann schickte Walter seinen Neffen nach oben an Deck, um den Winkel der Sonne zu messen, und als Hugo wiederkam, stellte Walter einige Berechnungen an. Schließlich gingen beide wieder hoch.

»Nun?«, fragte Rupert, der schon ganz ungeduldig war. Die Matrosen versammelten sich hinter ihm.

»Ich bin alle Aufzeichnungen durchgegangen und habe sämtliche Berechnungen zweimal überprüft.« Walter nahm die Brille ab und wiegte den Kopf. Auch Hugo wiegte den Kopf. »Allen amtlich anerkannten Karten zufolge gibt es innerhalb von 200 Seemeilen rings um unsere Position kein bereits erforschtes Land.«

»HURRA!«, brüllten alle.

»Das muss gefeiert werden«, rief Rupert. »Hiermit gestatte ich meiner Mannschaft einen Humpen Bier pro Kopf.« Ihm schien nicht aufzufallen, dass die Männer bereits tüchtig becherten.

»Ich taufe diese Insel auf den Namen ›Rupertannien‹ und werde sie in mein Familienwappen aufnehmen. Nun lasst uns aber unverzüglich nach England zurücksegeln, um der Öffentlichkeit meine bahnbrechende Entdeckung zu präsentieren. Bald wird der berühmte Seefahrer Admiral Rupert Lilywhite in aller Munde sein, der kühne Entdecker Rupertanniens.«

Hugo und Walter wechselten einen ungläubigen Blick.

Hugo meldete sich als Erster zu Wort: »Sie wollen doch bestimmt nicht umkehren, ohne wenigstens einen Fuß auf die Insel gesetzt zu haben, Admiral!«

»Ach, ich glaube nicht, dass das wirklich nötig ist, oder doch?«

»Es ist sogar allgemein üblich, Admiral«, antwortete Walter. »Für gewöhnlich gilt ein Gebiet nicht als ordnungsgemäß entdeckt, wenn der Entdecker nicht wenigstens kurz an Land gegangen ist und sich umgesehen hat.«

»Ach ja?« Man hörte Rupert die Enttäuschung an. »Ich finde das ziemlich kleinlich. Ich meine, wo ich mir schon die beträchtliche Mühe gemacht habe, die Insel zu entdecken, erscheint es mir reichlich übertrieben, dass ich dort auch noch an Land gehen soll.«

»Es wäre auch nicht verkehrt, etwas von der Insel mitzubringen, um zu Hause vorführen zu können, um was für einen fremdländischen Ort es sich handelt«, gab Walter zu bedenken. »Kolumbus hat von den Westindischen Inseln beispielsweise Papageien und Kokosnüsse mitgebracht.«

»Demnach brauche ich einfach nur an Land zu gehen und ein paar Kokosnüsse einzustecken?«

»Die Kokosnuss ist ja nun schon entdeckt. Da würde ich lieber etwas Neuartiges mitbringen, etwas, das noch niemand kennt.«

»Was denn?«

»Das kann ich Ihnen nicht sagen.«

»Hören Sie, Mann, es besteht kein Anlass, so geheimnistuerisch zu sein«, entgegnete Rupert verstimmt.

»Ich kann Ihnen nicht sagen, was Sie mitbringen sollen, Admiral«, Walter konnte sich das Lachen kaum verbeißen, »weil ich keine Ahnung habe, was es sein könnte.«

»Aha!«, rief Rupert triumphierend. »Wenn Sie keine Ahnung haben, was es sein könnte, woher wollen Sie dann wissen, dass es *keine* Kokosnuss ist?!« Ohne eine Entgegnung abzuwarten, wandte er sich an die übrige Besatzung.

Walter warf Hugo einen Blick zu und zuckte die Achseln.

»Entschuldigung, Männer, wenn ihr mir bitte kurz euer Ohr leihen wollt«, hob Rupert an. »Ich habe bekanntlich soeben diese prächtige Insel entdeckt, oder diesen Erdteil oder was immer es sein mag.« Die Kunstpause war für Jubelrufe vorgesehen.

Stille.

»Wie dem auch sei, es scheint da eine Formalität zu geben, die besagt, dass irgendwer die Insel betreten haben muss, ehe wir wieder heimsegeln dürfen. Darum hätte ich gern ein paar Freiwillige, die rasch an Land gehen und ein paar Kokosnüsse holen. Aber bitte nicht alle auf einmal.«

Hugo hatte angenommen, dass die Matrosen es kaum erwarten konnten, einen unbekannten Landstrich zu erkunden. Schließlich waren es alles tollkühne Abenteurer.

Doch sie blickten auf ihre Stiefel und betrachteten interessiert ihre Fingernägel. Manche pfiffen vor sich hin. Aber nicht einer meldete sich freiwillig.

Schließlich machte doch jemand den Mund auf: »Ich kann's nicht übernehmen, weil ich gegen Sand allergisch bin«, verkündete Rockford. »Und gegen Rudern«, fügte er vorsichtshalber hinzu.

»Ich würd mir den rechten Arm abhacken lassen, wenn ich die Insel entdecken dürfte«, sagte Bandit, »aber ich hab leider keinen rechten Arm mehr, drum kann ich's auch nicht machen.«

»Ich kann keine Kokosnüsse sammeln, weil ich 'ne schlimme Nussallergie hab«, verkündete Hawkeye. »Ich brauch 'ne Makadamianuss bloß anzuschaun, schon schwell ich an wie ein Kugelfisch.«

Rupert wollte gerade sehr, sehr unzufrieden mit seiner Mannschaft werden, als Oliver Muddel fragte, ob er ihn unter vier Augen sprechen könne. Er sei nämlich auf eine Lösung gekommen, mit der gewiss alle einverstanden wären. Hugo beobachtete, wie die beiden Männer miteinander tuschelten. Was heckten sie da wohl aus? Immer wieder zwischendurch schielte einer von beiden zu ihm herüber, sah aber gleich wieder weg, wenn ihre Blicke einander begegneten. Schließlich kam Rupert auf Hugo und Walter zu. Die Matrosen nahmen wieder hinter ihm Aufstellung.

»Die Besatzung und ich sind übereingekommen, dass zwei Mann an Land gehen und die Insel Rupertannien erkunden sollen.«

Walter und Hugo nickten.

»Es liegt auf der Hand, dass ich selbst viel zu unentbehrlich bin, um meine Zeit damit zu verplempern, über irgendeine gottverlassene Insel zu streifen und irgendwelche Kokosnüsse zu suchen.«

Hugo wurde den Verdacht nicht los, dass Admiral Lilywhite das Wesen des Entdeckerberufs noch nicht recht begriffen hatte.

»Genau genommen«, fuhr Rupert fort, »wäre es sträflicher Leichtsinn, jemanden ohne eine vernünftige Karte blindlings über die Insel tapern zu lassen. Man könnte sich schließlich, Gott bewahre, verlaufen!«

Hugo und Walter wechselten einen skeptischen Blick.

»Und darum schicke ich euch beide voraus, damit ihr eine ausführliche Karte der Insel anfertigt. Außerdem pflückt ihr die eine oder andere kokosnussähnliche Frucht und rudert dann wieder zum Schiff zurück. Sobald uns eine Karte vorliegt, sind auch die Mannschaft und ich bereit, die Insel zu erkunden, denn dann brauchen wir ja keine Angst mehr zu haben, uns zu verlaufen.«

Walter erwiderte höflich: »Aber Herr Admiral, Hugo und ich haben keinerlei Erfahrung darin, uns unserer Haut zu wehren. Ich würde liebend gern an Land gehen und die Insel kartografieren, aber ich möchte doch darum bitten, dass uns einige dieser wackeren Seeleute zu unserem Schutz begleiten. Und ich bestehe darauf, dass mein Neffe so lange auf dem Schiff bleibt, bis ich mir einen ersten Eindruck verschafft habe.«

Es klirrte leise. Oliver Muddel hatte sein Entermesser gezogen und richtete die krumme Klinge auf Walter.

»Ich glaube, du hast Admiral Rupert nicht richtig verstanden.« Er lächelte, wobei eine Reihe Silberzähne aufblinkte.

»Matrose Muddel hat recht«, bestätigte Rupert. »Mein Plan ist kein Vorschlag, sondern ein Befehl. Verstanden?«

»Demnach haben wir keine Wahl, oder?«, stellte Hugo fest.

»Aber klar habt ihr eine Wahl, Kleiner«, erwiderte Oliver Muddel freundlich. »Entweder ihr sitzt in zehn Minuten in diesem Ruderboot oder wir schicken euch über die Planke.«

11. Kapitel

Walter und Hugo kamen nicht dazu, lange herumzudiskutieren. Mit klopfenden Herzen begaben sie sich eilig unter Deck, um alles Nötige für ihr Abenteuer einzupacken. Swipe und Rockford begleiteten sie und standen die ganze Zeit über nur eine Entermesserlänge entfernt. Walter packte seine Kartenzeichnerutensilien ein – Schreibfedern, Pergament, den Davis-Quadranten und das Messseil – während sich Hugo nach Proviant umsah. Am Morgen hatte die Mannschaft alle frischen Eier zum Frühstück verspeist, aber ganz hinten im Hühnerkäfig entdeckte Hugo noch ein paar unterm Stroh. Er schlug sie in ein Tuch ein und steckte sie, zusammen mit etwas Schiffszwieback und zwei Decken, in seinen Tornister.

Ehe sie sichs versahen, saßen Hugo und Walter in einem kleinen Ruderboot und wurden an der Längsseite des Schiffes heruntergelassen. Das Boot schlug klatschend auf dem Wasser auf, die Matrosen holten die Taue wieder ein und Walter legte sich in die Riemen.

»Beeilt euch mit meinen Kokosnüssen!«, rief ihnen Rupert noch nach. »Wir können nicht ewig hier herumdümpeln!«

»Und wenn ihr draufgeht, beschwert euch gefälligst nicht!«, krakeelte Muddel.

Die beiden Ruderer sahen zu, wie das Schiff immer mehr verschwamm, als das Boot in die Nebelwand eintauchte. Bald war die *El Tonto Perdido* nicht mehr zu erkennen.

Die feuchte Luft legte sich auf Hugos Gesicht und kroch unter seine Kleidung. Er zog fröstelnd die Knie an die Brust und biss die Zähne zusammen, damit sie nicht klapperten.

»Meine Güte!« Walter schnaufte von der ungewohnten Anstrengung. »Was für ein Abenteuer!« Er lächelte, aber Hugo erkannte trotz des Nebels, dass es ein gezwungenes Lächeln war.

»Stimmt«, gab Hugo zurück. Sein Herz klopfte so schnell, als wollte es zerspringen. »Ein echtes Abenteuer! Nur wir beide!«

»Alles halb so wild«, beruhigte ihn Walter. »Wir fertigen rasch eine grobe Karte der Insel an, das kann nicht lange dauern. Ehe du ›Abrakadabra‹ gesagt hast, sind wir wieder auf dem Schiff, versprochen.«

Im Nebel verlor Hugo die Orientierung, als trüge er eine Augenbinde. Er hörte die Wellen an den Bootsrumpf schlagen, aber er hätte nicht sagen können, ob sie vorankamen. Ohne die Sonne hatte er keine Vorstellung, wie lange sie schon unterwegs waren: vielleicht eine Stunde, vielleicht drei. Nach einer Weile war er nicht mal mehr sicher, wo der Himmel war und wo das Meer.

Da lichtete sich der Nebel schlagartig und sie ruderten unter strahlend blauem Himmel weiter. Eine so scharf abgegrenzte

Nebelbank war Walter noch nie begegnet. Sie erstreckte sich wie eine Mauer aus Rauch quer über das Wasser. Aber Hugo beugte sich gebannt vor und spähte geradeaus.

»Da ist sie!« Seine Augen wurden tellergroß, seine Stimme überschlug sich. »Da ist die Insel! Wir sind gleich da.«

Geradeaus ragte eine schroffe schwarze Klippe wie ein mächtiges Kohleflöz aus dem Meer. Die Felswand führte etwa sechzig Meter senkrecht nach oben und entzog sich nach beiden Richtungen sanft geschwungen dem Blick. Als Walter näher herangerudert war, sah Hugo die Brandung an einen schmalen Strand schlagen, der aus knallviolettem Sand bestand. Die farbenprächtige Bucht übertraf seine kühnsten Vorstellungen und er war auf einmal wieder ganz vergnügt.

Das Boot blieb mit einem Ruck im Sand stecken. Walter sprang hinaus und zog das Fahrzeug an einem Tau noch ein paar Meter auf den Strand hinauf. Er schlang das Tau um einen Felsblock und half Hugo auszusteigen.

Als er sich umsah, blieb ihm schier die Spucke weg. »Ist ja irre! So etwas hab ich ja noch nie gesehen.«

»Ich auch nicht.« Hugo drehte sich um und schaute aufs Meer hinaus. »Die Nebelwand umschließt die Insel wie eine Mauer.«

»Du hast's erfasst«, pflichtete ihm Walter bei. »Darum hat wohl auch noch niemand dieses Eiland entdeckt.«

»Und was machen wir jetzt?«

Walter legte den Kopf in den Nacken und spähte an der steilen Felswand empor. »Nun, dort hochklettern kann man nicht, darum lass uns den Strand erkunden – vielleicht gibt es ja irgendwo eine Stelle, an der man besser auf die eigentliche Insel hinaufkommt.«

An den Enden der schmalen, halbmondförmigen Bucht ragten hohe Felsausläufer wie knotige Finger ins Meer hinaus. Man konnte sie nicht umgehen und die Steilklippen waren überall so hoch wie die Mauern von Plymouth Castle. Es gab nur einen Zugang – klettern.

»Das ist zu gefährlich«, sagte Walter nach reiflicher Überlegung. »Wir müssen wieder aufs Schiff und dem Admiral Meldung machen. Entweder kann er irgendwelche Besatzungsmitglieder überreden, den Felshang zu erklimmen, oder er segelt einmal um die ganze Insel herum und sucht eine geeignetere Stelle, um an Land zu gehen.«

»Müssen wir denn unbedingt gleich wieder zurück?«, fragte Hugo. »Können wir nicht noch ein bisschen bleiben? Ich find's schrecklich aufregend, sich endlich wie ein richtiger Entdecker zu fühlen.«

Walters innere Stimme riet ihm, wieder ins Boot zu steigen, und er sah sich prüfend um. Alles war ruhig und friedlich. Dann begegnete er dem leuchtenden Blick seines Neffen.

»Na schön, meinetwegen bleiben wir noch ein paar Stunden hier am Strand. Aber dann geht's direktemang wieder aufs Schiff!«

»Hurra!«, rief Hugo. »Komm, wir machen ein Lagerfeuer.«

Er zog die Stiefel aus, rannte barfuß über den Strand und hinterließ lauter Fußstapfen im violetten Sand.

12. Kapitel

Zwischen den Felsen entdeckten Hugo und Walter einen Tümpel, in dem sie zwei untertassengroße Krebse fingen. Sie machten mit Treibholz ein Feuerchen und spießten die Krebse auf Äste, die sie über die Flammen hielten. Eine ganze Weile schwiegen beide. Man hörte nur das Meer rauschen und das Lagerfeuer knistern.

Walter brach eine Schere von seinem gegrillten Krebs ab und legte sie auf einen Stein. Er brach den Panzer auf, pulte ein daumengroßes Stück weißes Fleisch heraus und reichte es Hugo. Das Krebsfleisch war weich, süß und zerging auf der Zunge.

»Mmm, ist das lecker!«, sagte Hugo. »So zart. Und gar keine Gräten.«

Walters Schnurrbart bebte. »Ja, es schmeckt entschieden besser als gekochte Steckrüben, da muss ich dir zustimmen.«

Als sie beide Krebse vertilgt hatten, legten sie sich im Sand auf den Rücken.

»Heute Nacht habe ich geträumt, ich wäre der erste Entdecker, der Indien auf dem Seeweg erreicht«, erzählte Hugo. »Ich habe mir deine Karten oft angeschaut – ich schätze, wenn man den richtigen Kurs einschlägt, könnte man Indien von Plymouth aus in einem halben Jahr erreichen.«

»Von England nach Indien in einem halben Jahr?« Walter pfiff durch die Zähne. »Also, ich bezweifle ja stark, dass man *irgendwann* derart schnell reisen kann.«

»Was meinst du, auf welchem Erdteil wir hier sind?«, fragte Hugo.

»Keine Ahnung. Wir sind ein ganzes Stück weiter nach Norden gesegelt als Kolumbus. Aber ich bin ohnehin der Meinung, dass er nicht weit genug gesegelt ist, um nach Indien zu kommen. Ein unbekannter Erdteil war ihm im Weg.«

»Was glaubst du, wie viele Erdteile es überhaupt gibt?«

»Tja, das ist die Frage aller Fragen! Aber meiner Einschätzung nach stehen wir kurz davor, es herauszufinden. Das goldene Zeitalter der Entdeckungsreisen ist angebrochen. Die Welt ist Millionen Jahre alt, aber erst seit ein paar Jahren verfügen wir über die richtigen Schiffe und die erforderlichen Kenntnisse, um die Weltmeere zu befahren. Diaz hat schon das Kap umrundet, und Kolumbus entdeckt jedes Mal, wenn er losfährt, einen neuen Landstrich. Da Gama behauptet, dass er demnächst als Erster nach Indien segelt – natürlich nur, wenn du ihm nicht zuvorkommst.«

Hugo grinste. »Tja, Da Gama muss sich ranhalten!«

»Wir wissen mit jedem Tag mehr über die Welt, die uns umgibt«, fuhr Walter fort. »Im Kielwasser der großen Entdecker sind die Kartografen dabei, die Weltkarte ständig zu erweitern und zu verbessern. Unsereiner darf sich glücklich schätzen, dass er seinen Teil dazu beitragen darf.« Er senkte die Stimme und sprach im Flüsterton weiter: »Karten sind der Schlüssel zum Verständnis der Welt, Hugo! Ist die Weltkarte erst einmal vollständig, kann uns nichts mehr aufhalten! Sobald es verlässliche Karten gibt, wüsste ich keinen Grund, weshalb es nicht eines Tages möglich sein sollte, einmal um die ganze Welt zu segeln.«

Hugo führte den Gedanken eifrig fort. »Vielleicht überqueren ja irgendwann ganz gewöhnliche Leute die Weltmeere, um andere Länder zu bereisen.«

»Du hast wirklich eine blühende Fantasie, lieber Neffe«, erwiderte Walter amüsiert. »Als Nächstes willst du mir noch weismachen, dass der Mensch eines Tages mit einem Zauberschiff zum Mond segelt.«

Hugo wurde rot. Er strich sich das Haar aus der Stirn und überlegte. »Demnach könnten wir hier genauso gut auf einem unbekannten Erdteil sein wie auf einer kleinen Insel?«

»Richtig. Fest steht nur eins: Dieser Landstrich ist auf keiner mir bekannten Karte verzeichnet.«

Eben davon hatte Hugo so lange geträumt – einen noch gänzlich unbekannten Landstrich zu entdecken. Er holte tief Luft. Die Luft war klar. Weder Abwässer noch schwitzende Menschenmengen verseuchten diese Gegend.

»Hier ist es so schön friedlich«, sagte er versonnen. »Es wäre furchtbar schade, das alles zu ruinieren, indem man scharenweise Handelsleute hierher holt.«

»Wir können unsere Entdeckung nicht ewig geheim halten«, erwiderte Walter schmunzelnd.

»Können wir nicht wenigstens ein Mal hier übernachten – nur wir beide?«, bettelte Hugo. »Bitte! Hier ist es wie im Paradies!«

Das Feuer war heruntergebrannt. Die Flammen waren erloschen, die Glut knisterte leise. Die Sonne versank im Meer, der Himmel hatte sich blutrot und tintenblau gefärbt.

»Meinetwegen. Aber nur eine Nacht!«, willigte Walter ein. Er gab der Begeisterung seines Neffen gern nach, aber wenn er ehrlich war, spürte er, wie sich sein eigener Entdeckergeist regte. Es war schon lange her, dass es ihn vor lauter Vorfreude so in den Fingern gejuckt hatte. »Aber erst müssen wir noch etwas Brennholz sammeln, sonst erfrier…«

Ein ohrenbetäubendes Kreischen über ihren Köpfen schnitt ihm das Wort ab. Der gellende Laut hallte gespenstisch von der steilen Klippe wider und schien draußen auf dem Meer zu verklingen. Walter und Hugo waren vor Schreck wie versteinert.

Ein zweiter Schrei folgte, ein dritter. Dann vernahm man ein träges, stetiges Flattern. Es hörte sich an wie ein Schiffssegel, das sich jäh aufbläht, gefolgt von einer langen Stille. Dann kam wieder das Flattern, dann abermals Stille. Instinktiv sprang Walter auf. Noch während er mit dem Blick den Himmel absuchte, streckte er die Hand aus und zog Hugo hoch.

Über ihnen zogen drei große geflügelte Silhouetten träge ihre Kreise. Obwohl das Flugmuster dem von Turmfalken und Habichten ähnelte, handelte es sich nicht um gewöhnliche Vögel. Hugo konnte nicht erkennen, wie nah sie waren, aber er schloss aus ihren Bewegungen, dass sie ungewöhnlich groß sein mussten. Ihre Flügelspannweite mochte das Dreifache seiner eigenen Körperlänge betragen. Als sich ihre Köpfe vor der untergehenden Sonne abzeichneten, sah man, dass sie anstelle von Schnäbeln gedrungene Schnauzen besaßen.

Immer wieder zwischendurch schwebten sie auf der Stelle, schlugen gemächlich mit den Schwingen, um sich in der Luft zu halten.

»Was sind das denn für welche?«, fragte Hugo und duckte sich unwillkürlich.

»Irgendwelche Raubvögel offenbar«, antwortete Walter.

»Und … auf was für eine Beute sind sie aus?«

Walter nahm seinen Neffen bei der Hand und rannte den Strand hinauf in Richtung Klippe.

»Auf uns!«

13. Kapitel

Ein Riesenvogel ging in den Sturzflug. Mit angelegten Schwingen schoss er wie ein Blitz aus heiterem Abendhimmel kopfüber auf seine flüchtende Beute nieder. Er war ein erfahrener Jäger, seine Augen waren so scharf wie seine Klauen.

Beim Anblick der beiden Gestalten, die wie Käfer über den Sand hasteten, sagte ihm sein Jagdinstinkt, dass das kleinere Opfer leichter zu packen und zu töten wäre. Er ließ die Schwingen angelegt, bis er dicht über der Beute war. Dann breitete er die Flügel unvermittelt weit aus, spreizte die gewaltigen Schwungfedern und flatterte kräftig, um den Sturz abzufangen. Im selben Augenblick drehte er sich, sodass die Füße nach unten wiesen, gerade so, als setzte er zur Landung an.

Als er unmittelbar über seiner Beute schwebte, spreizte er die Klauen wie ein hungriges Vogeljunges den Schnabel. Er hatte Entfernung und Zeitpunkt richtig eingeschätzt – seine Klauen streiften die Schultern der kleinen Gestalt. Dann packte er zu.

Hugo stolperte über einen Geröllbrocken und fiel auf die Knie. Sein Hemd verfing sich irgendwo, aber er machte sich wieder los. Walter zog ihn unsanft hoch. Hugo spürte über sich einen kräftigen Luftstoß wie von einem riesigen Blasebalg und hob den Kopf. Ein aufgespanntes Federdach verdeckte den Himmel, aber schon stieg das Vogelwesen mit kraftvollen Schwingenschlägen wieder himmelwärts.

Es würde ein Weilchen dauern, bis dem Untier aufging, dass es nichts in den Krallen hielt. Hugo wurde leichenblass, als er begriff, dass er nur davongekommen war, weil er gestolpert war.

Onkel und Neffe hasteten zur Klippe, drückten sich mit dem Rücken ans Gestein und behielten ängstlich die Vögel im Auge, die immer noch über ihnen kreisten. Während Hugo und Walter sich weiterschoben, tasteten sie die Felswand nach Schutz bietenden Spalten oder Vorsprüngen ab.

»Sind das Riesenadler?«, raunte Hugo und spähte mit zusammengekniffenen Augen zum Himmel empor.

Walter schüttelte den Kopf. »Nicht unbedingt. Wenn wir auf einer sehr abgelegenen Insel gelandet sind, haben die Tiere Millionen Jahre in völliger Abgeschiedenheit verbracht. Womöglich hat sie noch nie ein menschliches Auge erblickt.«

Der nächste Vogel setzte zum Sturzflug an. Diesmal sah Walter ihn kommen und schubste Hugo hinter sich. Der schwarze Pfeil sauste auf Walter zu und fuhr unvermittelt die mörderischen Klauen aus. Walter schlug schützend die Hände vors Gesicht und spürte, wie sich die Klauen um seinen Unterarm schlossen. Das Vogelvieh schlug wild mit den Flügeln und Hugo sah es zum ersten Mal von Nahem. Leib und Schwingen waren blauschwarz gefiedert, der Kopf dagegen erinnerte an den einer übergroßen Ratte, mit schwarzen Glubschaugen und einer spitzen Schnauze, aus der zwei lange Zähne ragten. Als das Vieh fauchte, fuhr eine lange schwarze Zunge aus seinem Maul und leckte wie eine Flamme über Walters Gesicht.

Walter stemmte die Füße verzweifelt in den Sand und machte sich so schwer, wie er konnte. Doch als der Vogel mit den mächtigen Schwingen schlug, schleiften seine Füße durch den Sand.

Der Rattenvogel kreischte abermals gellend, und Hugo kam es einen aberwitzigen Augenblick lang so vor, als wollte das Untier verkünden: »Meins! Meins! Meins!«

Hugo bückte sich nach einem armlangen Ast und holte mit aller Kraft weit aus wie mit einer Axt. Der Ast traf den Rattenvogel in den Nacken, worauf das Vieh ein abscheuliches Quäken ausstieß, sich duckte, von Walter abließ und das Weite suchte.

Mit einem erleichterten Seufzer half Hugo seinem Onkel hoch und beide drückten sich wieder an die Felswand. Als Walter diesmal umhertastete, entdeckte er einen gut dreißig Zentimeter breiten und neunzig Zentimeter hohen Spalt im Gestein.

»Los, kriech da rein!«, befahl er.

Hugo streckte den Kopf in den Spalt, drehte sich auf die Seite und zwängte einen Arm und ein Bein in die enge Öffnung. Unter gequältem Ächzen und etlichen Verrenkungen gelang es ihm, sich ganz hindurchzuquetschen, und er landete zu seiner Überraschung in einer kleinen Höhle, in der man sogar aufrecht stehen konnte.

»Komm auch rein!«, rief er Walter zu. »Hier ist genug Platz für uns beide.«

Walter schob den Kopf durch die Öffnung, das Gesicht vor Anstrengung verzerrt. Er streckte einen Arm zu Hugo hinein, aber alles Übrige wollte beim besten Willen nicht hindurchpassen.

»Es hat keinen Zweck«, ächzte Walter schließlich. »Ich suche mir ein anderes Versteck.«

Da änderte sich auf einmal sein Gesichtsausdruck. Erst blickte er erstaunt drein, dann seltsam bekümmert. Oder eher schicksalsergeben?

Und dann verschwand Walter rückwärts und ruckelnd aus der Öffnung, als gehorchte er einem unsichtbaren Sog. Er plumpste bäuchlings in den Sand.

Der entsetzte Hugo begriff, dass ein Rattenvogel seinen Onkel gepackt hatte. Der alte Mann strampelte und stand mit einem Mal, als seine Füße ruckartig angehoben wurden, auf dem Kopf.

Ihre Blicke begegneten sich.

»Kümmere dich nicht um die Karte, Hugo! Sieh einfach zu, dass du heil wieder aufs Schiff und nach Hause kommst!«, rief Walter.

Ehe Hugo etwas erwidern konnte, entschwebte sein Onkel. Hugo legte das Auge an den Felsspalt, um einen letzten Blick auf ihn zu erhaschen, aber der Rattenvogel hatte sich schon hoch in die Lüfte geschwungen. Mit einer Klaue hielt er Onkel Walter am Knöchel und schwenkte ihn wie eine Lumpenpuppe hin und her. Hugo sah den beiden nach, bis sein Onkel außer Sichtweite war. Ihm war übel, als er sich auf den Boden der stockfinsteren Höhle setzte. Jetzt hatte er niemanden mehr. Er war ganz allein.

14. Kapitel

Hugo schlotterte vor Angst und Kälte. Er wünschte, seine Eltern wären bei ihm. Nein – eigentlich wünschte er eher, sie wären alle wieder zu Hause, wie es vor Jahren gewesen war. Wenn er die Augen schloss, sah er seine Eltern ganz deutlich vor sich.

Seine Mutter war eine kleine Frau mit haselnussbraunen Locken und freundlichen braunen Augen. Sein Vater war groß und schlank. Er hatte glattes blondes Haar und blaue Augen. Während die Mutter von früh bis spät Brot buk, putzte und nähte, arbeitete der Vater in seiner Werkstatt, einem Schuppen neben dem Haus. Hugo konnte ihm stundenlang dabei zusehen, wie er sägte, hobelte und schnitzte. Der Verstand seines Vaters war so wach, wie seine Hände geschickt waren. Beim Arbeiten dachte er sich Rätsel aus, die Hugo lösen musste. Wenn Jack nicht arbeitete, wanderte er mit seinem Sohn aufs Land hinaus und lehrte ihn die Namen der Pflanzen und Wildtiere. Abends hörte ihm Hugo zu, wie er fantastische Geschichten von Onkel Walters Reisen in ferne Länder erzählte.

Als er daran dachte, wie ihm sein Vater das Schachspielen beigebracht hatte, fasste Hugo nach dem Springer um seinen

Hals. Einmal, als er im Spiel schon die meisten seiner Figuren verloren hatte, war Hugo ärgerlich geworden.

»Ich geb's auf«, hatte er missmutig gesagt.

»Das Spiel ist noch nicht vorbei«, hatte sein Vater erwidert.

»Aber ich verliere sowieso, was hat es da für einen Sinn, weiterzuspielen?«

»Du kannst immer noch gewinnen. Ein Bauer und ein Springer können ein ganzes Heer von Figuren schlagen, wenn man sie mit Bedacht einsetzt«, hatte ihm sein Vater widersprochen. »Man soll nie aufgeben, ehe das Spiel vorbei ist.«

Als er damals ins Waisenhaus gekommen war, hatte sich Hugo schrecklich allein gefühlt. Aber jeden Morgen hatte er an den Rat seines Vaters gedacht und das hatte ihn gestärkt. Es hatte ihm geholfen durchzuhalten, und das hatte sich letztlich ausgezahlt, als Walter schließlich von seiner Reise zurückkehrte. Damals hatte Walter ihm geholfen. Jetzt konnte sich Hugo endlich dafür revanchieren.

Hugo spürte seine Entschlossenheit zurückkehren. Zwar befand er sich in einer eindeutig misslichen Lage – mutterseelenallein mitten im Meer, auf einer sonderbaren Insel, die von fliegenden Ratten bewohnt wurde, die seinen Onkel verschleppt hatten – aber er gab sich nicht geschlagen. Walter konnte durchaus noch am Leben sein. Solange noch eine Möglichkeit bestand, ihn zu befreien, würde Hugo nicht aufgeben.

Jetzt zum Schiff zurückzurudern und Hilfe zu holen, hatte keinen Zweck. Wenn Admiral Lilywhite Wind von den raubgierigen Vögeln bekam, würde er gewiss den Heimweg nach England antreten, so schnell ihn die Segel trugen. Dann würde Hugo Onkel Walter nie mehr wiedersehen. Nein, wenn irgendjemand seinen Onkel vor den gefiederten Scheusalen retten konnte, dann Hugo selbst. »Schließlich bist du ›Hilfsbereit, Unerschrocken, Großherzig und Optimistisch‹«, sprach er sich Mut zu.

Als sich seine Augen auf die Dunkelheit eingestellt hatten, schichtete er ein kleines Holzhäufchen auf und steckte zwischen die Ästchen getrockneten Seetang, der als Zunder dienen sollte. Dann nahm er zwei Steine und schlug sie dicht neben dem Seetang gegeneinander. Nach mehreren Versuchen sprang ein Funke über, und hier und da glommen Flämmchen auf. Bald hatte Hugo ein hübsches kleines Lagerfeuer.

Als ihm endlich angenehm warm wurde, hallte ein kreischender Schrei durch die Höhle. Wieder und wieder ertönte das durchdringende Krächzen, und wieder glaubte Hugo, Worte herauszuhören.

»Du sitzt in der Falle, du sitzt in der Falle!«, schien es zu kreischen, und dann wieder: »Meins, meins, meins!«

Das war bestimmt bloß Einbildung – oder doch nicht? Hugo sprang auf und lief zum Ausgang, blieb aber gleich wieder wie angewurzelt stehen: Ein Rattenvogel hatte den behaarten Kopf und die gefiederten Schultern durch den Spalt gezwängt. Als es Hugo erblickte, bleckte das Vieh die Zähne und ließ die Zunge vorschnellen. Diesmal war es deutlich zu verstehen.

»Meins, meins!«, fauchte es.

Einen Augenblick lang konnte sich Hugo vor Schreck und Staunen nicht rühren. Wo um Himmels willen war er hier gelandet?

Aber er kam nicht zum Nachdenken. Das abscheuliche Vieh zwängte sich mit aller Macht durch den Spalt. Hugo zog einen Ast aus dem Feuer und schwenkte ihn wie einen flammenden Säbel vor der Schnauze des Eindringlings.

»Ich bin nicht ›deins‹!«, sagte er nachdrücklich, als der Rattenvogel zurückwich, und fuchtelte so lange mit seiner behelfsmäßigen Waffe, bis das Vieh den Rückzug antrat.

Hinterher schlug ihm das Herz zwar bis zum Hals, aber er wusste jetzt, wie er weiter vorgehen musste. Wenn die Rattenvögel Angst vor Feuer hatten, legte er am besten im Eingang der Höhle eine zweite Feuerstelle an. Er holte sich noch ein paar brennende Äste, legte sie ganz vorn in der Höhle übereinander und machte sich daran, noch mehr Brennholz zu sammeln.

Ein Holzstück, das er fand, war wie ein Ruderblatt geformt. Es konnte natürlich kein richtiges Ruderblatt sein, es sei denn, jemand hätte schon vor ihnen die Insel entdeckt. Hugo legte das Holzstück auf das Feuer. Als er das nächste Stück Holz dazulegen wollte, sah er mit einem Mal, dass darauf etwas geschrieben stand. Im Schein der Flammen betrachtete er die Schriftzeichen.

Er hatte keine Ahnung, was die rätselhafte Inschrift bedeuten sollte, denn er hatte noch nirgendwo vergleichbare Buchstaben oder Zeichen gesehen. Vielleicht ergaben die eigenartigen Schriftzeichen ja ein Wort, zum Beispiel den Namen eines fremdländischen Schiffes, das an der felsigen Küste zerschellt war. Vielleicht war es aber auch die letzte Nachricht von jemand anderem, der irgendwann in dieser Höhle festgesessen hatte. Aber von wem? Und wo war der Betreffende hergekommen? Und vor allem, wo war er geblieben?

Voller Neugier steckte Hugo das beschriftete Holzstück unter die Decken in seinem Tornister. Als auch das zweite Lagerfeuer loderte, zog er sich ans hintere Ende der Höhle zurück und legte sich schlafen.

Doch ehe er einschlief, blickte er noch eine Weile an die Höhlendecke und versuchte, sich auszumalen, wie eine Karte dieses befremdlichen Landstrichs aussehen könnte. Wie mochte die Küstenlinie außerhalb des violetten Strandes verlaufen, und was für eine Art Landschaft lag wohl hinter der schwarzen Klippe?

Und welche Warnung für Reisende müsste die Legende zu einer solchen Karte enthalten – mal abgesehen von ›Achtung! Fliegende Ratten!‹?

15. Kapitel

Am Morgen erwachte Hugo mit knurrendem Magen – und bekam gleich einen Riesenschreck. Beide Feuer waren ausgegangen. Er hatte keine Ahnung, wie lange er ohne den Schutz der Flammen geschlafen hatte. Draußen war helllichter Tag, die Höhle und die Asche in den Feuerstellen waren kalt. Die Hand tat ihm weh, weil er das Springerfigürchen beim Schlafen so fest umklammert hatte.

Mit dem Tornister über der Schulter zwängte er sich in den Höhleneingang, bis er nach draußen spähen konnte. Alles machte einen friedlichen Eindruck. Als er sich vergewissert hatte, dass keine Ungeheuer am Himmel kreisten, wagte er sich ins Freie.

Draußen auf dem Meer zeichnete die dichte Nebelwand den Küstenverlauf nach. Der Strand lag so unschuldig da wie am Vorabend, als er mit Onkel Walter Krebse gegrillt hatte. Beim Gedanken an dieses idyllische Mahl hatte Hugo einen Kloß im Hals. Welch schreckliche Wendung ihr Schicksal doch genommen hatte!

Wenn er seinen Onkel wiederfinden wollte, musste er die Klippen hochklettern, so viel war ihm klar. Er stellte den Fuß auf einen winzigen Vorsprung – es war kaum mehr als ein Hubbel – und stieß sich vom Boden ab. Als seine Hand Halt gefunden hatte, tastete er mit dem anderen Fuß umher und entdeckte eine kleine Vertiefung. Doch als er sich weiter hochziehen wollte, rutschte er mit dem Fuß ab, schlug gegen die Felswand und plumpste wie ein nasser Sack in den Sand.

Ein ums andere Mal probierte er, den schwarzen Felshang zu erklimmen, aber das Gestein war einfach zu glatt. Er landete unweigerlich unten im Sand.

»Es ist zwecklos«, schimpfte er vor sich hin. »Da komme ich nie im Leben hoch!«

»Doch, du schaffst es«, sagte da jemand leise.

Hugo fuhr zu Tode erschrocken herum. Auf dem Strand war niemand zu sehen. »Wer behauptet das?«

»Ich.«

Hugo sah immer noch niemanden.

»Hier unten.«

Hugo senkte den Blick. Erst konnte er nichts erkennen – dann sah er ein mäusegroßes Geschöpf im Sand sitzen.

Es hatte weiches weißes Fell mit einem schwarzen Streifen von der Nasenspitze bis zur Schwanzwurzel. Die Ohren waren haarlos und durchscheinend, rosig wie die Haut eines neugeborenen Hamsters und auffallend groß – ein jedes war so groß wie der ganze Kopf. Das Tierchen saß auf den Hinterläufen und hatte die Vorderpfoten angezogen. Hinter ihm ringelte sich der lange, ebenfalls haarlose Schwanz. Über der schnurrbärtigen rosa Schnauze blitzten Hugo zwei Knopfaugen an.

Hugo bückte sich nach einem Ast und hockte sich hin. Dann streckte er die zitternde Hand aus.

Das Tierchen öffnete das Maul und bleckte die winzigen, nadelspitzen Zähne.

Dann sprach es wieder.

»Du willst mich doch wohl mit dem Ast nicht pieken!« Seine Stimme war alles andere als piepsig.

Hugo bekam einen solchen Schreck, dass er das Gleichgewicht verlor und auf den Hintern plumpste. Voller Panik krabbelte er rückwärts, bis er mit der Schulter an die Felswand stieß. Von dort aus starrte er das Mäusewesen mit hervortretenden Augen an.

»Was gaffst du denn so? Hab ich Seetang an der Schnauze, oder was?« Das Tierchen schielte bei dem Versuch, seine eigene Nase zu betrachten.

»Nein«, hörte Hugo sich erwidern. »Deine Schnauze ist blitzsauber.«

»Dann sind's wohl meine Ohren, die du anglotzt?«

Hugo bekam kaum Luft. »Nein. Ich bin bloß so verblüfft, dass du sprechen kannst.«

»Klar kann ich sprechen. Ich hab vielleicht ulkige Ohren, aber ich bin nicht blöd.«

Hugo überlegte, ob er sich letzte Nacht vielleicht irgendwo den Kopf gestoßen und den Verstand verloren hatte, dann fielen ihm die Vogelschreie wieder ein. Er kniff die Augen fest zusammen und schüttelte energisch den Kopf. »Jetzt reiß dich aber mal zusammen, Hugo!«, ermahnte er sich energisch.

Er öffnete die Augen und blickte das Tierchen wieder an.

»Ja, reiß dich zusammen, Hugo«, pflichtete ihm die schlappohrige Maus bei. »Meistens ist alles nur halb so schlimm. Ich habe gerade den allerschlimmsten Morgen meines Lebens hinter mir, aber ich lasse mich schließlich auch nicht unterkriegen.«

»Was ist dir denn zugestoßen?«, erkundigte sich Hugo höflich und versuchte, nicht daran zu denken, dass er sich mit einer Maus unterhielt.

Das Tierchen sprudelte los: »Ich war mit nichts Besonderem beschäftigt, als mich mein Freund fragte, ob ich Lust hätte, eine Runde auf seinem Rücken zu drehen, wenn er auf Futtersuche ginge. Aber als wir losgeflogen waren, musste er unbedingt mit seinen albernen Flugkunststücken angeben, bis ich mich nicht mehr festhalten konnte. Das reinste Wunder, dass ich mir nicht das Genick gebrochen habe! Jetzt sitze ich hier schon stundenlang fest und versuche vergeblich, den blöden Felsen hochzukommen. Ich habe gesehen, dass du auch Schwierigkeiten beim Klettern hast, und da dachte ich, du könntest ein bisschen Ermutigung brauchen. Aber du wolltest mich ja mit einem Ast pieken.«

»Das tut mir ehrlich leid«, erwiderte Hugo. »Ich wollte dir nichts tun.«

»Dein Glück«, bemerkte der kleine Nager. »Wenn du nämlich noch näher gekommen wärst, hätte ich dich niedergeschlagen.«

Hugo entfuhr unwillkürlich ein Kichern.

»Das war kein Witz!«, sagte die Maus beleidigt. »Ich bin das stärkste Geschöpf auf der ganzen Insel.«

»Du?«

»Wer sonst?« Das Tierchen drückte die Brust heraus und machte den Schwanz lang. Dann fügte es etwas hinzu, das klang wie: »Sei nicht böse.«

»Wie bitte?«, fragte Hugo. »Warum sollte ich dir böse sein, dass du so stark bist?«

»Hä?«

»Hast du nicht eben gesagt: ›Sei nicht böse‹?«

»Nö.«

»So hat es sich aber angehört.«

»Aha.«

»Was hast du denn dann gesagt?«

»Ich habe gesagt, ›für meine Größe‹«, erwiderte das Tierchen verlegen, und seine Ohren färbten sich am Rand knallrot. »Ich habe gesagt, ich bin das stärkste Geschöpf auf dieser Insel – für meine Größe.«

Hugo musste sich das Lachen verbeißen. »Aber du bist winzig klein!«

»Na und?«

Hugo wechselte lieber das Thema. »Warum hat dich dein Freund nicht wieder aufgelesen, nachdem er dich abgeworfen hat?«

»Er sucht wahrscheinlich oben auf der Klippe nach mir, das dumme alte Flatterschwein. Ich habe nach ihm gerufen, aber er hört mich offenbar nicht.«

»Meinst du, er kommt noch drauf, dass du hier unten bist?«

»Na klar. Glaub schon. Wahrscheinlich. Wenn ich's mir recht überlege, vielleicht auch nicht.« Das Tierchen seufzte. »Wie bist du eigentlich hierhergekommen?«

»Mit einem Boot. Ich bin mit meinem Onkel hergerudert, aber die fliegenden Ratten haben ihn entführt.«

»Die Skavagoren? Das sind die allerletzten Viecher.«

»Darum will ich ja auch unbedingt hier hochklettern – um meinen Onkel zu befreien.«

»So ist's recht!« Das Tierchen ballte kämpferisch die Vorderpfoten. »Man soll nie aufgeben!«

»Na so was – das hat mein Vater auch immer gesagt.«

»Ich würd's diesen fliegenden Scheusalen selbst zu gern mal zeigen!«, verkündete die schwarz-weiße Maus.

»Ein Bauer und ein Springer können bekanntlich ein ganzes Heer besiegen.«

»Wie bitte?« Die Maus verstand kein Wort.

»Ach, das war bloß noch etwas, was mein Vater immer gesagt hat.« Hugo lächelte. »Warum hüpfst du nicht in meine Tasche, und wir versuchen gemeinsam, deinen Freund zu finden?«

»Ich bin dabei – solange ich der Springer sein darf.«

»Wie es dir beliebt«, erwiderte Hugo.

Die Maus krabbelte an seinem Hosenbein hoch auf sein Wams und ließ sich in die Tasche fallen, lugte aber gleich wieder daraus hervor.

»Ach übrigens – ich heiße Herkules.«

»Das wundert mich nicht«, sagte Hugo. »Schließlich bist du für deine Größe das stärkste Geschöpf auf dieser Insel. Angenehm – Hugo.«

»Macht's dir was aus, wenn ich ein Nickerchen halte? Es ist so gemütlich hier drin, und weil ich den ganzen Morgen versucht habe, den Felsen hochzuklettern, bin ich total erledigt. Außerdem muss ich meine Kräfte schonen. Für unseren Überfall auf die Skavagoren.«

Und schon war Herkules wieder in der Tasche verschwunden.

Hugo ging ein paar Meter am Strand entlang, um es an einer anderen Stelle der Felswand zu versuchen. Als er prüfend das Gestein befühlte, streifte seine Hand etwas Raues, Vorstehendes, das sich wie eine Ader die Klippe bis ganz nach oben hochzuziehen schien. Nachdem Hugo eine Weile daran gezerrt und gezogen hatte, löste es sich krachend, nur oben am Rand der Klippe saß es noch fest – es war ein Seil.

Hugo packte das Seil mit beiden Händen, stemmte einen Fuß gegen die Felswand, lehnte sich zurück und kletterte Schritt für Schritt nach oben, langsam, aber stetig. Es war anstrengend, aber er kam voran.

An einem etwa einen Meter breiten Felsvorsprung machte er Halt und zog sich hinauf, denn ihm wurden die Arme lahm, und außerdem hatte er Hunger. Er spähte in seine Wamstasche. Herkules hatte sich zu einem Fellknäuel zusammengerollt und schnorchelte leise im Schlaf. Hugo holte einen Schiffszwieback aus seinem Tornister, ließ die Beine über das Sims baumeln und stärkte sich. Von hier oben aus hatte man einen großartigen Blick über den schwarzen Fels und den violetten Strand, aber er hatte nicht die Muße, sich ausgiebig daran zu erfreuen.

Doch als er wieder aufstand, stockte ihm das Blut in den Adern. Wie konnte er das übersehen haben? Nur auf Armlänge von ihm entfernt lag wie ein großes, dickes Federkissen ein Rattenvogel und schlummerte tief und fest. Das Vieh lag auf der Seite und hatte den hässlichen Kopf auf den Boden gelegt. Das Maul stand weit offen, die glitschige Zunge ringelte sich wie ein Aal über den Felsvorsprung.

Hugo verlor die Nerven, griff nach dem Seil und trat in seiner Hast ein paar Geröllbrocken los, die polternd die Felswand hinunterkullerten. Der Rattenvogel erwachte und richtete sich jäh auf.

Das Seil hing gerade außerhalb Hugos Reichweite. Er hörte den Flügelschlag des Untiers, als es sich auf ihn stürzte. Die eklige Zunge leckte ihm kitzelnd übers Ohr. Er wich unwillkürlich zurück, und ehe er das Seil zu fassen bekam, stürzte er auch schon in die Tiefe. Im Fallen drehte er sich, sodass er kopfüber abwärts sauste. Der Wind rauschte in seinen Ohren, der Tornister schlug ihm gegen den Rücken und er ruderte verzweifelt mit Armen und Beinen. Gleich würde er sich auf dem violetten Strand das Genick brechen.

Das war's, dachte Hugo. Jetzt ist alles aus.

16. Kapitel

Hugo wurde an den Schultern gepackt und mit einem Ruck hochgehoben, dann hing er schlaff herunter wie Wäsche auf der Leine.

Anscheinend hatte ihn ein anderer Rattenvogel gepackt. Hugo stellte sich vor, wie ihn das Vieh in sein Nest schleppte und in mundgerechten Portionen an seine Jungen verfütterte. Herkules war dann der Nachtisch. Da Hugo sich lieber das Genick brechen wollte, als von einem Vogel verfrühstückt zu werden, fing er an, sich zu wehren. Er strampelte mit den Beinen und wand sich. Er schlug mit den Fäusten nach dem Vogel.

»Lass mich los, hässliches Rattenvieh!«, brüllte er. »Du frisst mich nicht, da hast du dich geschnitten!«

»Mein lieber Junge«, sagte jemand über Hugos Kopf, »das mit dem ›hässlich‹ hab ich jetzt nicht gehört. Und nur, damit du's weißt, ich würde lieber mein eigenes Fell fressen als ein schmächtiges Würmchen wie dich. Also halt gefälligst still und sei ein braver Junge, denn wenn du weiter so zappelst, sehe ich mich gezwungen, dich wieder den Skavagoren zu überlassen.«

»Bist du denn kein Skavagor?« Hugo sträubte sich nicht mehr.

»Du meine Güte, nein. Skavagoren sind das fliegende Gesindel, dem du entkommen wolltest, als du vom Felsen gestürzt bist. Ich habe übrigens noch nie so etwas Ungeschicktes gesehen wie deinen Fluchtversuch. Da macht ja jeder paukenschlagende Elefant weniger Lärm!«

Hugo ließ verlegen den Kopf hängen, war jedoch viel zu gespannt, wer dieses erstaunliche neue sprechende Wesen wohl war, um lange zu schmollen.

»Wenn du kein Skavagor bist, was bist du dann?«

»Schau doch nach«, lautete die Antwort. »Zieh dich hoch und klettre an Bord.«

Hugo reckte den Arm und hielt sich an der fellbedeckten Schulter des unbekannten Geschöpfs fest. Dann kletterte er an dessen Flanke hoch und schwang ein Bein über den Rücken. Als er wohlbehalten saß, griff er in das borstige Fell und hielt sich fest.

»Na?«, fragte das Wesen. »Wonach seh ich denn nun aus?«

Hugo musterte sein Reittier gründlich vom Kopf bis zur Schwanzspitze. Unter dem dicken runden Bauch baumelten vier dünne Beinchen. Durch das schüttere, grobe schwarze Fell schimmerte gelbfleckige, rosige Haut. Am Hinterteil ringelte sich ein kurzer Schwanz.

»Du siehst jedenfalls sehr ungewöhnlich aus«, stellte er fest.

»Ungewöhnlich ist gar kein Ausdruck«, entgegnete das Tier. »Ich bin einzigartig!«

Hugo beobachtete die beiden kleinen Flügel, die wie rasend flatterten. »Deine Flügel erinnern mich an Kolibriflügel. Sie sind ziemlich klein, oder?«

»Ich ziehe die Bezeichnung ›zierlich‹ vor«, gab das Tier zurück. »Und was ist mit meinem Gesicht? Wie würdest du das beschreiben?«

Das Tier wandte stolz den Kopf, sodass Hugo es im Profil sehen konnte – erst von links, dann von rechts. Das sonderbare Flugwesen besaß zwei schwarz behaarte Schlappohren, über den Pausbacken saßen zwischen Fettwülsten zwei blinzelnde Knopfaugen. Die kurze Schnauze mit den beiden bebenden, triefenden Nüstern war irgendwie plattgedrückt. Hugo hatte schon hübschere Tiere gesehen.

»Na?«, hakte sein Retter nach.

»Du erinnerst mich an … Na ja, in gewisser Hinsicht siehst du ein bisschen aus wie …«

»Spuck's schon aus.«

»Na ja, du erinnerst mich irgendwie an ein Schwein!«

Einen Augenblick herrschte Stille. Hatte er seinen Retter jetzt gekränkt?

»So so, an ein Schwein, hm?«, sagte das Tier dann stolz. »Danke schön! Freut mich, dass du mich so hübsch findest.«

»Also, ehrlich gesagt …« Hugo stockte.

»Ach übrigens, wie heißt du eigentlich?«, fragte das Tier. Es schnaufte nun ganz ordentlich, und Hugo fand, dass seine Flügel nicht mehr ganz so kräftig schlugen.

»Hugo. Und du?«

»Pigasus. Freut mich sehr, dich kennenzulernen, Hugo. Du bist nicht zufällig einem mäuseähnlichen kleinen Burschen mit Riesenohren begegnet? Ich hatte ihn vor einer Weile hier sozusagen abgesetzt.«

Hugo hatte seinen blinden Passagier ganz vergessen. »Mal überlegen …«, erwiderte er verschmitzt, langte in seine Tasche und kitzelte den warmen, flauschigen Bauch. Kurz darauf blinzelten Herkules' Knopfaugen aus der Tasche hervor. »Na, wie läuft's?«, erkundigte sich das Tierchen verschlafen.

»Sieh selber nach.«

Herkules streckte den Kopf weiter heraus und sah sich um. »Pigasus!«, rief er.

»Herkules!« Pigasus wandte lächelnd den Kopf. »Ich dachte schon, ich hätte dich verloren.«

»Hast du auch!«, erwiderte Herkules beleidigt.

»Wenn ich mich recht entsinne, bist du von meinem Rücken gerutscht.«

»Du hast mich abgeworfen.«

»Ich habe gesagt, du sollst dich festhalten.«

»Du hast aber nicht gesagt, dass du einen Looping fliegen willst.« Herkules huschte Hugos Arm hoch und hockte sich auf seine Schulter. »Zum Glück hat mich mein Freund Hugo gerettet.«

»Und ich habe Hugo gerettet«, sagte Pigasus. »Damit habe ich im Grunde auch dich gerettet.«

»Dann seid ihr ja jetzt quitt«, mischte sich Hugo ein.

Herkules und Pigasus wechselten einen finsteren Blick, dann sprang Herkules auf Pigasus' Kopf.

»Ich verzeihe dir«, verkündete er und kraulte seinen Freund hinterm Ohr.

»Entschuldigung angenommen«, erwiderte Pigasus wohlig grunzend. »Dann wollen wir uns mal auf den Heimweg machen.«

»Äh … wo fliegen wir eigentlich hin?«, erkundigte sich Hugo.

»Zu ein paar Freunden auf der anderen Seite der Insel«, erteilte ihm Pigasus Auskunft. »Wegen der Skavagoren brauchst du dich nicht zu beunruhigen – die können tagsüber nicht fliegen, weil die Sonne sie ihrer Kräfte beraubt. Du kannst also in aller Ruhe die Aussicht genießen.«

Pigasus stieg immer höher in den Morgenhimmel empor. Hugo hielt sich fest und betrachtete die Landschaft unter sich.

Draußen auf dem Meer konnte er hinter der Nebelwand die vor Anker liegende *El Tonto Perdido* erkennen. Beziehungsweise erkannte er die schwankende Mastspitze. Ob Hawkeye sie wohl vom Mastkorb aus beobachtete? Aber aus dieser Entfernung glich Pigasus wahrscheinlich einem ganz gewöhnlichen Vogel.

Als sie nach einer Kurve landeinwärts flogen, stellte Hugo fest, dass der Boden hinter dem Rand der Klippe abfiel wie ein Tellerrand. Überall wuchs üppig grünes Gras und Hugo musste an grünen Samt denken. Dann flogen sie über einen dichten, kreisrunden Wald, der die halbe Insel einnahm.

»Das ist der Hedderwald«, verkündete Pigasus, der schnaufte und schwitzte, während die Bäume unter ihm vorbeiglitten. »Wenn du hier runterfällst, rechne lieber nicht damit, dass ich dich suchen komme.«

»Ist der Wald denn gefährlich?«

»Nein, es ist ein herrliches Fleckchen, wenn man mal richtig ausspannen will«, antwortete Pigasus.

»Im Ernst?«

»Quatsch!«, grunzte Pigasus. »Das war ironisch gemeint. Dort hausen die fiesesten, tückischsten und grausamsten Bewohner unserer Insel, zehn Mal bösartiger als die Skavagoren. Wer sich da reinwagt, kommt nicht mehr lebendig raus. Nicht für alles matschige Obst der Welt würde ich einen Fuß hineinsetzen.«

»Aha.« Daraufhin hielt sich Hugo noch besser fest.

Als der Wald hinter ihnen lag, keuchte Pigasus stoßweise, und seine Flügelchen erlahmten zusehends. Da sie nicht mehr so rasend schnell schwirrten, konnte Hugo das schwarz-goldene Gefieder erkennen.

»Alles klar?«, fragte er und tätschelte Pigasus sacht den Kopf.

»Du bist auch nicht mehr der Jüngste, was, Pigasus?«, warf Herkules spöttisch ein.

»Mir geht's bestens«, schnaufte Pigasus. »Bin bloß ein bisschen müde. Meine Flügel sind nicht dazu gedacht, jemanden mitzubefördern, dazu sind sie zu klein.«

»Ach, klein würde ich sie nicht nennen«, sagte Hugo rasch. »Eher ›zierlich‹.«

Pigasus wandte den Kopf. »Ich glaube, wir beide können gute Freunde werden.«

Nach einer Weile merkte Hugo, dass Pigasus an Höhe verlor. Hinter dem Hedderwald stieg der Boden allmählich an. Geradeaus erkannte Hugo die gegenüberliegende Küste der Insel. Dort reichte eine Landzunge ins Meer hinaus. Dahinter lag die Nebelwand.

»Festhalten, wir gehen in den Landeanflug!«, kommandierte Pigasus. »Landen war noch nie mein Ding.«

»Ich glaube, jetzt ist der rechte Augenblick, wieder in deine Tasche zu kriechen«, wandte sich Herkules an Hugo.

»Bitte sehr!« Hugo hielt seine Tasche auf. Der kleine Nager hüpfte hinein und krabbelte bis ganz nach unten.

»Ich glaube, er ist wieder eingeschlafen«, stellte Hugo kurz darauf fest.

»Kann schon sein«, keuchte Pigasus. »Herkules ist das einzige mir bekannte Geschöpf, das noch mehr schläft als ich.«

Pigasus ging in den Sturzflug über, Hugo hielt sich mit aller Kraft fest. Als ihnen dicke sattgrüne Blätter um die Ohren peitschten, fing Pigasus mitten in der Luft zu rennen an. Da streiften seine Schweinshufe auch schon die Erde und er rannte in dem Bemühen zu bremsen weiter.

Hugo glaubte schon, die Landung sei glatt verlaufen, da blieb Pigasus mit dem Fuß an einem niedrigen Ast hängen. Er plumpste auf den Bauch und schlitterte durchs Gras. Dann drehte er sich, alle viere von sich gestreckt, einmal um sich selbst und zerdrückte dabei etliche junge Schösslinge sowie allerlei Blumen. Als er endlich zum Halten kam, steckte er mit dem Kopf in einem ausgesprochen dornigen Brombeerbusch.

»Alles klar?«, fragte Hugo atemlos. Er hatte während der gesamten Bruchlandung Todesängste ausgestanden.

»Klar wie Kloßbrühe!«, antwortete Pigasus und zog den Kopf aus dem Gestrüpp. »Obwohl ich gestehen muss, dass ich einen Augenblick lang schon dachte, es würde fürchterlich schiefgehen.«

»Ist es denn nicht schiefgegangen?«

»I wo«, sagte Herkules, dessen Barthaare aus Hugos Tasche lugten. »Da habe ich schon ganz andere Landungen erlebt.«

»Hat's dir denn Spaß gemacht?«, erkundigte sich Pigasus.

»Äh … doch!«, erwiderte Hugo. »Es war einer der schönsten Flüge, die ich je erlebt habe.«

»Wie oft bist du denn schon geflogen?«

Hugo musste lachen. »Erst dieses eine Mal. Aber der Flug auf dir kommt auf jeden Fall unter die fünf besten.«

Sie standen am Fuß eines weiteren Felshangs, der fast senkrecht emporragte und dessen schroffer Rand bis an die Wolken reichte.

»Was nun?«, fragte Hugo. »Hier können wir doch auch nicht hochklettern.«

Pigasus feixte. »Gut beobachtet.«

Er sah sich mit witternder Schnauze und aufgestellten Ohren um. Als er sich davon überzeugt hatte, dass sonst niemand da war, schob er Hugo durch eine schmale Lücke zwischen zwei

Büschen, die zu einer schmalen Klamm führte. Nach etlichen Windungen und Abzweigungen kamen sie auf einer Waldlichtung heraus. Hugo begriff, dass sie sich auf der anderen Seite des Bergrückens befanden.

»Leicht zu finden ist der Durchgang ja nicht gerade«, stellte er fest.

»Das hat seinen Grund«, bestätigte Pigasus. »Das Gebirge bildet eine Art natürliche Mauer, die diese Hälfte der Insel abtrennt. ›Schlupfwinkel‹ nennen wir ihn auch. Hier können sie uns nichts tun.«

»Wer denn?«

»Die Büffeloger«, sagte Pigasus Unheil kündend. »Wartet hier. Ich will nur eben den anderen Bescheid geben, dass wir Besuch haben. Bin gleich wieder da.«

»Ich komme mit«, rief Herkules, schlüpfte aus Hugos Tasche und saß mit drei Sprüngen auf Pigasus' Kopf.

Bevor Hugo noch fragen konnte, wer oder was die Büffeloger waren, trabte Pigasus davon.

Viel früher, als Hugo erwartet hatte – genau genommen fast im selben Augenblick –, hörte er jemanden kommen. Da er bei Pigasus' und Herkules' Freunden einen guten Eindruck machen wollte, strich er seine Kleider glatt und fuhr sich übers Haar – wie seine Mutter es immer getan hatte, wenn sie auf Verwandtenbesuch gegangen waren.

Erst als er hinter sich einen Ast knacken hörte, fiel Hugo auf, dass der Jemand aus der falschen Richtung kam. Er drehte sich um und sah eine Gestalt aus der Klamm treten, die ganz und gar nicht wie ein neuer Freund aussah. Der Ankömmling war doppelt so groß wie Pigasus, sein Fell war entschieden zottiger und er sah nicht halb so gutmütig aus.

Hugo konnte sich vor Schreck nicht rühren. Das bärenähnliche Geschöpf trampelte über die Lichtung, ohne ihn zu bemerken. Es war etwa zweieinhalb Meter groß, ein wahrer Berg mit zottigem Silberpelz. Es besaß lange, kräftige Arme und stämmige Beine, die den ungeschlachten Körper trugen. Von dem runden Kopf standen kleine Puschelohren ab, die lange Schnauze lief in einer braunen Stupsnase aus.

Hugo konnte die ledrigen Nüstern beben sehen. Das Tier reckte zweimal witternd die Schnauze, sträubte das Fell wie eine wütende Katze und wandte ruckartig den Kopf nach Hugo. Der Junge konnte die Augen unter den silbrigen Stirnfransen nicht erkennen, aber er wusste, dass sie auf ihn gerichtet waren. Das Untier zog die Lefzen zurück und entblößte die scharfen Fangzähne. Ein rasselndes Knurren hallte von der Felswand wider.

War das etwa ein Büffeloger?

Starr vor Schreck machte sich Hugo auf das Schlimmste gefasst. Gleich würde ihn das Vieh anfallen.

Doch das Geschöpf tat nichts dergleichen, sondern langte schwerfällig mit einem Arm nach hinten über den Kopf. Die Innenflächen seiner gewaltigen Tatzen waren schwarz und ledrig, es hatte kurze, dicke Finger – eine Art Kreuzung aus Hand und Pfote. Ehe Hugo noch überlegen konnte, was es vorhatte, förderte das Tier aus einer Lederscheide auf seinem Rücken ein breites Schwert zutage. Es richtete das Schwert auf Hugo, Arm und Klinge bildeten eine gerade Linie. Die Spitze der Klinge streifte beinahe Hugos Nasenspitze.

Leise, fast flüsternd sagte das Wesen wie im Selbstgespräch etwas wie: »Nicht schon wieder.«

Dann packte es das Schwert mit beiden Pranken und holte aus.

17. Kapitel

NICHT!«

Hugo hörte den Ruf, wusste aber nicht, wer ihn ausgestoßen hatte. Er konnte den Blick nicht von dem Schwert wenden, das ihn jeden Augenblick zu durchbohren drohte. Dicht über dem Knauf erkannte er auf der Klinge eine eingravierte Eichel.

»Er ist doch noch ein Kind. Er führt bestimmt nichts Böses im Schilde.«

Hugo wagte immer noch nicht, die Waffe aus den Augen zu lassen, aber die Stimme gehörte ganz bestimmt weder Pigasus noch Herkules, sondern klang eher nach einem jungen Mädchen.

»Wir wissen nicht, wer das ist«, knurrte der silberpelzige Riese, ohne das Schwert sinken zu lassen.

»Warum fragst du ihn dann nicht?«, fragte das Mädchen.

Das Untier rührte sich nicht und stellte auch keine Frage.

Hugo traute sich, zu der näher kommenden Gestalt hinüberzuschielen.

Er hatte sich nicht geirrt: Es war ein Mädchen. Sie war ungefähr so groß wie er, mit einem nahezu menschlichen Gesicht, nur dass sie weder Nasenlöcher noch Augenbrauen hatte. Dafür besaß sie langes, glänzendes Haar, das ihr bis auf die Hüften fiel, und riesengroße grüne Augen. Ihre glatte Haut war hellblau wie der Himmel an einem klaren Wintertag.

»Hallo«, sagte sie.

»Hallo«, erwiderte Hugo und fixierte wieder angstvoll das Schwert.

»Du brauchst dich nicht zu fürchten«, sagte das Mädchen. »Der tut dir nichts.«

Hugo spürte, dass sie vertrauenswürdig war. Sie lächelte ihm flüchtig zu und ihre schönen Augen leuchteten wie knackige grüne Äpfel.

»Wie heißt du?«, fragte sie.

»Hugo.«

»Tag, Hugo. Ich bin Delfina und das ist Snowdon.« Hugo nickte beiden zu, wobei er Snowdon weiterhin argwöhnisch im Auge behielt.

»Wie bist du hierhergekommen?«, wollte Delfina wissen.

»Mit einem Entdecker, auf einem Schiff.« Snowdon knurrte und ließ die Muskeln spielen, aber Delfina legte ihm die Hand auf die Pranke, was ihn zu besänftigen schien. Dabei sah Hugo, dass sie Schwimmhäute zwischen den Fingern hatte. »Der Entdecker«, fuhr er fort, »na ja, der will noch nicht mal selbst auf eure Insel kommen. Wahrscheinlich fürchtet er sich, aber vielleicht ist er auch einfach nur zu faul. Oder beides.«

»Furchtsam und faul«, wiederholte Delfina. »Keine besonders gute Mischung für einen Entdecker.«

Hugo feixte. »Da hast du allerdings recht. Ich glaube, er ist der unfähigste Entdecker der Welt. Er hat mich und meinen Onkel vorgeschickt, damit wir eine Karte eurer Insel anfertigen. Er hat nämlich Angst, sich hier zu verlaufen.«

»Und wo ist dein Onkel?«

»Den haben die Skavagoren verschleppt.« Mit einem Mal war Hugo todtraurig. Snowdon ließ sein Schwert sinken und schob es wieder in die Scheide auf seinem Rücken, Delfina legte Hugo die schwimmhäutige Hand auf die Schulter. »Wie hast du uns gefunden?«

»Pigasus hat mich hergeführt«, erklärte Hugo und fühlte sich schon besser. »Und Herkules.«

»Tatsächlich? Wo sind die beiden denn?«, wollte Snowdon wissen.

Ehe Hugo antworten konnte, hörte er Pigasus aus dem Unterholz rufen: »Hugo! He, Hugo! Tut uns leid, dass es länger gedauert hat … Wir wurden leider aufgehalten.«

Schon kam Pigasus auf den Hinterläufen angewatschelt. Auf den Vorderläufen balancierte er einen Berg Pfirsiche. Obendrauf hockte Herkules und mümmelte gierig.

Pigasus' Schnauze war mit Saft und Fruchtfleisch verschmiert.

»Die lagen gleich da drüben unter einem Baum und ich konnte nicht widerstehen«, verkündete er und verschlang den nächsten Pfirsich, dann bot er auch Hugo einen an, einen ganz besonders braunfleckigen. »Magst du auch einen?«

Hugo rümpfte die Nase. »Der sieht ein bisschen vergammelt aus.«

»Ja klar!«, erwiderte Pigasus. »So schmecken sie mir am besten. Appetit auf 'nen Pfirsich, Delfina?«

Delfina schüttelte den Kopf. »Nein danke, Pigasus. Ich mache mir nichts aus matschigem Obst.«

Pigasus zuckte die Achseln, warf den Pfirsich in die Luft und fing ihn mit dem Maul auf. »Offenbar hast du dich schon mit meinem neuen Freund Hugo bekannt gemacht«, sagte er und besprühte die Umstehenden dabei mit Pfirsichsaft.

»Er behauptet, die Skavagoren hätten seinen Onkel verschleppt«, warf Snowdon ein. Für so ein Riesengeschöpf sprach er sehr leise, aber seine Stimme hatte einen grollenden Unterton. Pigasus nickte teilnahmsvoll.

»Glaubt ihr, er ist noch am Leben?«, fragte Hugo.

Delfina legte ihm den Arm um die Schulter. »Bevor wir uns darüber unterhalten, schauen wir uns lieber erst nach etwas Essbarem für dich um, das nicht von Maden wimmelt.«

Snowdon brummte etwas und ging ihnen durch den Wald voran.

»Ich glaube, er ist nicht begeistert über mein Auftauchen«, raunte Hugo Delfina zu.

»Nimm's nicht persönlich«, raunte sie zurück. »Wenn man ihn näher kennt, ist er ein netter Kerl, aber er ist schon länger keinem Menschen mehr begegnet.«

»Soll das heißen, dass vor mir schon andere Menschen hier waren?«

»Nur einer. Aber der hat unser Vertrauen missbraucht.«

»Wie denn?«

Delfina schüttelte lachend den Kopf. »Du fragst einem ja Löcher in den Bauch! Bestimmt erzählen dir Pigasus und Snowdon die ganze Geschichte beim Abendessen. Aber es wird bald dunkel. Wir müssen Feuer machen, ehe die Nacht anbricht, sonst bekommen wir womöglich ungebetenen Besuch.«

»Ich dachte, hier kann einem nichts passieren, weil das Gebirge davorliegt.«

Delfina seufzte. »Auf dieser Insel ist man nirgends ganz und gar vor bösen Überraschungen sicher.«

18. Kapitel

Hugo saß im Schneidersitz auf dem Boden und blickte auf den Teller in seinem Schoß. Das Abendessen bestand aus einem riesigen gebratenen Aal und einem eigenartigen Gemüse, das Pigasus aus der Erde gebuddelt hatte. Es war faustgroß und hatte eine dicke braune Schale, innen drin war es aber weich und weiß. Snowdon nannte es Kartoffel.

»Also«, Hugo räusperte sich und stellte seinen Teller ab, »glaubt ihr, es besteht irgendeine Hoffnung, dass mein Onkel noch am Leben ist?« Er forschte in den Mienen der ums Feuer Versammelten nach einem noch so leisen Anflug von Zuversicht.

»Pass auf, Hugo«, erwiderte Pigasus sanft, »ich erklär dir mal, wie die Skavagoren vorgehen.«

Hugo wartete gespannt.

»Die Skavagoren sind auf dieser Insel sozusagen das Ungeziefer. Sie fliegen nachts auf der Suche nach Beute umher, die sie in den Hedderwald schleppen können. Für gewöhnlich haben sie es eher auf Jungtiere abgesehen – darum nehme ich an, sie wollten eigentlich dich schnappen und haben versehentlich deinen Onkel erwischt.«

Hugo schluckte schwer. »Wozu haben sie ihn in den Wald geschleppt?«

»Weil es Feiglinge sind.« Pigasus biss kräftig in seinen Aal und sprach kauend weiter. »Die Skavagoren sind hässlich und fies, aber eins haben sie mit uns anderen Inselbewohnern gemein – sie leben in beständiger Furcht vor den Büffelogern. Sie opfern ihnen ihre ganze Beute. Wenn der Halbmond am Himmel steht, schlachten die Büffeloger alles, was sie selbst erbeutet haben, und alles, was ihnen die Skavagoren bringen. Wird ein Skavagor dabei ertappt, dass er seinen Fang selbst frisst, steht beim nächsten Festschmaus der Büffeloger frischer Skavagor auf der Speisekarte. Die Büffeloger verschlingen ihre Beute mit Haut, Knochen und Haaren und den Skavagoren werfen sie hinterher ein paar Brocken als Belohnung zu.«

»Das heißt, diese Büffeloger fressen beim nächsten Halbmond meinen Onkel?«, fragte Hugo verstört.

»Leider ja.«

»Und wann ist wieder Halbmond?«

»Übermorgen«, warf Herkules leise ein.

Hugo sprang auf. »Demnach bleiben uns zwei Tage!«, rief er voller Tatendrang. »Wir müssen meinen Onkel suchen und befreien. Wir können ja einfach warten, bis alle Büffeloger schlafen, dann schleichen wir uns in den Wald, und dann …«

»NEIN!«, fiel ihm Snowdon donnernd ins Wort. Hugo fiel die Kinnlade herunter. Snowdon sprach in ruhigerem Ton weiter: »Wir gehen unter keinen Umständen in den Hedderwald! Dort leben die gefährlichsten Wesen, die man sich vorstellen kann. Dort hinzugehen, bedeutet den sicheren Tod. Selbst wenn es uns gelänge, an den fleischfressenden Wasserschnecken, den Riesenvampirkäfern und den dreiköpfigen Giftschlangen vorbeizukommen, ohne bei lebendigem Leib gefressen zu werden – den tödlichen Klauen der Büffeloger entkommt man nicht!«

»Ich muss es wenigstens versuchen«, entgegnete Hugo. »Was ist denn so schlimm an diesen Viechern?«

»Die Büffeloger sind die heimtückischsten, abscheulichsten Geschöpfe, die je die Erde bevölkert haben. Sie sind sooo groß«, Snowdon reckte den Arm hoch in die Luft, »und wiegen fünfmal so viel wie ich. Sie haben gewundene Hörner und rosa Augen und können schneller laufen als fast alle anderen Tiere. Wenn sie jagen, verströmen sie einen abscheulichen Gestank nach faulen Eiern, aber wenn man nah genug dran ist, das zu riechen, ist man ohnehin verloren.« Snowdon beugte sich zu Hugo herunter und fuhr fort: »Tut mir wirklich leid für deinen Onkel, Hugo. Aber nur ein Verrückter würde es wagen, diesen Wald zu betreten.«

»Fürst Erebus hätte es gewagt«, wandte Delfina ein und richtete sich kerzengerade auf.

Snowdon beugte sich zu ihr herunter, bis seine Schnauze beinahe ihr Gesicht streifte. Er bebte vor Zorn, aber er erwiderte beherrscht: »Der Fürst ist nicht mehr da. Wir haben ihn in derselben Nacht verloren wie die silberne Eichel.«

Damit stapfte er in den Wald hinein, zwängte sich durchs Unterholz und verschwand in der Nacht.

Am Lagerfeuer machte sich betretenes Schweigen breit. Niemand schien recht zu wissen, was er sagen sollte.

»Mach dir nichts draus«, meinte Delfina schließlich. »Er ist nicht immer so.«

»Stimmt«, pflichtete ihr Herkules bei. »Manchmal hat er *richtig* schlechte Laune.«

Hugo setzte sich auf einen Baumstumpf und hüllte sich in eine Decke, Delfina stocherte mit einem langen Ast im Feuer herum. Herkules sprang von Pigasus' Kopf und rollte sich am Feuer zu einem Flauschbällchen zusammen.

»Jetzt gibt's Nachtisch!«, verkündete Pigasus munter, sprang zum nächsten Baum, stellte sich auf die Hinterläufe und schüttelte den Stamm kräftig. Schon regnete es Früchte und Pigasus kehrte mit einem kleinen Berg Beeren zum Lagerfeuer zurück. Er legte Hugo einen Hufvoll in den Schoß.

»Das sind Marmeladenbeeren. Für meinen Geschmack noch nicht reif genug, aber trotzdem lecker. Das Beste ist die Füllung im Kern, wenn man draufbeißt. Probier mal eine.«

Der bedrückte Hugo steckte eine Beere in den Mund. Das Fruchtfleisch war süß, aber der Kern war groß wie eine Murmel. Hugo konnte ihn nicht zerbeißen, wie sehr er sich auch anstrengte. Darum schob er den Kern eine Weile von einer Backe in die andere und spuckte ihn, als Pigasus gerade nicht hinschaute, in seine hohle Hand.

»Wer weiß … vielleicht hat Snowdon es sich ja morgen anders überlegt«, meldete sich Delfina wieder zu Wort.

»Kann sein«, sagte Hugo. »Ich gebe die Hoffnung jedenfalls noch nicht auf. Das hat mir mein Vater so beigebracht.« Er lächelte tapfer und ließ den Blick über die merkwürdigen Tiere schweifen, die um das Feuer saßen. »Ihr seid alle so verschieden!«, stellte er fest. »Wie hat es euch denn auf diese kleine Insel verschlagen?«

»Du musst wissen, dass diese kleine Insel vor Millionen Jahren ein riesengroßer Erdteil war«, grunzte Pigasus.

»Als der Meeresspiegel stieg, waren unsere Vorfahren gezwungen, sich in höher gelegene Gegenden zurückzuziehen«, nahm Herkules den Faden auf. »Die Insel, die du heute siehst, ist nur der äußerste Zipfel eines versunkenen Kontinents.«

»Dann hat euch das Meer also alle zusammenrücken lassen?«

»So könnte man es nennen«, erwiderte Delfina. »Wir mögen zwar alle ganz verschieden aussehen, aber wir kommen im Allgemeinen recht gut miteinander aus.«

Herkules reckte gähnend die Pfötchen. »Ich glaub, ich leg mich aufs Ohr«, verkündete er. »Nacht, Hugo. Schlaf gut. Lass dich nicht von den fleischfressenden Wasserschnecken beißen.« Er trippelte durchs Moos und schlüpfte in einen hohlen Baumstumpf.

»Ich geh dann mal wieder in meinen Fluss«, erklärte Delfina. »Bis morgen.«

Als sie fort war, erklärte Pigasus Hugo, dass Delfina eine Wassernixe war und im Fluss schlafen musste, weil sie eigentlich Wasser statt Luft atmete.

»Aber du darfst bei mir am Feuer pennen, Kumpel«, brummte Pigasus. »Ich bin todmüde und du bestimmt auch.«

Hugo war tatsächlich fix und fertig, aber er hielt immer noch drei Marmeladenbeerkerne in der Hand. Während Pigasus es sich auf einem Laubhaufen bequem machte, scharrte Hugo verstohlen mit dem Fuß eine Kuhle in den Boden, ließ die Kerne hineinkullern und schob die lose Erde wieder drüber. Dann legte er noch seinen Tornister auf die kleine Erhebung, holte die andere Decke heraus und gesellte sich zu Pigasus auf das Laublager. Als er noch einmal zum Himmel emporblickte, gingen ihm viele Fragen durch den Kopf.

Wo war Onkel Walter? War er wohlauf? Wer war dieser Erebus, von dem Delfina gesprochen hatte, und was war ihm seinerzeit zugestoßen? Was hatte es mit der silbernen Eichel auf sich und weshalb war sie verloren gegangen?

19. Kapitel

Als Hugo die Augen aufschlug, sah er sich zwei Triefnüstern gegenüber. Im ersten Augenblick freute er sich unbändig, dass er nicht bloß geträumt hatte, er hätte sich mit einem Schwein angefreundet, das sprechen und fliegen konnte. Dann fiel ihm wieder ein, dass sein Onkel verschwunden war, und ihm wurde das Herz bleischwer.

Pigasus schlief noch, als Delfina kam, um nach Hugo zu sehen. Ihre schimmernde Haut war noch feucht vom Flusswasser.

»Morgen, Hugo. Wie hast du geschlafen?«, erkundigte sie sich.

»Wie ein Murmeltier. Und du?«

»Eher wie ein Fisch im Wasser.«

»Hast du vielleicht Lust, mich ein bisschen herumzuführen?«, regte Hugo an, denn er wollte sich endlich richtig orientieren und sich im Kopf eine Karte der sonderbaren Insel zurechtlegen.

»Aber ja. Komm mit.«

Delfina führte ihn einen belaubten Pfad entlang und anschließend einen steilen Hang hinauf. Sie mussten sich an Baumwurzeln festhalten, um nicht abzurutschen. Unterwegs erzählte sie ihm, dass sie sich nur jeweils ein paar Stunden auf dem Trockenen aufhalten könne, dann müsse sie zum Atmen wieder im Wasser untertauchen. Als sie den Kopf wandte, fielen Hugo zum ersten Mal die Kiemen an ihrem Hals auf.

Als sie den steilen Hang erklommen hatten, stieg der Boden noch weiter an, allerdings sanfter, und war bald mit saftigem Gras bewachsen. Nach einer Weile standen sie auf einer Hügelkuppe, von der aus man einen prachtvollen Blick auf den ›Schlupfwinkel‹ hatte. Die Halbinsel reichte weit ins Meer hinaus, wie ein grüner Arm, der sich nach dem blauen Himmel reckt.

»Hier ist es so friedlich«, meinte Hugo.

Delfina nickte. »Wenn es nur so bliebe.«

»Du klingst nicht besonders zuversichtlich.«

»Bin ich auch nicht.« Delfina lächelte traurig. »Diese Halbinsel ist seit vielen Jahren unsere Heimat und bis vor Kurzem war es hier immer herrlich ruhig und friedlich. Aber vorgestern hat ein Büffeloger die Klamm entdeckt. Zum Glück hat Snowdon ihn verjagt, ehe er sich ein Opfer suchen konnte. Jetzt tut Snowdon so, als sei die Sache damit erledigt, aber ich spüre, dass er uns nur beruhigen will. Wenn die Büffeloger irgendwo einen neuen Jagdgrund auftun, fackeln sie nicht lange.«

»Warum zieht ihr dann nicht alle woanders hin?«

»Der Schlupfwinkel ist der einzige Teil der Insel, den die Büffeloger noch nicht verwüstet haben. Sonst kann man sich hier nirgends verstecken.«

»Und was glaubst du, wann der Büffeloger wiederkommt?«

»Bald. Und er wird Verstärkung mitbringen. Für eine ganze Horde Büffeloger sind wir eine leichte Beute.«

Sie schwiegen lange.

»Eine Frage beschäftigt mich noch«, sagte Hugo schließlich. »Wie hat dieser andere Mensch euch hintergangen, und was ist

Fürst Erebus zugestoßen und was hat es mit der silbernen Eichel auf sich?«

»Du mogelst – das sind drei Fragen!«, entgegnete Delfina. »Aber ich glaube, ich kann alle drei mit derselben Geschichte beantworten.«

»Es war einmal, lang ist's her, da lebte auf unserer Insel ein gewisser Erebus. Er war groß und stark, ein tapferer Krieger, der sein Bestes tat, um seine Freunde vor aller Unbill zu beschützen. Aber er hatte auch ein gutes Herz und wünschte sich nichts sehnlicher, als dass auf der Insel Frieden herrschte.

Erebus wusste, dass er Letzteres nur mithilfe der silbernen Eichel erreichen konnte. Der Sage nach stand irgendwo im Hedderwald der Baum der Hoffnung – eine mächtige Eiche, deren Geäst nur eine einzige, silberne Frucht trug. Es hieß, wenn jemand diese Eichel in die Hand nähme, ginge sein größter Herzenswunsch in Erfüllung.

Erebus machte sich ganz allein auf, um den Baum der Hoffnung zu suchen. Drei Wochen lang durchstöberte er den Wald, kämpfte gegen Büffeloger, fleischfressende Schnecken und alle möglichen todbringenden Geschöpfe. Noch nie war es jemandem gelungen, sich in diesem Wald länger als ein, zwei Tage zu behaupten, ohne gefressen zu werden, aber Erebus schlug sich irgendwie durch, bis er endlich den Baum der Hoffnung entdeckte. Er pflückte die silberne Eichel und band sie sich um den Hals.

Daraufhin ging sein Traum von einer friedlichen Insel sogleich in Erfüllung – sämtliche gefährlichen Tiere wurden schlagartig zahm. Die Riesenschnecken krochen brav zum Fluss, wo sie sich fortan von Algen ernährten, und im finsteren Urwaldgestrüpp sprossen bunte Blüten in den leuchtendsten Rosa- und Orangetönen. Sogar die tückischen Büffeloger zogen sich auf die Berghänge zurück, um dort saftiges Gras zu weiden.

Erebus wurde als Held bejubelt und seines Mutes wegen zum Fürsten ernannt. Fortan lebten die Bewohner der Insel glücklich und in Frieden … jedenfalls etliche Jahre lang.

Dann kam eines Abends ein Fremder auf die Insel. Er stellte sich als ›Pedro‹ vor und behauptete, er sei ein Entdecker aus einem fernen Land namens Amazonien. Fürst Erebus führte ihn auf der Insel herum und ließ ihn in unserem Schlupfwinkel übernachten. Beim Abendessen erkundigte sich Pedro nach dem silbernen Amulett an Erebus' Hals. Der Fürst vertraute Pedro und erzählte ihm von den wundersamen Kräften der Eichel.

Noch in derselben Nacht schlich sich Pedro in die Hütte des schlafenden Fürsten, stahl ihm seinen Talisman und floh in den schützenden Wald. Pedro wusste allerdings nicht, dass es mit dem Frieden sogleich aus wäre, wenn jemand dem Fürsten die Eichel fortnahm. Es war Halbmond in jener Nacht und die Büffeloger kamen blutlüstern von den Hügeln herunter. Nachdem sie jahrelang nur Gras gefressen hatten, waren sie ausgehungert und hatten Pedros Fährte bald aufgenommen.

Erebus erwachte von ihrem Jagdgeheul. Er begriff sofort, was geschehen war, und lief Pedro nach. Es gelang Pedro zwar, den Hedderwald unbehelligt zu durchqueren, aber in der Lilabucht holten ihn die Büffeloger ein. Als Erebus schließlich oben auf der Klippe stand, war Pedro von ihnen umzingelt.

Pedro flehte den Fürsten an, ihm zu helfen. Er behauptete, er habe die Eichel irgendwo auf der Insel versteckt. Er versprach,

Erebus zu der Stelle hinzuführen, wenn er ihn nur vor den Büffelogern beschützte. Erebus tat sein Möglichstes, die Bestien zu verjagen, aber nach der langen Verbannung in den Bergen waren sie mordlustiger denn je. Sie verzehrten den unseligen Pedro bei ihrem Halbmondschmaus. Der Fürst kam zwar mit dem Leben davon, aber die silberne Eichel wurde nie wiedergefunden, und seither schwebt ein Verhängnis über unserer Insel.«

20. Kapitel

Als Delfina zu Ende erzählt hatte, merkte Hugo erst, dass er mit offenem Mund gelauscht hatte und dass ihm ein Speichelfaden aufs Hemd getropft war.

»Ist ja doll!«, sagte er und wischte sich das Kinn ab. »Dieser Fürst Erebus scheint ein echter Held zu sein.«

»Ja, das ist er … ich meine, das war er«, bestätigte Delfina.

»Ist er denn tot?«

Delfina nickte. »Er blieb noch ein paar Tage am Leben, aber dann erlag er den Wunden, die ihm die Büffeloger zugefügt hatten.«

»Warum sind die Büffeloger überhaupt so böse?«

»Der Sage nach schlummerten sie in grauer Vorzeit tief unter der Erde, in einem Labyrinth aus Höhlen und unterirdischen Gängen. Der Eingang zu dieser finsteren Unterwelt war angeblich eine Höhle im Gebirge. Es war den Tieren des Waldes verboten, dort hinzugehen, denn niemand sollte die Ungeheuer aufstören. Auf der Insel herrschte Frieden, die Tiere suchten ihre Nahrung in oder auf der Erde und in den Gewässern. Mit der Zeit entstand eine Gemeinschaft, der ein gewisser Fudschi vorstand, ein entfernter Vorfahr von Fürst Erebus. Die Tiere lernten, sich miteinander zu verständigen, und ließen sich am Saum des Hedderwaldes nieder. Aber eines Tages wagten sich ein paar unbedarfte Wasserschnecken in die Höhle vor, angelockt von dem Geruch, der aus dem Inneren des Berges kam. Sie krochen bis hinunter in das Labyrinth.«

»Was geschah dann?«, fragte Hugo mit gesenkter Stimme.

»Die Schnecken weckten die schlafenden Büffeloger«, erwiderte Delfina. »Es gab ein grausiges Gemetzel. Die meisten Schnecken wurden sofort gefressen oder im Höllenfeuer gebraten. Nur wenige entkamen, indem sie ihrer eigenen Schleimspur hinaus ins Freie folgten. Unseligerweise wurden sie von den Büffelogern und anderen abscheulichen unterirdischen Geschöpfen verfolgt – von Vampirkäfern und dreiköpfigen Schlangen. In jener Nacht war Halbmond. Aus diesem Grund veranstalten die Büffeloger bei jedem Halbmond ein Gelage. Um die Nacht zu feiern, in der die Wasserschnecken sie aus ihrer Gruft befreiten.«

»Und seither lebt eure Insel in beständiger Furcht?«

Delfina nickte. »Als die Sonne aufging, ertrugen die Unterweltungeheuer das Licht nicht. Die Schlangen und Käfer flohen in den dunklen Wald, die Büffeloger aber verweilten auf einer Lichtung und taten sich an ihrer reichen Beute gütlich. Dafür hat sie das Sonnenlicht nahezu blind gemacht.«

»Und was ist mit den Skavagoren?«, warf Hugo ein. »Warum dienen sie den Büffelogern?«

»Aus Feigheit. Als die Büffeloger aus dem Berg kamen, schien es, als würde kein Tier die Nacht überleben. Fudschi kämpfte wie ein wahrer Krieger, aber er konnte nicht alle seine Schützlinge retten. Die Skavagoren beschränkten ihre Verluste, indem sie die Partei der Büffeloger ergriffen.«

Hugo spürte, dass Delfina aus der Fassung gebracht war. Darum sagte er erst einmal gar nichts, sondern dachte über die Büffeloger, Pedro und die silberne Eichel nach, bis ihm der Kopf schwirrte.

»Warum hat Pedro die Eichel denn auf der Insel versteckt?«, fragte er schließlich doch. »Warum hat er sie nicht einfach in seine Tasche getan oder so?«

Delfina zuckte die Achseln. »Das weiß niemand. Es ist ein Rätsel. Genauso wie die Frage, wohin das Holzstück verschwunden ist.«

»Welches Holzstück?«, fragte Hugo.

»Habe ich das nicht erzählt? Als Pedro den Fürsten bat, ihn zu retten, zeigte er ihm ein Holzstück. Er behauptete, darauf sei das Versteck der Eichel verzeichnet. Vor seinem Tod kehrte Erebus an den Strand zurück und verbrachte seine letzten Tage damit, nach dem Holzstück zu suchen. Aber es war nicht aufzufinden. Vielleicht hat das Meer es fortgespült.«

Hugo packte sie in heller Aufregung am Arm. »Vielleicht hat das Meer das Holzstück aber auch in einen Felsspalt in der Klippe gespült, wo es seither unentdeckt liegt!«

»Sicher, das könnte auch sein«, entgegnete Delfina verwundert.

Hugo sprang auf und stürmte bergab. »Los, komm!«

»Was hast du denn auf einmal?«, fragte Delfina, rannte aber hinterher.

»Ich glaube, ich weiß, wo das Holzstück mit der Inschrift geblieben ist!«

»Wo denn?«

Hugo blieb stehen und grinste Delfina breit an. »In meinem Tornister.«

21. Kapitel

Hugo und Delfina legten den ganzen Weg zur Lichtung im Sturmschritt zurück und hätten beinahe Snowdon umgerannt, der eben losgehen wollte, um Brennholz zu sammeln.

»Wo wart ihr denn?«, blaffte er.

»Hugo glaubt, dass er Pedros Aufzeichnungen gefunden hat!«, rief Delfina über die Schulter.

Als sie auf dem taufeuchten Gras der Lichtung schlitternd zum Stehen kamen, schlummerte Pigasus immer noch tief und fest am heruntergebrannten Lagerfeuer. Obwohl Hugo und Delfina völlig außer Atem waren, brachen sie vor lauter Aufregung in Gelächter aus.

»Wo ist dein Tornister?«, japste Delfina.

»Irgendwo hier.« Hugo sah sich suchend um.

Pigasus setzte sich laut grunzend auf und blinzelte ins helle Sonnenlicht. Das Ohr, auf dem er gelegen hatte, stand ein bisschen ab.

»Was soll der fürchterliche Lärm?«, beschwerte er sich. »Was fällt euch ein, mich so grausam früh zu wecken?«

Hugo legte den Kopf in den Nacken. Durch das Laubdach

sah er die Sonne senkrecht über sich stehen. »Aber es ist fast Mittag.«

»Ach ja? Meine Güte, dann stehe ich wohl lieber auf, sonst muss ich ja hetzen, wenn ich vor dem Mittagessen noch in Ruhe frühstücken will.«

»Wir würden es nie drauf ankommen lassen, dass du auch nur eine einzige Mahlzeit auslässt«, besänftigte ihn Delfina augenzwinkernd. »Du würdest glatt verhungern.«

»Meine Rede«, bestätigte Pigasus und kratzte sich den runden Dickwanst. »Sind noch Marmeladenbeeren übrig?«

Da fiel es Hugo wieder ein. Am vergangenen Abend hatte er doch drei Kerne verbuddelt und die Stelle unter seinem Tornister versteckt. Er lief zu dem Baumstumpf, auf dem er gesessen hatte, und gleich dahinter lag auch der Tornister. Als er ihn aufhob, fielen ihm drei hellgrüne Spitzen auf, die aus der Erde lugten. Jede war ungefähr zehn Zentimeter lang und hatte oben eine winzige rosarote Knospe. Anscheinend hatten die Marmeladenbeerkerne ausgetrieben. So schnell hatte er noch nie etwas wachsen sehen.

Delfinas ungeduldiger Ruf riss ihn aus seinen Gedanken. »Ist es drin? Hast du es noch?«

»Was denn?«, fragte Pigasus nuschelnd, weil er die Backen voller kaltem Aal und Kartoffeln hatte.

»Hugo glaubt, er hat das Holzstück, worauf steht, wo die silberne Eichel versteckt ist«, ließ sich eine tiefe Stimme aus dem Unterholz vernehmen. Snowdon kam mit einem Armvoll kleinerer Bäume zurück, ließ seine Last fallen und fing sogleich damit an, einen Baum von Ästen zu befreien, damit er ihn klein hacken konnte. »Und, Hugo?«, fragte er. »Hast du das Holzstück nun wiedergefunden?«

Hugo schaute in seinen Tornister. Oben auf den Decken lag das Stück Treibholz, das er in der Felsspalte entdeckt hatte. Er drehte es um, warf einen Blick auf die eingeritzten Zeichen und hielt es den anderen zur Begutachtung hin.

Snowdon sträubte das Fell.

Delfina schlug die schwimmhäutigen Hände vor den Mund.

Pigasus rang nach Luft, verschluckte sich und bekam einen Hustenanfall. Snowdon klopfte ihm so lange auf den Rücken, bis ein Stückchen Aal wie eine Kanonenkugel aus seinem Mund schoss. Der Bissen verfehlte Hugo um wenige Zentimeter und blieb in einem Baum hängen.

»Sind das wirklich Pedros Aufzeichnungen?«, kam es von Delfina.

»Wo hast du das her?«, kam es von Snowdon.

»Aus einer Höhle am Strand«, erwiderte Hugo. »Dort, wo mich Pigasus gestern gerettet hat.«

»Dann könnte es tatsächlich das Gesuchte sein«, meinte Snowdon.

Er nahm Hugo das Holzstück ab und musterte es eingehend. In seinen behaarten Pranken wirkte es winzig und zerbrechlich. Delfina und Pigasus drängten sich neugierig um ihn. Sogar Herkules lugte aus seinem hohlen Baumstumpf, um zu sehen, was los war. Erpicht darauf, den besten Platz zu ergattern, kletterte er an Snowdon hoch und dessen Arm entlang. Dann trippelte er schwankend über das Holzstück und betrachtete ein eingeritztes Zeichen nach dem anderen, wobei seine Barthaare vor Konzentration bebten.

Die vier schienen ewig über den Fund zu diskutieren, und Hugo versuchte verzweifelt, etwas zu verstehen. Obwohl er sich unauffällig näher an die Runde heranstahl, konnte er nur den einen oder anderen Fetzen aufschnappen.

Schließlich trat die kleine Gruppe wieder auseinander. Snowdon kam zu Hugo herüber, der scheinbar interessiert ein Blatt betrachtete und vor sich hin pfiff.

»Also, Hugo«, sagte Snowdon, »wir sind uns darüber einig, dass es sich tatsächlich um einen Hinweis auf das Versteck der silbernen Eichel handelt.«

Hugo hüpfte vor Aufregung von einem Bein aufs andere. »Und … wo ist die Eichel nun?«

Snowdon kniete sich hin und legte ihm die Pranke auf die Schulter. »Das wissen wir leider nicht. Keiner von uns kennt sich mit solchen Schriftzeichen aus. Wir vermuten, dass es irgendwelche fremdländischen Buchstaben sind.«

Hugos Begeisterung schrumpfte wie ein Fesselballon in einer Dornenhecke. Er ließ den Kopf bis auf die Brust hängen, der Tornister rutschte ihm von der Schulter.

»Aber dieses Stück Holz ist unsere einzige Hoffnung«, sagte er mit vor Enttäuschung bebender Stimme. »Unsere einzige Hoffnung, die silberne Eichel wiederzufinden und der Insel Frieden zu bringen. Meine einzige Hoffnung, Onkel Walter wiederzufinden. Die Inschrift muss doch *irgendetwas* bedeuten!«

»Machen wir uns nichts vor, Hugo«, entgegnete Snowdon, »die silberne Eichel ist ein für alle Mal verloren … und dein Onkel auch.«

Delfina warf Snowdon einen tadelnden Blick zu. »Das Einzige, was hier ein für alle Mal verloren ist, ist dein Mut. Ich muss wieder ins Wasser, Hugo. Wenn du mitkommst, können wir gleich mal Kramer fragen, ob er sich vielleicht zusammenreimen kann, was die Inschrift bedeutet.«

»Woher soll der das wissen!«, brummelte Snowdon.

»Wenn ich dich nicht so gut kennen würde, Snowdon, hätte ich jetzt den Verdacht, dass es dir ganz recht ist, wenn wir die Inschrift nicht entziffern können. Ich glaube, du bist froh, dass du dich nicht in den Wald wagen musst. Ich glaube, du bist ein riesengroßer Angsthase.«

»Blödsinn!«, schnaubte Snowdon und tat so, als fände er Delfinas Beleidigung urkomisch.

»Du kannst die Büffeloger nicht ewig von hier fernhalten«, gab Delfina zu bedenken. »Bald werden sie in Scharen anrücken und dann kannst nicht einmal du uns noch verteidigen. Dann sind wir alle erledigt.«

Snowdon wollte widersprechen, doch Delfina, Herkules und Hugo waren schon gegangen. Darum wandte er sich an Pigasus.

»Hier kann uns nichts passieren«, sagte er stur.

»Ich hoffe ja auch, dass du recht behältst, Snowdon«, erwiderte Pigasus und wiegte bekümmert den Kopf. »Das hoffe ich um unser aller willen.«

22. Kapitel

Am Fluss war es kühl und still. Das klare Wasser strömte träge über runde Kiesel und der Flusslauf schlängelte sich in weiten Bögen mal nach links, mal nach rechts zwischen den Bäumen hindurch.

Delfina bat Hugo und Herkules, am Ufer zu warten, während sie Kramer suchen ging. Die beiden sahen sie in den Fluss waten, bis das Wasser ihre Hüften umspielte. Dann tauchte sie unter und war mit einem flinken Schlag der Schwimmfüße entschwunden. Nur ein paar Kreise blieben im Wasser zurück.

»Ist Kramer ein Wassermann?«, erkundigte sich Hugo.

»Wart's ab«, erwiderte Herkules lachend, und seine Barthaare kitzelten Hugo am Ohr.

Hugo versuchte, sich diesen Kramer vorzustellen, aber bald schweiften seine Gedanken ab, und er dachte an seinen Onkel. Je länger er über die bevorstehende Befreiungsaktion nachgrübelte, desto mehr verzweifelte er. Er umklammerte sein Springerfigürchen, damit seine Hände nicht so zitterten.

»Ich kann nicht einfach hier rumsitzen und nichts tun!«, rief er aus.

»Was würdest du denn tun, wenn dein Onkel jetzt hier wäre«, fragte Herkules.

»Dann würden wir eine Landkarte dieser hochspannenden Insel erstellen.« Hugos Miene hellte sich auf.

»Warum probierst du es nicht einfach?«, schlug Herkules vor. »Vielleicht geht's dir dann besser.«

Hugo holte sein Notizbuch und ein Stück Zeichenkohle hervor und fing an, die Umrisse der Insel zu skizzieren. Aus dem Gedächtnis zeichnete er die Küstenlinie nach und schraffierte die Nebelwand. Er zeichnete ein kleines Schiff, um die Lage der vor Anker liegenden *El Tonto Perdido* zu bezeichnen, und trug die Höhle in der Lilabucht ein, in der er genächtigt hatte. Mit dickeren Strichen deutete er die Klippe am Strand an und zeichnete zwei rattenköpfige Vögel an die Stelle, wo die Skavagoren Onkel Walter entführt hatten.

Dann skizzierte er die geschwungene Landzunge des ›Schlupfwinkels‹ und den Fluss mit seinen sanften Windungen. Den schroffen Gebirgsrücken trug er als schmale Ellipse ein, die Klamm als gepünktelte Linie. Auch die Bäume, die er aus der Luft gesehen hatte, durften nicht fehlen, wobei er unterschiedliche Symbole für jede Baumart benutzte. Bäume mit spitzen stacheligen Blättern bekamen gezackte Ränder, jene mit runderen Blättern glichen kleinen Wolken.

»Du hattest recht«, sagte er schließlich. »Es tut mir irgendwie gut. Als ob Onkel Walter doch nicht so weit weg wäre.«

Da streckte Delfina den Kopf aus dem Fluss. Erst dachte Hugo, sie sei allein, dann sah er noch jemanden aus dem Wasser steigen. Ihm blieb die Spucke weg.

Da kam doch tatsächlich ein zweiköpfiges Krokodil die Uferböschung hochgetappt! Sein Rücken war mit rauen Schuppen besetzt, die beiden Mäuler grinsten hinterhältig. Der spitz zulaufende Schwanz schleifte auf dem Boden und schlug bei jedem Schritt hin und her.

»Darf ich dir Kramer vorstellen, Hugo?«, sagte Delfina.

Hugo schluckte. »T-T-Tag Kramer.«

»Keine Angst«, sagte der eine Krokodilskopf. »So schnell fressen wir dich nicht.«

»Stimmt. Ich hab grade erst gefrühstückt«, bestätigte der andere Kopf. »Darum habe ich keinen Appetit … noch nicht.«

»Er macht nur Spaß«, sagte der erste Kopf.

»Klar mach ich nur Spaß!«, sagte der andere Kopf. »In Wirklichkeit bin ich am Verhungern!«

Hugo lachte gezwungen.

»Delfina hat mir schon alles über das rätselhafte Holzstück erzählt«, verkündete der erste Kopf. »Darf ich es mir mal ansehen? Normalerweise bin ich ziemlich gut im Rätsellösen, wenn ich die Köpfe zusammenstecke.«

Hugo gab Kramer das Holzstück. Erst betrachtete es der eine, dann der andere Kopf prüfend, wie ein Juwelier, der den Wert eines Diamanten abschätzt.

»Und?«, wagte Hugo nach einer Weile zu fragen. »Weißt du, was es bedeutet?«

»Lass mich noch einen Augenblick überlegen«, entgegnete der eine Kopf, während von beiden Krokodilsschnauzen das Wasser tropfte. »Ja, drängel mich nicht«, entgegnete der andere Kopf grinsend. »Davon werde ich ganz nervös und dann krieg ich bloß noch mehr Hunger.«

»Schon gut, schon gut«, beeilte sich Hugo zu erwidern. »Lasst euch ruhig Zeit.«

Doch zu guter Letzt musste sich auch Kramer geschlagen geben. Auch er hatte keinen blassen Schimmer, was die Inschrift bedeuten sollte. Hugo, Herkules und Delfina konnten ihre Enttäuschung nur mühsam verhehlen.

»Immerhin hast du es dir durch die Köpfe gehen lassen«, seufzte Delfina.

Kramers Blick fiel auf Hugos Notizbuch, und er fragte ihn, was er da zeichnete. Hugo zeigte ihm die Karte und erklärte, dass sie die Insel von oben darstellte. Kramer hatte noch nie eine Karte gesehen und war davon ausgesprochen angetan. Er nickte mit beiden Köpfen, als ihm nach und nach aufging, mit welchen Mitteln die Zeichnung sein Revier wiedergab.

»Und was soll das hier unten darstellen?« Er deutete mit der spitzen Klaue auf die linke untere Ecke.

»Ach, das ist die Legende. Hier erklärt derjenige, der die Karte gezeichnet hat, was die einzelnen Symbole bedeuten.«

Hugo erläuterte Kramer, dass die gezackten Kreise für Bäume mit spitzen Blättern standen und die wolkenförmigen für solche mit runden.

»Ganz schön raffiniert!« Kramer schüttelte staunend die Köpfe. »Und was bedeutet das hier unten?«

»Das soll ein kleiner Abschnitt vom Fluss sein, eine Biegung, sozusagen als Beispiel.«

»Hmm …«, machte Kramer nachdenklich. »Ist ja komisch.«

»Was ist komisch?«, fragten Hugo und Delfina wie aus einem Mund.

»Es hat wahrscheinlich nichts zu bedeuten«, erwiderte einer von Kramers Köpfen, »aber dieses Symbol hier, das eine Flussbiegung darstellen soll, sieht dem zweiten Zeichen auf dem Holzstück ausgesprochen ähnlich.« Der andere Kopf nickte und stimmte ihm zu: »Hab ich auch grade gedacht.«

Hugo betrachtet erst die Legende zu seiner Karte und dann wieder die Inschrift auf dem Holzstück. Tatsächlich – das Symbol, das er für die Flussbiegung gewählt hatte, sah dem zweiten Zeichen der Inschrift ausgesprochen ähnlich.

Hugos bekam Herzklopfen und schöpfte neue Hoffnung. Endlich war ihm ein Licht aufgegangen! Die Inschrift war kein Wort, es handelte sich nicht um unbekannte Buchstaben. Es waren nämlich gar keine Buchstaben, sondern Bildsymbole.

»Das ist keine Inschrift!«, rief er aus. »Das ist eine Landkarte!«

23. Kapitel

Hugo lief sofort los, um seine Entdeckung Snowdon zu zeigen. Vor lauter Eile merkte er gar nicht, dass Herkules rücklings von seiner Schulter purzelte und lautlos ins Moos plumpste. Delfina und Kramer folgten Hugo auf dem Fuße, während Herkules sein Letztes gab, um nicht abgehängt zu werden. Der kleine Mäuserich wetzte hinterher, so schnell ihn die Füßchen trugen, wobei seine Ohren wie rosafarbene Fahnen hinter ihm herwehten.

Als sie Snowdon begegneten, der eben zum Fluss wollte, um Aale zu fangen, redeten Hugo, Delfina und Kramer gleichzeitig auf ihn ein. Vor lauter Begeisterung überschrien sie sich gegenseitig, sodass keiner richtig zu verstehen war. Kurz darauf kam auch Herkules angehechelt und ließ sich am Stamm eines jungen Baumes erschöpft zu Boden sinken. Seine flauschigen Flanken hoben und senkten sich heftig.

Snowdon hob die Pranke und befahl: »Ruhe!« Hugo und Delfina verstummten, nur Kramer quasselte weiter. Seine Köpfe zankten sich inzwischen, welchem von beiden zuerst aufgefallen war, dass die Zeichen auf dem Holzstück den Symbolen auf Hugos Karte ähnlich sahen.

»Ich hab die Karte zuerst gesehen!«, zeterte der eine.

»Ja, aber ich hab als Erster gesagt, dass sie wie die Inschrift aussieht!«

»Aber ich hab's zuerst gedacht!«

»Gar nicht!«

»Wohl!«

»RUHE, hab ich gesagt!«, brüllte Snowdon. Diesmal hielt Kramer die Schnauzen.

»So, Hugo«, fuhr Snowdon in gedämpfterem Ton fort, »jetzt erzähl doch mal, warum ihr alle dermaßen aufgekratzt seid.«

Hugo zeigte ihm seine Karte, erklärte ihm die Legende und wies auf die Ähnlichkeit zwischen seinem Symbol für ›Flussbiegung‹ und dem zweiten Zeichen von Pedros Inschrift hin.

»Das sind nämlich gar keine fremdländischen Buchstaben, sondern eine Art Schatzkarte von der Gegend, wo die silberne Eichel versteckt ist. Wahrscheinlich wollte Pedro irgendwann wieder hinkommen und die Eichel holen. Das zweite Zeichen stellt einen Fluss dar, das letzte könnte eine Eichel sein. Wenn es uns gelingt, auch noch die anderen Zeichen zu entziffern, können wir die silberne Eichel bestimmt finden und meinen Onkel befreien. Aber wir müssen uns ranhalten.«

Snowdon war entschieden unbeeindruckt.

»Und die anderen Zeichen? Wofür steht zum Beispiel das erste?«

Delfina zuckte die Achseln. Kramer schüttelte bedauernd die Köpfe. Hugo betrachtete stirnrunzelnd den eingeritzten Kreis.

»Wenn ihr noch nicht mal das allererste Zeichen auf eurer sogenannten Karte deuten könnt, wird das ja wohl nix«, sagte Snowdon mit leisem Spott. »Wollt ihr etwa die ganze Insel nach irgendeiner Biegung irgendeines Flusses absuchen?«

»Weißt *du* denn nicht, was das Zeichen bedeuten könnte?«, fragte Delfina.

»Ich habe nicht die leiseste Ahnung«, erwiderte Snowdon prompt.

Dann nahm er sein Angelzeug und stapfte davon. Hugo und die anderen blieben völlig entmutigt zurück, aber kaum war Snowdon ein paar Schritte gegangen, trat Pigasus auf den Plan.

»Ich muss mich doch sehr über dich wundern, Snowdon!« Pigasus trat hinter einer Baumgruppe hervor, wo er Fallobst gesammelt hatte. »Die silberne Eichel verloren zu geben, ist das eine, aber es ist etwas ganz anderes, seinen Freunden etwas auszureden, das man sich selber nicht traut.«

»Was willst du damit sagen?«, knurrte Snowdon.

»Du weißt so gut wie ich, dass der Hedderwald kreisrund ist. Und darum weißt du ganz bestimmt auch, dass das erste Zeichen auf Pedros Karte nur für den Wald stehen kann.«

»Ach so!«, rief Hugo, dem wieder einfiel, wie der Wald bei seinem Flug auf Pigasus aus der Vogelperspektive ausgesehen hatte.

»Darauf bin ich gar nicht gekommen«, brummte Snowdon, aber es klang nicht besonders überzeugend. »Außerdem ist der Wald riesengroß. Diese ganz bestimmte Flussbiegung zu finden, kann Tage dauern, ganz abgesehen davon, dass man vorher bei lebendigem Leib gefressen wird.«

»Wir gehen Noah suchen«, sagte Pigasus entschlossen. »Wenn irgendwer diese Karte entziffern kann, dann er.«

»Noah Lang?« Snowdon lachte höhnisch. »Viel Glück! Selbst wenn er die Inschrift entziffern kann, wird er euch keine vernünftige Auskunft geben. Er spricht in den verzwicktesten Rätseln und hinterher seid ihr bloß noch verwirrter als jetzt.«

Hugo hätte zu gern gewusst, wer dieser Noah Lang war, kam aber zu dem (zutreffenden) Schluss, dass eine Nachfrage jetzt nicht angebracht war.

»Schon viel zu viele Inselbewohner sind wegen dieser Eichel ums Leben gekommen«, fuhr Snowdon fort. »Ihr könnt von Glück sagen, wenn ihr überhaupt wieder lebendig aus dem Wald herauskommt.«

»Einen Versuch müssen wir trotzdem wagen«, entgegnete Hugo. »Die Büffeloger kommen bestimmt bald wieder und irgendwer muss das Holzstück nehmen und in den Wald aufbrechen. Vielleicht kommen wir bei dem Versuch um, die silberne Eichel wiederzufinden, aber wenn wir nichts unternehmen, müssen wir auf jeden Fall alle sterben. Mein Vater hat mich gelehrt, nie aufzugeben, ehe das Spiel vorbei ist, und dieses Spiel ist noch nicht vorbei.« Hugo holte tief Luft. »Ich will und werde versuchen, meinen Onkel zu retten, ob mit oder ohne eure Hilfe. Also … wer kommt alles mit?«

Einen Augenblick lang senkte sich Stille über die Lichtung.

Dann gab sich Herkules einen Ruck, sprang auf und flitzte zu einem großen Kaktus. »Ich bin dabei, Hugo!«, verkündete er und riss der Pflanze einen Stachel aus. »Mit meinen überragenden Körperkräften im Verein mit deiner Entschlossenheit zeigen wir diesen Scheusalen, dass man sich mit uns lieber nicht anlegt.« Er stellte sich auf die Hinterpfoten, schwang seinen Kaktusstachel und hieb um sich wie mit einem Schwert. »Da hast du, und du auch! Ehe die Büffeloger mitkriegen, wie ihnen geschieht, sind sie geliefert!«

»Danke, Herkules.« Hugo war über die Treue seines mausgroßen Freundes gerührt, hatte jedoch insgeheim gehofft, dass sich ihm noch jemand anders anschließen würde. Jemand Stärkeres.

»Pah!«, höhnte Snowdon. »Was wollt ihr beide gegen diese Riesenviecher ausrichten?«

Hugo drückte die Brust heraus und erwiderte: »Mein Vater hat mich gelehrt, dass ein Bauer und ein Springer ein ganzes Heer schlagen können.«

»Ich bin übrigens der Springer!«, warf Herkules ein und reckte seinen Kaktusstachel in die Höhe. Dann setzte er beiläufig hinzu: »Ehrlich gesagt weiß ich gar nicht recht, was ein Bauer ist.«

»Dann kommt, tapferer Herkules, lasst uns aufbrechen.« Hugo setzte den Tornister auf, Herkules huschte an ihm hoch und nahm auf seiner Schulter Platz.

»Wart mal, Hugo!«, sagte Pigasus. »Du hast vielleicht schon mitgekriegt, dass ich es nicht so mit dem Kämpfen habe. Wahrscheinlich bin ich so weit davon entfernt, ein Held zu sein, wie es nur irgend geht. Anders ausgedrückt: Ich fresse und schlafe viel zu gern, um mich im Kampf gegen die Büffeloger irgendwie nützlich machen zu können.«

Pigasus hielt inne, um einen Pfirsich in den Mund zu stecken, dann fuhr er mit neuem Schwung fort: »Wie dem auch sei … ich will verflucht sein, wenn ich drauf warte, dass mich die Büffeloger im Schlaf abmurksen. Es mag aussichtslos sein, die silberne Eichel finden oder den Büffelogern entkommen zu wollen – oder auch nur den Wald durchqueren zu wollen. Wahrscheinlich ist es unser Verderben, wenn wir diesen geschützten Ort verlassen, aber wenn wir hierbleiben, gibt es für uns gar keine Hoffnung mehr. Ich für meinen Teil bin nicht bereit, die Hoffnung jetzt schon aufzugeben.«

Hugo lächelte ihn dankbar an, doch Pigasus war noch nicht fertig. »Delfina und Kramer müssen allerdings hierbleiben, denn man weiß nicht, wann wir unterwegs auf den nächsten Fluss stoßen, wo sie atmen können.«

»Ich bleibe hier und bewache die Klamm«, sagte Kramer.

»Ich komme ein Stückchen mit«, sagte Delfina. »Ich muss nicht so oft ins Wasser wie Kramer.«

»Und du, Snowdon?«, fragte Hugo. »Wie sieht's mit dir aus?«

Snowdon warf seinen Kescher über die Schulter, sah vom einen zum anderen und erwiderte: »Ohne mich.«

24. Kapitel

Hugo, Pigasus und Delfina zogen im Gänsemarsch in Richtung Hedderwald, Herkules thronte auf Hugos Schulter. Es war heiß und schwül, die Sonne brannte vom Himmel. Außerhalb des Schlupfwinkels war die Insel noch farbenprächtiger, als Hugo es sich je hätte träumen lassen. Sie überquerten eine Wiese mit leuchtend türkisfarbenem Gras und kamen an Büschen mit goldenen Blättern vorüber, die wie Hände geformt waren. Orangefarbene Glockenblumen überragten sie und rote Riesennarzissen schienen ihnen grüßend zuzunicken. Als sie eine kurze Rast einlegten, nahm Hugo die wundersamen Pflanzen in seine Karte auf.

Außer seinem Notizbuch hatte er ein paar Pfirsiche und Kartoffeln eingepackt, zu seiner Verteidigung trug er einen großen Ast. Pigasus hatte sich einen Bogen und eine Handvoll Pfeile, deren Fehlen Snowdon seiner Meinung nach nicht auffallen würde, »ausgeborgt«. Obwohl er im Leben noch keinen Pfeil abgeschossen hatte, fühlte er sich damit mutiger. Delfina hatte eine Schlinge in Hugos Messseil geknüpft und es sich über die Schulter gehängt, Herkules war mit seinem Kaktusstachel bewaffnet. Keiner der vier wollte zugeben, wie unruhig er war, darum scherzten sie unterwegs immer wieder über ihr Abenteuer.

»Wer fürchtet sich schon vor fleischfressenden Wasserschnecken und dreiköpfigen Schlangen?«, spottete Herkules.

»Möchte wissen, was an Vampirkäfern so schlimm sein soll«, stimmte Hugo ein.

»Hoho!«, lachte Pigasus überdreht. »Was ist schon dabei, dass sie groß wie Menschen sind und Zähne wie Krummsäbel haben!«

Da musste Hugo doch schlucken.

»Sie kommen aber nur nachts raus«, sagte Delfina rasch. »Wenn es dämmert, haben wir den Wald längst wieder verlassen.«

»Längst!«, bekräftigte Pigasus erleichtert. »Es besteht also nicht der mindeste Anlass zur Sorge.«

Mit frischem Mut marschierten sie weiter.

Nach einer Weile erkundigte sich Hugo: »Wer ist denn nun eigentlich dieser Noah Lang?«

Pigasus erläuterte ihm, dass Noah Lang das Insel-Orakel war – das älteste und weiseste Geschöpf weit und breit. Der Sage nach lebte er im Wald, besaß aber die Fähigkeit, sich jederzeit unsichtbar zu machen und nach Belieben woanders wieder aufzutauchen. Er nutzte diese Gabe, um Gefahren – und ungebetenen Besuchern – aus dem Weg zu gehen, weshalb es fürchterlich schwierig war, ihn aufzustöbern. Angeblich gewährte er nur jenen seine Unterstützung, deren Anliegen redlich war.

»Wie sollen wir ihn denn dann finden, wenn er sich unsichtbar machen kann?«

»Darüber habe ich mir noch gar keine Gedanken gemacht«, antwortete Pigasus. »Wir müssen einfach darauf vertrauen, dass er sich von uns finden lassen will.«

Je näher der Wald rückte, desto beklommener wurde die kleine Schar. Nach ein paar Stunden waren alle derart angespannt, dass sie in tiefem Schweigen einhermarschierten … bis Pigasus herumfuhr und rief: »Wer ist da?«

Es kam keine Antwort.

»Ich habe ganz bestimmt Schritte hinter mir gehört!«, sagte Pigasus.

»Du brauchst dich nicht zu fürchten«, beschwichtigte ihn Herkules. »Ich beschütze dich doch.«

»Äh … danke, Herkules. Da bin ich natürlich beruhigt.«

Während ihres Wortgeplänkels wurden sie aus dreißig Metern Entfernung von jemandem beobachtet, der hinter einem dichten Strauch mit langen, gewundenen Blättern kauerte und ihnen nachschaute, bis sie außer Sichtweite waren. Dann stand der Jemand auf und folgte ihnen.

Oben auf einer grasbewachsenen Anhöhe blieb Hugo unvermittelt stehen. Herkules, der sich nicht festgehalten hatte, flog von seiner Schulter und fuchtelte hilflos mit den Pfoten. Hugo erwischte ihn gerade noch am Schwanz.

»Das wollte ich nicht«, sagte er. »Alles in Ordnung?«

»Na klar«, erwiderte Herkules und schwang mit dem Kopf nach unten wie ein pelziges Pendel hin und her.

»Warum halten wir an?«, fragte Delfina.

»Schau mal nach unten«, entgegnete Hugo.

Hinter der Anhöhe erkannte man die vordersten Ausläufer des Hedderwaldes.

Die Bäume waren himmelhoch. Ihre knorrigen Äste waren ineinander verschlungen wie die Arme urzeitlicher Riesen und bildeten ein schier undurchdringliches Dickicht. Das dichte Blätterwerk rauschte boshaft im Wind. So dicht an dicht standen die Bäume, dass sich ihre Stämme überkreuzten und kein Lichtstrahl in den Wald hinein- oder herausdringen konnte. Unter dem leuchtend grünen Laubdach herrschte tiefste Nacht.

Die kleine Schar verharrte in ehrfürchtigem Schweigen.

Schließlich ergriff Hugo das Wort: »Ich habe noch mal über die Vampirkäfer nachgedacht. Und ich hätte da eine Frage.«

»Nämlich?«, fragte Delfina.

»Na ja, du hast doch gesagt, die Vampirkäfer kommen nur nachts raus. Wie mir scheint, herrscht im Hedderwald aber immerwährende Nacht.«

»Mach dir wegen der paar Vampirkäfer keinen Kopf«, sagte Herkules und hieb mit dem Kaktusstachel nach einem unsichtbaren Gegner.

»Ihre Panzer klappern schon, weil sie vor Angst schlottern«, setzte Pigasus hinzu.

Hugo und Delfina wechselten einen skeptischen Blick.

»Es gibt keinen anderen Weg in den Wald«, sagte Delfina. »Und laut Pedros Karte liegt die silberne Eichel irgendwo da drin.«

»Kannst du nicht einfach mit mir auf dem Rücken über den Wald drüberfliegen, Pigasus?«, schlug Hugo munter vor.

»Schön wär's, mein lieber Junge«, lautete die seufzende Antwort. »Leider sind meine armen Flügelchen von unserem gestrigen kleinen Abenteuer noch ganz lahm. Ich kann sie kaum heben, geschweige denn damit flattern.«

»Dann müssen wir eben zu Fuß weitergehen.«

Hugo marschierte voraus und duckte sich unter den niedrigen Zweigen hindurch. Aus Sicherheitsgründen – und natürlich, um für den bevorstehenden Kampf Kräfte zu sammeln – zog Herkules es vor, sich in seiner Tasche tragen zu lassen. Unter dem Laubdach war es kalt und feucht wie in einem pechschwarzen Keller. Es war so dunkel, dass Hugo nicht einmal seine eigenen Füße sehen konnte, die schmatzend über den schlammigen Boden stapften. Er drehte sich nach den anderen um.

»Pigasus, Delfina, seid ihr noch da?«, rief er und spähte mit aufgerissenen Augen umher.

Da klopfte ihm jemand auf die Brust. Er wich einen Schritt zurück, aber es klopfte noch einmal, dann packte ihn jemand am Arm. Hugo verlor die Beherrschung.

»Hilfe, Hilfe! Ein Ungeheuer hat mich angefallen!«, brüllte er und schlug um sich. »Kommt schnell, Pigasus, Delfina! Gleich saugt es mir das Blut aus!«

Da vernahm er an seinem Ohr eine wohlbekannte Stimme. »Beruhige dich, mein Junge«, sagte Pigasus sanft. »Ich bin's doch nur, der dich gepackt hat, und ich versichere dir, dass ich gar nichts aussaugen will – schon gar nicht dein Blut.«

Sie kamen nur langsam voran, weil sich die Äste in ihrer Kleidung beziehungsweise ihrem Fell verfingen und der zähe Morast an ihren Füßen klebte. Sie stiegen über verschlungene Wurzeln, duckten sich unter Zweigen hindurch und kämpften sich durch dichtes Laub – bis Hugo unvermittelt vor einem Baum stand, dessen Stamm so breit war wie Hugo groß und dessen dicke Rinde dicke Wülste bildete. Als Hugo die Rinde näher betrachtete, klappten mitten im Stamm zwei hellblaue Augen auf. Sie waren kreisrund und die großen Pupillen musterten den Ankömmling neugierig.

Starr vor Schreck erwiderte Hugo den Blick, bis ihn der Baum zu seinem maßlosen Erstaunen ansprach: »Was hast du in diesem Wald zu suchen?«, zischelte der Baum. »Wer hier eindringt, muss sterben!«

»Ich … Ich … Ich wollte nichts Verbotenes tun«, stammelte Hugo.

»Du wirst noch für deine Dummheit bezahlen«, verkündete der Baum. »Der Hedderwald wird dein Grab sein.«

Hugo zitterte wie Espenlaub, fasste seinen Ast fester und wartete darauf, dass sich der Baum auf ihn stürzte. Doch da tauchte Delfina neben ihm auf, dicht gefolgt von Pigasus.

»Der Baum hier will mich umbringen!« Hugo deutete mit dem Kinn auf den knorrigen Stamm. »Er hat mir prophezeit, dass ich in diesem Wald sterben muss.«

»Oje, ich glaube, du bist immer noch ein bisschen durcheinander, Hugo«, sagte Delfina besorgt. »Bäume können doch nicht sprechen.«

»Du hast ganz recht, Delfina«, pflichtete ihr Pigasus schmunzelnd bei, »Bäume können nicht sprechen – Eulen schon.«

Er hatte noch nicht ausgeredet, da kletterte eine weiß gefiederte Eule aus einem Loch im Baumstamm und glotzte auf sie herunter. Ihre gewölbte Brust war dunkelviolett getupft, die runden Augen leuchteten wie zwei blaue Planeten. Mit den sorgsam angelegten Flügeln strahlte sie gelassene Würde aus.

»Das ist eine Wächtereule«, sagte Delfina erleichtert. »Sie wollte bloß nett sein.«

»Nett?«, rief Hugo. »Sie hat mir gerade angekündigt, dass ich hier zugrunde gehen muss.«

»Sie wollte dich nur vor den Gefahren warnen, die in diesem Wald lauern. Damit du umkehrst.«

Pigasus hob den Huf und dankte der Eule für ihre Fürsorge. Er versicherte ihr, dass sie über alle Gefahren im Bilde seien, dennoch seien sie entschlossen, nach der silbernen Eichel zu suchen.

»Dann wünsch ich euch allen viel Glück«, zischelte die Eule und verschwand wieder im Baum.

»Hast du wirklich gedacht, der Baum will dir was tun?«, fragte Herkules, der aus Hugos Tasche geklettert kam. »Das hätte ich dir gleich sagen können, dass der so harmlos ist wie ein Gänseblümchen.«

»Ich fand, er sah ziemlich Furcht einflößend aus. Aber man könnte sagen, unter seiner harten Schale sitzt ein weicher Kern.«

Delfina verdrehte die Augen. »Genug der Witze über Bäume.«

»Recht hat sie!«, sagte Pigasus streng. »Ihr seht ja den Wald vor lauter Bäumen nicht!«

Aus dem Dickicht heraus beobachtete noch ein Augenpaar sehr aufmerksam, wie sie in den Wald vordrangen.

25. Kapitel

Stunde um Stunde verging und die Welt schien stillzustehen. Weil sie die Sonne nicht sehen konnten, wusste die kleine Schar nicht, ob es Morgen, Mittag oder Abend war, und es war auch zu dunkel, um abzuschätzen, wie tief sie schon in den Wald vorgedrungen waren und wie viel noch vor ihnen lag.

Alle waren müde, aber Delfina ging es am schlechtesten. Zwar war die Luft feucht genug, dass sie atmen konnte, aber sie fühlte sich schwach und brauchte dringend ein ausgiebiges Bad in einem größeren Gewässer, um ihre Lungen aufzufüllen.

»Ich weiß ja, dass es anstrengend ist, aber immerhin sind uns noch keine Vampirkäfer begegnet«, wollte Hugo seine Gefährten aufmuntern.

»Stimmt«, erwiderte Herkules und stutzte: »Was war das?«

»Ich hör nichts«, sagte Pigasus. »Ich glaube, deine komischen Ohren spielen dir einen Streich.«

Da vernahm man ein eigenartiges Summen, das so laut anschwoll, dass Hugo sich die Ohren zuhalten musste. Etwas Schwarzglänzendes sauste an seinem Gesicht vorbei. Delfina schrie auf, als das Flugobjekt kehrtmachte und Pigasus umwarf.

Danach verstummte das Summen zum Glück. Hugo nahm zögerlich die Hände von den Ohren, drehte sich um und sah das hässlichste Geschöpf, das ihm je begegnet war. Es stand nur wenige Meter von ihm entfernt und glotzte ihn an. Seine Fühler bebten, es faltete die zarten Flügel und zog sie unter den Panzer.

Hugo musterte das Ungeheuer von oben bis unten, sprachlos über solche Hässlichkeit. Das Vieh besaß sechs dürre, ebenfalls glänzend gepanzerte Beine. Der Panzer um den Leib war dreigeteilt, was den Beingelenken die nötige Bewegungsfreiheit verschaffte. Das ganze Geschöpf war ungefähr so groß wie ein hochkant gestelltes Ruderboot. Dicht über dem Nacken überlappten sich die beiden Teile des Rückenpanzers, sodass es aussah, als zöge das Insekt die Schultern hoch. Sein flacher Kopf war tropfenförmig und ähnelte einem Helm und vorn ragten zwei gefährliche Greifzangen heraus.

Das Insekt wandte bedächtig den Kopf hin und her und ließ suchend die Fühler spielen. Dabei klapperte es voller Vorfreude auf ein blutiges Festmahl mit den Zangen.

»Das ist dann ja wohl ein Vampirkäfer«, flüsterte Hugo.

»Nicht bewegen!«, flüsterte Pigasus zu Antwort. Er lag mit verdrehten Gliedmaßen auf der Erde. »Die Viecher sind blind, aber ihre Fühler spüren die kleinste Bewegung.«

Hugo hätte beinahe genickt, verkniff es sich aber. Je mehr Mühe er sich gab, still zu halten, desto deutlicher wurde er sich der Bewegungen bewusst, die sein Körper von allein machte. Ob das Vieh spüren konnte, wie sich sein Bauch unter dem losen Hemd hob und senkte, während er versuchte, nur ganz flach zu atmen? Konnte es seine Augenbewegungen oder seinen hämmernden Herzschlag orten oder womöglich den angstschlotternden Herkules in der Wamstasche?

Delfina fiel das Stillstehen nicht minder schwer. Sie hatte sich geduckt, als der Käfer an ihrem Kopf vorbeigeflogen war. Jetzt verharrte sie wie versteinert in unbequem gebückter Haltung. Sie war schon vom Wassermangel geschwächt, jetzt taten ihr auch noch die Beine weh.

Mit einem Mal wurde sie ohnmächtig und sackte stöhnend zusammen.

Der Käfer wandte jäh den Kopf und krabbelte zu ihr hinüber. Seine Beine bewegten sich wie flinke Finger, die auf eine Tischplatte trommeln. Hugo bekam eine Gänsehaut, als das Vieh an ihm vorbeihuschte, aber er wagte nicht, sich zu rühren, sondern sah untätig zu, wie sich der Käfer über die bewusstlose Delfina beugte.

Er hob sie mit den beiden vordersten Beinen auf und stellte sich auf die spindeldürren Hinterbeine. Schlaff wie eine Lumpenpuppe hing das Mädchen in seinen Klauen. Dann legte der Riesenkäfer den Kopf in den Nacken und riss die Zangen weit auf.

»Wir müssen ihr helfen!«, raunte Herkules aus Hugos Tasche.

Hugo nickte knapp, gab sich einen Ruck, trat hinter das Käfervieh und zog ihm den Ast über den Rücken.

»Lass sie los!«, brüllte er.

Den Käfer beeindruckte das mitnichten. Er wandte lediglich den Kopf und ließ prüfend die Fühler spielen. Doch dann wandte er sich wieder seinem Opfer zu und riss abermals gierig die Zangen auf.

»Greif zum Bogen, Pigasus!«, befahl Hugo.

Pigasus richtete sich schwerfällig auf und zog einen Pfeil aus dem Köcher auf seinem Rücken. Dann legte er den Pfeil auf die

Sehne, hielt den Bogen auf Armlänge von sich weg und zog die Sehne, die er zwischen die Zehen geklemmt hatte, zurück. Wie ein geübter Bogenschütze kniff er ein Auge zu und visierte sein Ziel gründlich an, dann ließ er den Pfeil los.

Der Pfeil schwirrte mit tödlicher Geschwindigkeit durch die Luft. Leider verfehlte er den Käfer um fast zehn Meter und bohrte sich irgendwo im Wald in einen Baumstamm.

»Was war das denn?«, fragte Hugo.

»Tut mir leid.« Pigasus zuckte die Achseln. »Anfängerpech.«

Der Riesenkäfer schloss die Zangen um Delfinas Hals. Hugo musste etwas unternehmen! Er packte seinen Ast wie einen Speer, schlich sich abermals hinter den Käfer, richtete das spitze Ende der Waffe auf ein Bein und stach in eine Panzerlücke.

Der Vampirkäfer bäumte sich jaulend auf, ließ Delfina fallen und fuhr herum. Mit einem anderen Bein trat er Hugo den Ast aus der Hand. Hugo wollte die Flucht ergreifen, stolperte aber auf dem unebenen Waldboden und plumpste auf den Hintern. Der Käfer baute sich mit klappernden Zangen vor ihm auf. Hugo krabbelte rückwärts, stieß sich den Hinterkopf an einem dicken Baumstamm und begriff, dass er in der Falle saß.

Da sprang Herkules aus Hugos Tasche und rammte dem Käfer den Kaktusstachel ins Bein.

»Verzieh dich, Mistvieh!«

Der Käfer zuckte nicht mal zusammen.

Hugo hörte die Bogensehne noch einmal schwirren und schöpfte wieder Hoffnung, da hörte er fast im selben Augenblick, wie sich auch dieser Pfeil in einen Baum bohrte.

Der Vampirkäfer hob Hugo hoch. Die Borsten an seinen Beinen verhakten sich wie Kletten in den Kleidern des Jungen. Hugo schaute angstvoll in den klaffenden Schlund zwischen den säbelähnlichen Zangen. Da ging ein krampfhaftes Zucken durch das Insekt, es ließ den Jungen fallen und taumelte rückwärts. Hugo sah verwundert zu, wie das Ungeheuer vor und zurückschwankte wie Oliver Muddel, wenn er in angetrunkenem Zustand gerade stehen wollte. Aus dem Maul des Käfers rann eine zähe, dunkle Flüssigkeit. Er taumelte noch einen Augenblick, dann stürzte er vornüber wie ein gefällter Baum.

Hugo traute dem Frieden nicht und blieb sitzen, aber Herkules kam angehuscht. Er lief einmal um das reglose Rieseninsekt herum, wobei er einen großen Bogen um die ausgestreckten Beine machte, dann vollführte er Freudensprünge und reckte triumphierend die Pfoten.

»Soll uns dein Tänzchen sagen, dass es sich ausgekäfert hat?«, erkundigte sich Hugo.

»Blitzmerker!«, erwiderte Herkules lachend.

Hugo betrachtete das leblose Ungeheuer, in dessen Rücken, besser gesagt in einem Spalt zwischen zwei Panzerabschnitten, ein Pfeil stak. Erstaunt blickte er auf, um Pigasus zu diesem Supertreffer zu beglückwünschen.

Doch Pigasus kniete hinter dem toten Käfer und sah mindestens genauso erstaunt aus. Neben ihm kniete, den Bogen mit der noch bebenden Sehne auf Armlänge von sich weghaltend – Snowdon.

26. Kapitel

Am liebsten wäre Hugo Snowdon um den Hals gefallen, aber er ließ es doch bleiben und strahlte ihn einfach nur an.

»Vielen Dank! Du hast mir das Leben gerettet.«

Snowdon tätschelte ihm mit der Pranke den Kopf. »Na ja, du hast Delfina das Leben gerettet und Pigasus hat mir das Leben gerettet – jetzt sind wir allesamt quitt miteinander.«

Er bückte sich nach Delfina. Die Nixe war wieder bei Bewusstsein, aber immer noch ganz entkräftet.

»Erholt sie sich wieder?«, fragte Hugo.

»Keine Sorge. Wir müssen sie nur rasch ins Wasser schaffen.«

»Eins hab ich noch nicht kapiert«, meldete sich Herkules zu Wort. »Wieso hat dir Pigasus das Leben gerettet, Snowdon?«

»Ich bin euch nachgegangen, weil ich mich vergewissern wollte, dass ihr zurechtkommt. Als dann der Vampirkäfer aufgetaucht ist, wollte ich mich gleich auf ihn stürzen, aber da ließ sich eine riesengroße dreiköpfige Schlange von einem Baum herunter auf mich fallen. Zwei Köpfe konnte ich ihr mit meinem Schwert abschlagen, den dritten habe ich nicht erwischt. Das

Vieh wollte eben die Giftzähne in mich schlagen, da hat Pigasus eingegriffen.«

»Echt?«, fragte Pigasus ganz verdattert. »Äh, ich meine ... klar doch!«

»Wie hast du das denn angestellt?« Herkules schaute Pigasus ungläubig an.

»Ich … na ja, ich will nicht angeben.«

Snowdon lachte grollend. »Der zweite Pfeil, den Pigasus auf den Vampirkäfer abgefeuert hat, ging meilenweit daneben, aber er hat die Schlange sauber zwischen die Augen getroffen. Sie war auf der Stelle tot.«

Jetzt musste auch Hugo lachen. »Ein echter Glückstreffer!«

»Wieso Glück?« Pigasus war eingeschnappt. »Ich wusste doch, dass Snowdon uns nachkommt, ich habe ihn nämlich gesehen. Ich wollte zwar eigentlich den Käfer erschießen, aber dann habe ich gemerkt, dass Snowdon Ärger mit dieser abscheulichen Schlange hatte.«

»Ach ja?«, fragte Herkules. »Da musst du ja unglaublich gute Augen haben, dass du im Dunkeln so weit sehen kannst.«

»Jawohl, ich habe geradezu unübertrefflich gute Augen«, bestätigte Pigasus. »Es war natürlich eine heikle Entscheidung, aber Snowdon war in größerer Bedrängnis als Hugo, darum habe ich zuerst die Schlange erschossen. Es war kein ganz leichter Schuss, aber für jemanden wie mich durchaus zu bewältigen.«

»Und warum hast du den Käfer nicht gleich mit dem ersten Pfeil getötet«, hakte Herkules nach, »statt den Pfeil in irgendeinen Baum zu schießen?«

»Nun … das ist eine gute Frage«, stotterte Pigasus. »Ich … äh … wisst ihr …«

»Bestimmt musstest dich erst mal einschießen, stimmt's?«, kam ihm Hugo zu Hilfe.

»Genau so war's! Ein guter Scharfschütze gibt immer erst einen Probeschuss ab.«

Delfinas leises Ächzen erinnerte sie daran, dass sie unverzüglich Wasser suchen mussten. Snowdon meinte, er habe ganz in der Nähe einen Bach plätschern hören, und schlug vor, dort gemeinsam zu rasten. Er nahm Delfina auf den Arm und ging voran. Beim Gehen wippte sein Stummelschwanz.

Hugo stapfte hinter ihm her. »Aber warum hast du es dir anders überlegt und bist doch noch nachgekommen?«, wollte er wissen.

»Aus zweierlei Gründen. Ich erzähl's dir, wenn wir am Bach sitzen.«

Das kleine Lagerfeuer leuchtete dunkelorange, aber die Dunkelheit verschluckte bald seinen Schein. Es glich einem feurigen Stern am Nachthimmel. Hugo, Herkules und Pigasus saßen davor, während Snowdon wachsam auf und ab wanderte. Delfina lag im Bach und ließ frisches Wasser durch ihre Kiemen rinnen.

»Also, Snowdon?«, fragte Pigasus. Er war froh, von seinen Schießkünsten ablenken zu können.

»Erstens war ich der Meinung, du könntest das hier gut gebrauchen …« Snowdon förderte aus einem Beutel ein Schwert zutage und überreichte es Hugo. Der wog die Waffe in der Hand, drehte sie hin und her und hieb einmal prüfend durch die Luft.

»Ein Prachtschwert!«, sagte er anerkennend und bewunderte die aufwendige Verzierung des Knaufs. »Danke schön.«

»Es gehörte meinem Vater«, erklärte Snowdon. »Er war so groß wie ich und für ihn war es eher ein Dolch, aber für dich ist es gerade richtig.«

»Hast du mir auch was mitgebracht?«, fragte Pigasus.

»Da du so ein begabter Schütze bist, überlasse ich dir weiterhin meinen Bogen.«

»Daran tust du recht. In Zukunft ist nichts und niemand mehr vor mir sicher.«

»Nicht mal wir!«, mokierte sich Herkules leise.

Ein Gedanke ließ Hugo keine Ruhe.

»Ich verstehe immer noch nicht, warum Pedro die Eichel auf der Insel versteckt hat. Warum hat er sie nicht einfach mitgenommen?«

»Das ist so wenig bekannt wie das Versteck der Eichel selbst«, entgegnete Snowdon.

»Weiß man denn, was sich Pedro gewünscht hat, als er die Eichel gestohlen hat?«

»Wer die Eichel besitzt, spricht keinen Wunsch aus«, verkündete Snowdon feierlich. »Die Eichel ist keine Wunderlampe. Die silberne Eichel blickt einem tief in die Seele und erfüllt einem den größten Herzenswunsch. Man mag glauben, dass man sich dieses oder jenes wünscht, doch im Grunde seines Herzens sehnt man sich vielleicht nach etwas ganz anderem, das man sich nicht einzugestehen wagt. Bis heute hat niemand herausgefunden, welchen selbstsüchtigen Wunsch die Eichel Pedro erfüllt hat.«

Hugo fühlte sich gemaßregelt. Es wurmte ihn, dass Snowdon offensichtlich immer noch einen gewissen Argwohn gegen ihn hegte, aber er nahm sich vor, ihm zu beweisen, dass er ehrliche Absichten hatte.

Pigasus brach die Stille. »Und wie lautet der andere Grund?«

»Wie bitte?«

»Du hast doch gesagt, es gab zwei Gründe. Erstens wolltest du Hugo das Schwert bringen, und zweitens?«

»Ach richtig. Ihr hattet bei eurem Aufbruch angekündigt, dass ihr Noah Lang aufsuchen wollt, um ihn wegen Pedros Karte um Rat zu bitten.«

Die anderen nickten.

»Nun, vielleicht kann ich euch dabei behilflich sein. Vor vielen Jahren, als ich noch klein war und diese Insel noch friedlich, haben mein Vater und ich Noah Lang einmal aufgesucht. Allerdings war sein Rat verwirrend und unsinnig und hat uns keinen Deut weitergebracht.«

»Und wie soll uns diese Mitteilung jetzt weiterbringen?«, fragte Hugo.

Snowdon schmunzelte. »Ich weiß, wo Noah Lang wohnt. Ich war ja schon mal da.«

Snowdon bestand darauf, dass sie ein paar Stunden schliefen, während er Wache hielt. Hugo machte die Augen fest zu, fand aber keine Ruhe. Er seufzte.

»Was ist los, Hugo?« Herkules schmiegte sich an seine Wange. »Kannst du nicht schlafen?«

Hugo schüttelte den Kopf. »Ich überlege die ganze Zeit, was eigentlich mein größter Herzenswunsch ist. Ich bin zwar ziemlich sicher, dass es mir am wichtigsten ist, dass auf eurer Insel wieder Frieden einkehrt, denn damit wäre zugleich Onkel Walter gerettet, aber ich habe auch immer davon geträumt, eines Tages Kapitän auf einem eigenen Schiff zu sein oder ein weltberühmter Kartograf. Wenn nun einer dieser beiden Wünsche stärker ist? Wenn ich nun zu selbstsüchtig bin, um meinen Onkel zu retten?«

»Ich glaube, wenn du wirklich so selbstsüchtig wärst, würdest du jetzt nicht wach liegen und dir den Kopf zerbrechen.«

»Vielleicht hast du recht.«

»Sobald wir die silberne Eichel gefunden haben, kannst du mit deinem Onkel auf euer Schiff zurückrudern, und ihr tretet die Heimreise an.«

Hugo kam ein niederschmetternder Gedanke. »Wenn das Schiff überhaupt auf uns wartet! Vielleicht denken sie, wir kommen nicht wieder. Vielleicht haben sie die Heimreise längst angetreten.«

27. Kapitel

Die kommen nicht wieder«, verkündete Hawkeye und ließ den Blick über die Nebelwand gleiten, die fünfzig Meter vor der *El Tonto Perdido* aufragte.

»Wozu sollen wir noch länger hier rumlungern?«, meinte Rusty Cleaver beim Essenausteilen. »Der Kleine und der Alte sind bestimmt längst im Kochtopf der Eingeborenen gelandet.«

»Oder schlimmer«, brummte Rockford.

Es konnte sich zwar keiner der Seeleute etwas Schlimmeres vorstellen, als bei lebendigem Leib gekocht zu werden, aber sie mochten ihrem muskelbepackten Kameraden nicht widersprechen, darum nickten sie einhellig.

»Was steht denn heute auf der Speisekarte, Rusty?«, erkundigte sich Swipe. »Doch nicht schon wieder Pökelfleisch mit Zwieback?«

»Nö. Heute hab ich mal ein neues Rezept ausprobiert: Zwieback mit Pökelfleisch.«

Oliver Muddel klopfte seinen Zwieback auf dem Deck aus und eine weiße Made fiel heraus. Er hob das sich windende Tier mit spitzen Fingern auf und ließ es sich in den Mund fallen.

Dann warf er den Zwieback über Bord. »Und was kriegt der Admiral zum Abendessen?«

Rusty grinste verschlagen. »Ich hab ihm weisgemacht, es wär Rindfleischeintopf mit Klößen.«

»Und was kriegt er wirklich?«, fragte Hawkeye.

»Pökelfleisch mit Zwieback.«

»Der Admiral ist ein Trottel. Was sagen wir denn, wenn er uns auffordert weiterzusegeln?«, warf Muddel ein.

Bandit und Swipe wechselten einen beklommenen Blick.

»Wenn wir noch weiter westwärts segeln, kippen wir über den Rand der Erde, das steht mal fest«, unkte Bandit.

»Der Alte hat aber behauptet, die Erde wär 'ne Kugel«, wandte Muddel ein.

Swipe feixte. »Und warum fällt man dann nicht von der Unterseite runter?«

»Der Alte hat behauptet, das liegt daran, dass sich die Erde ganz, ganz schnell dreht«, kam es wieder von Muddel.

Bandit leerte seinen Humpen auf einen Zug und lachte. »Vielleicht ist mir ja deshalb immer so schwindlig!« Seine Kameraden johlten.

Die Seeleute hatten nicht gehört, dass Rupert aus seiner Kajüte gekommen war. Mit einem Mal stand er hinter ihnen. »Das höre ich gern«, sagte er. »Das muntere Lachen und Schwatzen meiner Besatzung bei Kurzweil und Erholung. Auch ich schlage gelegentlich über die Stränge. Worüber plaudert ihr denn so?«

Die Matrosen starrten betreten aufs Deck. Hawkeye verdrehte das Auge. Alle schwiegen.

»Es geht doch nichts über ein bisschen gutes altes Seemannsgarn«, sagte Rupert in ermunterndem Ton. »Macht ruhig weiter, Leute. Tut so, als wäre ich gar nicht da.«

Jemand hüstelte.

»Wie wär's mit einem Shanty?«, schlug der Admiral vor. »Ich wette, ihr Kerls kennt ein paar Seemannslieder, bei denen mir die Haare zu Berge stehen!«

Stille.

In der Ferne krächzte es.

Abermals Stille.

»Tja, war richtig nett, ein wenig mit euch zu plaudern«, sagte Rupert. »Richtig, richtig … äh … nett. Übrigens, Meister Cleaver, der Eintopf war heute Abend ein wenig trocken. Und die Klöße waren eine Idee zu kross. Und haben irgendwie muffig geschmeckt. Ich will doch hoffen, dass die Ansprüche hier an Bord nicht sinken.«

»Keineswegs, Admiral«, brummelte Rusty. »Tut mir leid, Admiral.«

Als Admiral Lilywhite sich zum Gehen wandte, versetzte Rockford Oliver Muddel einen Rippenstoß. Muddel ächzte und Rupert drehte sich um. »Haben Sie etwas zu melden, Matrose Muddel?«

Oliver Muddel schaute gespannt seine Leute an. Die schauten ebenso gespannt zurück.

»Na ja, Sir, ich und die Männer haben uns ein bissel unterhalten«, stammelte er, »und wir glauben, dass der Kartenzeichner und der Kleine nicht mehr wiederkommen. Sie sind jetzt schon zwei Nächte weg. Wenn wir noch weiter westwärts segeln, fallen wir von der Erdscheibe runter, darum finden wir, es wär an der Zeit, dass wir uns auf den Heimweg machen.«

Rupert musterte die Männer, die im Kreis vor ihm saßen. Er spürte ihre Unruhe – einen Anflug von Widerstand. Wenn er die uneingeschränkte Unterstützung seiner Mannschaft wiedergewinnen wollte, musste er seine Worte sorgfältig wählen.

»Ihr habt keine Ahnung, wovon ihr redet, liebe Leute«, verkündete er. Aufgebrachtes Raunen. Rupert wurde verlegen. »Ich wollte damit sagen, dass dergleichen über euren Verstand geht … über unser aller Verstand. Die Rätsel dieser Welt erschließen sich schlichten Gemütern nicht. Und auf dieser Welt gibt es wohl keine schlichteren Gemüter als euch.«

Er hielt inne. Die Matrosen gafften ihn stumm an. Manchen stand der Mund offen. Er wertete das als ehrfürchtiges Staunen und fuhr fort. »Hier an Bord sind wir eine Gemeinschaft, wir sind alle gleich … nun ja, bis auf mich natürlich, denn ich habe ja auch das Kommando. Wir segeln nicht weiter, bis der Kartenzeichner und sein Gehilfe mit irgendwelchen Kokosnüssen oder was auch immer zurückgekommen sind, denn ich will schließlich berühmt werden. Und nun entschuldigt mich bitte, ich möchte mich in meiner Kajüte etwas hinlegen.«

Rusty sah ihm zähneknirschend nach.

»Wenn die beiden morgen Abend nicht wieder da sind, treten wir die Rückfahrt an«, sagte er. »Ob es dem Admiral passt oder nicht.«

28. Kapitel

Hugo wachte auf, weil ihn Snowdon sachte an der Schulter anstupste. »Wir müssen weiter.«

Jetzt, da Snowdon die Führung übernahm, kamen sie viel schneller voran. Er pflügte mit seinem gewaltigen Breitschwert durchs Unterholz und hieb die dicksten Äste durch, als wären es dünne Zweige.

Unterwegs sann Hugo über die Geschichte von Fürst Erebus nach, die ihm Delfina erzählt hatte. Er malte sich aus, wie sich Erebus auf der Suche nach der silbernen Eichel ganz allein im Hedderwald durchgeschlagen hatte.

»Was für ein Geschöpf war dieser Erebus überhaupt?«, fragte er irgendwann.

»Als ich auf die Welt kam, lebte er leider schon nicht mehr«, erwiderte Pigasus. »Aber es heißt, er sei ein hervorragender Anführer gewesen, dessen Mut seinem Verstand in nichts nachstand. Man kann sich ja denken, was das bedeutet.«

Delfina prustete los. »Willst du damit etwa andeuten, Erebus sei ein Flatterschwein gewesen?«

»Meine Bescheidenheit verbietet es mir, darauf einzugehen«, entgegnete Pigasus verschmitzt.

»So ein Quatsch!«, widersprach Herkules und hüpfte auf Hugos Kopf herum. »Erebus war doch nicht kurzatmig und voller Warzen! Er war gut aussehend und stark – so wie ich.«

»Erebus soll eine Geronimaus gewesen sein?«, schnaubte Pigasus. »So etwas Albernes habe ich ja noch nie gehört! Erebus war ein tapferer Krieger, kein Winzling.«

»Vielleicht war er *für seine Größe* ein tapferer Krieger«, erwiderte Herkules.

»Kannst du uns in dieser Frage vielleicht weiterhelfen, Snowdon?«, fragte Delfina. »Du bist von uns der Einzige, der alt genug ist, um Erebus noch gekannt zu haben.«

»Na und?«, knurrte Snowdon und hieb wütend auf das Unterholz ein. »Erebus ist tot und niemand auf dieser Insel kann ihn je ersetzen. Schluss, aus, Ende.«

Daraufhin stapften sie schweigend weiter.

Nach ungefähr einer Stunde fiel ihnen auf, dass es um sie her heller wurde. Wo eben noch tiefste Dunkelheit geherrscht hatte, konnten sie nun schemenhafte Umrisse erkennen. Dann lag auf einmal eine hügelige, mit den buntesten Blumen übersäte Wiesenlandschaft vor ihnen. Sie hatten den Hedderwald durchquert.

Hugo blinzelte ins grelle Sonnenlicht und bewunderte die Farbenpracht der Blumen, die wie Konfetti verstreut waren. Der Himmel war unbewölkt und zartblau. Die Sonne stand schon recht hoch und Hugo bekam einen Schreck.

»Es ist schon mindestens neun Uhr! Wir müssen uns ranhalten. Heute Nacht findet der Halbmondschmaus statt.«

»Wie weit ist es noch bis zu Noah Lang?«, erkundigte sich Pigasus.

Snowdon hob witternd die Schnauze und sah sich um. »Wenn ich mich recht entsinne, wohnt er gleich da drüben.«

Als die anderen den Kopf wandten, erkannten sie nur einen Teppich aus Gras und Blumen, der sich in sanften Wellen bis zum Horizont erstreckte. Hugo wechselte einen fragenden Blick mit Herkules, der auf seiner Schulter saß.

»Vielleicht hat Snowdon beim Kampf mit der dreiköpfigen Schlange etwas abgekriegt«, raunte der Mäuserich.

»Ja, vielleicht hat sein Hirn zu wenig Sauerstoff abbekommen, als ihn die Schlange erwürgen wollte.«

»Ich will ja kein Spielverderber sein«, ergriff Pigasus das Wort, »aber ›da drüben‹ wohnt niemand, Snowdon. ›Da drüben‹ gibt es bloß Gras, Blumen und einen vergammelten Baumstumpf.«

»Danke, dass du uns an deiner ausgezeichneten Beobachtungsgabe teilhaben lässt, Pigasus«, brummte Snowdon. Er stapfte, dicht gefolgt von seinen Begleitern, zu dem Baumstumpf hinüber, kniete sich hin und klopfte fünf Mal mit dem Schwertknauf daran.

Sie warteten. Nichts geschah.

»Vielleicht ist er ja umgezogen«, sagte Pigasus spöttisch. »Ihr wisst schon, hat sein Anwesen verkauft und hat sich in der Stadt seiner Träume einen noch prächtigeren Palast gesucht.«

Da gab es einen lauten Knall und über dem Baumstumpf stand ein rosa glitzerndes Wölkchen. Als sich das Wölkchen lichtete, erkannte man die Umrisse einer trollähnlichen Gestalt – es war ein winzig kleiner Mann. Er war höchstens dreißig Zentimeter groß und ungefähr genauso breit. Seine Augen lugten unter borstigen Brauen hervor, Borsten bedeckten auch den fülligen Körper und die schlaffe Nase hing herunter wie eine warzenübersäte Wurst. Seine lächerlich großen Hände und Füße schienen unmittelbar am Körper angewachsen und er trug Holzschuhe.

»Ja bitte?«, fragte er ungehalten.

»Und da heißt es immer, *ich* wäre klein!«, empörte sich Herkules.

»Bist *du* Noah Lang?«, fragte Pigasus.

»Wen habt ihr denn erwartet, den Kaiser von China?«

»Nein, wir suchen dich«, erwiderte Hugo rasch. »Wir dachten bloß, du wärst ein bisschen … du weißt schon…«

»Größer?«

Hugo nickte verlegen.

»Aha, nur weil ich ›Lang‹, heiße, hast du gedacht, ich müsste groß sein. Offenbar nimmst du alles gern wörtlich.« Noah seufzte matt. »Denkst du denn auch, dass ein Löwenzahn spitz ist? Und ein Ameisenbär winzig klein? Da musst du ja furchtbar enttäuscht gewesen sein, als du zum ersten Mal eine Wäschespinne gesehen hast. Tag, Snowdon! Du bist aber groß geworden.«

Snowdon schnaubte ärgerlich.

»Und was führt dich nach so langer Zeit wieder her?«, fragte Noah.

»Es war nicht meine Idee«, brummte Snowdon mürrisch.

»Er scherzt!«, widersprach Herkules feixend. »Er ist ein großer Bewunderer von dir.«

Delfina berichtete Noah, dass sie im Besitz von Pedros Schatzkarte zu sein glaubten. Hugo holte das Holzstück aus dem Tornister.

»Bevor ich mir das Ding ansehe, muss ich euch mitteilen, dass es mir nicht gestattet ist, irgendwelche eindeutigen Auskünfte zu erteilen«, entgegnete Noah Lang. »So lautet das oberste Gebot im Mini-Handbuch für Orakel. Es ist mir lediglich erlaubt, euch einen Rat zu geben. Daraus schlau zu werden, ist eure Sache. Überlegt alle zusammen, dann wird es euch schon gelingen. Meine Weisheit ist eine Gabe, aber ich würde niemandem einen Gefallen tun, wenn ich einfach mir nichts, dir nichts irgendwelche Lösungen parat hätte. Wenn ihr euch würdig erweisen wollt, euer Ziel zu erreichen, müsst ihr lernen, selbstständig zu denken.«

Snowdon schnaubte wieder, die anderen nickten einträchtig.

»Am besten gehen wir vorschriftsmäßig vor«, fuhr Noah fort. »Der Oberorakler hat festgelegt, dass unsereiner seine Weisheiten ausschließlich in Reimform weitergeben darf. Dann woll'n wir mal.« Er räusperte sich.

»Geht euren Weg mit Herz und Verstand
Und der Erfolg reicht euch bald die Hand.
Bin ich als euer Orakel verschwunden,
Ist die Silbereichel bald gefunden.
Doch eig'ne Erfahrung zählt im Leben,
Da kann ich euch noch so viel Ratschläge erteilen.«

Noah Lang trat verlegen von einem Fuß auf den anderen. »Ja, ja, ich weiß … die letzte Zeile reimt sich nicht. Bloß weil ich weise bin, heißt das noch lange nicht, dass ich gut dichten kann. Ihr dürft gern selbst versuchen, ein vernünftiges Reimwort auf ›Leben‹ zu finden.«

Die anderen pflichteten ihm höflich bei, dass es ausgesprochen knifflig sei, ein Wort zu finden, das sich auf ›Leben‹ reimte.

»Bin gleich wieder da!«, rief Noah Lang und verschwand in einer Glitzerwolke.

»Wo ist er hin?«, fragte Delfina verwundert.

Da stäubte es schon wieder Glitzer, Noah erschien und hielt eine Peperoni in der Hand.

»So!«, verkündete er. »Damit ich scharf nachdenken kann. Und jetzt würde ich gern einen Blick auf eure Karte werfen.«

Er war zu klein, um das Holzstück allein zu halten, und Hugo musste ihm behilflich sein. Noah studierte die Inschrift.

Da klapperten auf einmal seine Holzpantinen.

»Na, ihr wisst wohl schon, wo die Karte hinführt, was?«, wandte sich Noah an seine Schuhe. »Brave Treterchen.«

(Mittlerweile waren Hugo auf der Insel schon so viele Wunderdinge begegnet, dass er nicht im Mindesten erstaunt war, dass Noah Langs Schuhe die Inschrift entziffern konnten – er hätte sich noch nicht einmal darüber gewundert, wenn sie gesprochen hätten.)

»Wo ist die silberne Eichel denn nun versteckt?«, fragte Hugo.

»Immer mit der Ruhe«, mahnte Noah. »Zuallererst müsst ihr euch auf die Suche nach einer hufeisenförmigen Flussbiegung machen.«

»So weit waren wir auch schon«, murrte Pigasus. »Hättest du vielleicht die Güte, uns etwas mitzuteilen, das wir noch nicht allein herausgefunden haben?«

Noah überlegte, dann verkündete er:

»So, welche Richtung schlagt ihr nun ein?
Und wo mag die Eichel zu finden sein?
Ein Rat von mir mag euch begleiten,
Dann kann ich euch aus der Ferne leiten.
Er lautet: Aller Anfang ist leicht.
Nanu – diesmal reimt es sich sogar!«

Damit verschwand Noah Lang in einer Glitzerwolke.

»War's das schon?«, fragte Pigasus ungläubig. »Aller Anfang ist leicht – will der uns auf den Arm nehmen?«

»Aller Anfang ist leicht …«, wiederholte Delfina sinnend.

»Lasst uns alle zusammen überlegen«, sagte Hugo. »Irgendetwas muss es ja bedeuten.«

»Es könnte aber genauso gut kompletter Schwachsinn sein«, brummelte Snowdon.

»Wo du schon mal da bist, kannst du uns gefälligst beim Überlegen helfen«, fuhr ihn Delfina an.

Jeder versuchte, das Rätsel auf seine Art zu lösen. Ab und zu grunzte Pigasus entmutigt oder Snowdon schüttelte den Kopf. Delfina saß still da, das Kinn in die Hand gestützt, Hugo schrieb Noahs Orakelspruch in der Hoffnung, ihn auf diese Weise leichter enträtseln zu können, in sein Notizbuch, Herkules klammerte sich mit dem Pfötchen an Hugos Ärmel und betrachtete abwechselnd das Notizbuch und Hugo.

»Ich kann nicht überlegen, wenn du mich die ganze Zeit anstarrst«, sagte Hugo.

»Tschuldigung. Tu einfach so, als wär ich nicht da.«

Die Zeit verrann. Niemand sagte etwas.

Hugo spürte förmlich, wie die Sonne über den Himmel wanderte.

Schließlich ächzte Snowdon ärgerlich: »Das ist doch Zeitverschwendung. Aus Noahs Gebrabbel kann man cben nicht schlau werden! Wir haben unser Bestes getan, und jetzt ist es höchste Zeit umzukehren. Wenn wir noch hier sind, wenn der Halbmond aufgeht, werden wir alle gefressen.«

»Nein!« Hugo sah Delfina und Pigasus flehend an.

»Snowdon hat leider recht«, meinte Delfina. »Wenn wir aus Pedros Karte nicht schlau werden, hat es keinen Zweck.«

»Ich geb's nur ungern zu, Kumpel«, sagte Pigasus und legte Hugo freundschaftlich die Klauenpfote auf die Schulter, »aber ich glaube auch, dass Snowdon ausnahmsweise nicht unrecht hat. Lasst uns heimgehen.«

Hugo schüttelte Pigasus' Pfote unwillig ab, das Blut rauschte ihm in den Ohren. Seine Schläfen pochten und er fühlte sich schrecklich ohnmächtig. »Meinetwegen«, sagte er leise, doch da raunte ihm jemand ins Ohr.

»Man soll nie aufgeben«, raunte Herkules. »Du kannst es schaffen. Was würde dir dein Vater wohl jetzt raten?«

Pigasus, Snowdon und Delfina traten schon den Rückweg an, Hugo umklammerte seinen geschnitzten Springer. Er machte die Augen zu, dachte an seinen Vater und daran, wie er ihm die Schachfigur geschenkt und die Inschrift erklärt hatte. Er machte die Augen wieder auf und las: ›Hilfsbereit, Unerschrocken, Großherzig, Optimistisch‹.

Er stutzte. »Ich hab's!«

Er stieß triumphierend die Faust in die Luft, wobei er versehentlich Herkules abschüttelte. Herkules vollführte einen Salto und landete auf Hugos Kopf, wo er sich an einer Haarsträhne festhielt.

Hugo griff sich seinen kleinen Freund und setzte ihn sich auf die Schulter.

»Gehe ich recht in der Annahme, dass du eine vielversprechende Idee hast?«, fragte Herkules.

»Ich habe die Lösung«, rief Hugo. »›Aller Anfang ist leicht‹!«

Er konnte nicht anders, als sich an den verständnislosen Mienen seiner Freunde zu weiden. »Wie lauten die Anfangsbuchstaben der Zeilen von Noahs Orakelspruch?«

»S – U – E – D – E – N.« Pigasus begriff immer noch nichts.

»Buchstabieren ist anscheinend nicht seine Stärke«, sagte Herkules leise.

»Da kommt ›Süden‹ raus!«, rief Delfina.

»Richtig«, pflichtete ihr Hugo bei. »Noah Lang rät uns, auf der Suche nach der Flussbiegung nach Süden zu gehen.«

»Na endlich!«, sagte Pigasus. »Das hat ja ewig gedauert, bis euch ein Licht aufgegangen ist. Ich habe es natürlich sofort begriffen, aber ich wollte kein Angeber sein. Schließlich hab ich euch schon im Wald allen das Leben gerettet.«

»Aber klar«, sagte Herkules. »Was täten wir bloß ohne dich!«

»Mir nach!«, kommandierte Pigasus und marschierte auch schon mit langen Schritten los. Als er sich jedoch umdrehte, stellte er fest, dass ihm niemand folgte.

»Worauf wartet ihr noch?«

»Na ja, wir sollen doch nach Süden gehen«, erwiderte Hugo. »Und du gehst schnurstracks nach Norden.«

»Wollte nur mal sehen, ob ihr was merkt.« Pigasus machte kehrt.

Auf dem Weg nach Süden kitzelten Herkules' Barthaare Hugo am Ohr. »Bravo!«, flüsterte er. »Du hast's geschafft.«

»Nein«, widersprach Hugo. »Wir beide haben es geschafft.«

29. Kapitel

Hugo war wieder zuversichtlicher. Seine Freunde waren bei ihm und die Sonne wärmte ihn angenehm. Vor ihm mühte sich Delfina, mit Snowdons langen Schritten mitzuhalten, und Herkules zog Pigasus immer noch damit auf, dass er die verkehrte Richtung eingeschlagen hatte.

Doch da geschah etwas, das ihnen allen in Erinnerung rief, wie riskant ihr Unterfangen war.

Sie überquerten eben eine Wiese, als Snowdon sich plötzlich auf den Bauch warf. »Runter!«, befahl er den anderen im Flüsterton. Pigasus, Hugo und Delfina tauchten ebenfalls im hohen Gras ab, Herkules schlüpfte in Hugos Tasche.

Geradeaus lag ein kleines Wäldchen. Snowdon robbte auf den Ellbogen ins Unterholz, dann bedeutete er den anderen, ihm zu folgen. Alle krochen so schnell sie konnten hinter die Bäume. Snowdon deutete nach vorn und legte den Finger auf die Lippen.

In etwa dreißig Metern Entfernung kreuzten sechs hünenhafte, haarige, hässliche Bestien von links nach rechts ihren Weg. Sie waren riesengroß und wuchtig gebaut, ihre kräftigen

Schultern und sehnigen Läufe waren mit grobem, wolligem Fell bedeckt. Die Köpfe hielten sie gesenkt, als könnten sie die Last ihrer drei gewundenen Hörner kaum tragen, und sie schnaubten hungrig durch eine einzige Nüster. Hugo glaubte zu wissen, was das für Geschöpfe waren. Als ihm dann noch ein Windstoß den betäubenden Gestank von faulen Eiern zutrug, war er endgültig sicher.

Snowdon sagte tonlos: »Büf-fel-o-ger!«

Eine Bö blies Hugo den nächsten Schwall Eiergestank in Nase und Rachen und er musste husten. Die Büffeloger blieben stehen und wandten die Köpfe nach den Bäumen.

»Liegen bleiben!«, raunte Snowdon. »Rührt euch nicht vom Fleck!«

Ein Büffeloger kam angestampft. Zweige und Zapfen knackten unter seinem gewaltigen Gewicht. Hugo lag ganz still. Das Vieh kam näher. Die abstoßend rosafarbenen Augen drehten sich suchend in den tiefen Höhlen. Als der Büffeloger schnaubte und knurrte, sah Hugo sein Furcht einflößendes Gebiss.

»Der Bursche ist vielleicht nicht unbedingt der hübscheste Bewohner dieser Insel«, tuschelte Herkules, »aber wenn man ihn näher kennen lernt, ist er bestimmt ganz reizend.«

Der Büffeloger kam noch einen Schritt näher, womit er schon fast über Hugo stand. Er spähte umher wie eine Schlange, die zustoßen will. Der Gestank wurde unerträglich, drang Hugo durch die Luftröhre bis in den Magen. Ihm tränten die Augen, ihm lief die Nase und ihm war speiübel.

Ein dicker Speicheltropfen triefte aus dem Maul des Büffelogers und rann Hugo über die Wange. Er würgte vor Ekel und gab sich alle Mühe, den Husten zu unterdrücken, aber es half nichts.

»ÄCHÄÄÄÄHHH!«

Diesmal hatte er aber Glück, denn im selben Augenblick stieß ein anderer Büffeloger einen gellenden Schrei aus.

Noch zwei Ungeheuer stimmten in das Geheul ein, und dann sah Hugo auch, warum sie so aufgeregt waren. Ein Mammutkalb war ahnungslos aus einer nahen Baumgruppe getreten. Als der kleine, zottige Elefant die mordlustigen Untiere heulen hörte, blieb er wie angewurzelt stehen, schlug mit den Ohren und richtete den Rüssel auf. Doch als er die Büffeloger erblickte, ergriff er sofort die Flucht.

Das Mammutkalb war verblüffend flink. Mit schaukelndem Kopf versuchte es verzweifelt, sich hinter irgendwelche Bäume zu flüchten, aber die Büffeloger waren ihm an Schnelligkeit und Wendigkeit überlegen. Im Nu hatten sie ihr Opfer eingekreist. Das Mammut war größer als die Ungeheuer, und zwei von ihnen mussten sich zusammentun, um es zu Boden zu werfen. Dann ließ sich das erschöpfte, vor Angst zitternde Jungtier ohne weitere Gegenwehr wegschleifen.

Snowdon konnte es nicht mit ansehen. Er wollte dem Mammut zu Hilfe eilen, aber Delfina hielt ihn fest.

»Bleib hier. Es sind zu viele. Außerdem musst du uns noch bei der Suche nach der Eichel helfen. Wenn wir sie finden, ehe heute Abend der Halbmond aufgeht, befreien wir das kleine Mammut zugleich mit Hugos Onkel.«

»Wo schleppen die Büffeloger das arme Ding denn hin?«, fragte Hugo.

»Die Büffeloger hausen in einem unterirdischen Gebirgslabyrinth«, erwiderte Pigasus. »Dort sperren sie ihre Opfer bis zum nächsten Festschmaus in Verliese. Auch dein Onkel wird dort eingesperrt sein.«

»Selbst wenn wir das Versteck der Eichel finden … woher sollen wir wissen, wo das Versteck der Büffeloger liegt?«, fragte Hugo ganz entmutigt.

»Das lasst mal meine Sorge sein«, sagte Snowdon entschlossen. »Ich finde die Biester schon!«

30. Kapitel

Rusty Cleaver war zur Kapitänskajüte unterwegs, um das Geschirr vom Mittagessen abzuräumen und dem Admiral einen Nachtisch vorzuschlagen. Als er vor der mit Schnitzereien verzierten Eichentür stand, wischte er sich die Hände an der blutverschmierten Schürze ab und griff nach dem verschnörkelten Messingklopfer, doch da hörte er in der Kajüte jemanden sprechen. Neugierig geworden, mit wem sich der Admiral unterhielt, ließ er den Klopfer behutsam los, beugte sich vor und legte das Ohr an das kühle Holz.

Admiral Lilywhites Stimme erkannte er auf Anhieb. Obwohl sie recht dumpf klang, verstand er jedes Wort.

»Du kannst wirklich stolz auf dich sein!«, sagte Rupert anerkennend. »Du bist der ganzen Mannschaft ein leuchtendes Beispiel und wirst von allen rückhaltlos bewundert. Der Kartograf und der Junge sind bestimmt bald mit dem Kokosnussdings wieder da und dann haben wir unseren Auftrag erfüllt, und das alles dank deines Könnens und deines Sachverstandes. Ohne dich wäre unsere Unternehmung kläglich gescheitert.«

Wer mochte dieser geheimnisvolle Held sein? Der neugierige Rusty bückte sich und wollte durchs Schlüsselloch spähen. Zu seinem Verdruss steckte der Schlüssel von innen, weshalb er nicht sehen konnte, dass Admiral Lilywhite in seiner Kajüte ganz allein war und seinem Spiegelbild eine Ansprache hielt.

»He, Rusty! Was treibst du denn da?«, zischelte Bandit, der auf dem Weg zu seiner Schicht auf der Brücke vorbeikam.

Rusty fuhr herum und legte den Finger auf den Mund. »Der Admiral quatscht da drin mit irgendwem«, raunte er. »Er behauptet, dass unsere Unternehmung ohne den Betreffenden gescheitert wäre.«

Bandit machte ein verdattertes Gesicht und gesellte sich zu seinem Kameraden. Nun lauschten sie zu zweit.

Rupert stand immer noch vor dem Spiegel und bewunderte sich von allen Seiten. Wie gut er doch aussah!

»Ehrlich gesagt ist es ein wahres Wunder, dass es uns mit dieser Mannschaft überhaupt gelungen ist, aus dem Hafen auszulaufen!«, fuhr er fort und wiegte bedächtig den Kopf, um seine Frisur nicht durcheinanderzubringen. »Weiß der Himmel, was geschehen wäre, wenn du Matrose Muddel nicht davon in Kenntnis gesetzt hättest, dass die Sonne im Westen untergeht. Das hätte ein echtes Kuddel-Muddel gegeben!«

Rusty und Bandit hielten sich den Mund zu, um nicht loszuprusten.

»Und dann dieser Bandit! Der Kerl ist auf See ungefähr so nützlich wie ein einarmiger Jongleur.«

Rusty versetzte Bandit einen scherzhaften Knuff, Bandit funkelte ihn böse an.

»Na ja, Rusty Cleaver ist auch nicht besser.« Rupert zog die Augenbraue übertrieben hoch. »Das einzige Rezept, das er tadellos beherrscht, ist das für heilloses Durcheinander.«

Diesmal musste Bandit grinsen und knuffte seinerseits Rusty.

»Eigentlich sind sie alle miteinander unfähig. Bis auf dich natürlich.« Rupert bedachte sein Spiegelbild mit einem breiten Grinsen. »Und darum wirst du bei der Heimkehr nach England auch allen Ruhm für deine bedeutende Entdeckung allein einstreichen, und die Übrigen gehen leer aus. Du wirst reich und berühmt, nach ihnen kräht kein Hahn mehr.«

»Jetzt reicht's aber!«, empörte sich Rusty. »Los, komm mit! Wir müssen Muddel erzählen, was unser verehrter Admiral vorhat.«

Als sie sich zum Gehen wandten, schlug Bandits Hakenhand gegen die Kajütentür, und schon wurde die Tür aufgerissen.

»Wer ist da?«, rief Rupert.

Beide Männer nahmen Haltung an. »Bloß ich und Bandit«, erwiderte Rusty. »Wir wollten … äh … das Geschirr abholen.«

»Zwei Männer, um einen Teller und einen Bierhumpen zu holen? Das scheint mir doch etwas übertrieben«, sagte Rupert argwöhnisch.

»Ach, Bandit hilft mir in der Kombüse. Es ist immer gut, wenn man beim Abwaschen zwei zusätzliche Hände hat«, entgegnete Rusty. »Beziehungsweise eine Hand und einen Haken.«

»Wartet hier.« Rupert verschwand in seiner Unterkunft und ließ die Tür offen.

Bandit drückte die Tür ein Stück weiter auf. In der Hoffnung, den Verräter aus den eigenen Reihen zu entdecken, ließen die beiden Seeleute die Blicke durch den Raum schweifen.

»Stimmt was nicht?«, fragte Rupert, als er zurückkam und ihnen das Geschirr überreichte. »Habt ihr etwas verloren?«

»Nö, verloren haben wir nix«, sagte Rusty.

»Und wir haben auch nicht gehört, dass Sie mit wem gesprochen haben«, setzte Bandit aufs Geratewohl hinzu.

»Das dürfte daran liegen, dass niemand außer mir da ist«, entgegnete Rupert hastig. »Darum habe ich auch mit niemandem gesprochen. Schon gar nicht mit mir selbst.«

Die drei Männer beäugten einander misstrauisch, dann brummte Rusty: »Komm, Bandit, wir gehen abwaschen.«

»Abwaschen? Ich dachte, wir wollen Mudd… Nee! Wir müssen ja erst abwaschen.«

»Übrigens, Meister Cleaver, gibt's heute denn keinen Nachtisch?«, rief ihnen Rupert nach. »Ich hätte Appetit auf ein Stückchen Biskuitrolle und vielleicht noch etwas Obstiges.«

Rusty drehte sich um. »Aber gern, der Herr. Möchten Sie auch noch etwas zu trinken?«

»Nein, danke. Nur Nachtisch.«

»Aye, aye, Admiral.« Rusty grinste breit. »Nur Nachtisch. Kommt sofort.«

31. Kapitel

Die fünf Gefährten wanderten weiter nach Süden. Nach dem Vorfall mit dem Mammut war ihre Stimmung ein wenig gedrückt. Hugo musste sich immer wieder vorstellen, wie Onkel Walter im unterirdischen Labyrinth der Ungeheuer schmachtete, wo ihn das gleiche Schicksal erwartete wie das arme Mammutkalb.

Das Gras wurde immer länger, je weiter sie gingen, und ehe sie sichs versahen, stapften sie durch dichtes Schilf, das bis auf Snowdon alle überragte.

Als Snowdon seinen Schritt beschleunigte, nahm Hugo darum an, dass er etwas Vielversprechendes erblickt hatte. Und tatsächlich kamen sie kurz darauf aus dem Schilf heraus und standen an einem kiesigen Flussufer.

Die Biegung des Flusses glich dem zweiten Zeichen auf Pedros Karte.

Die Wasseroberfläche war voller Schaumkronen und kleiner Strudel, denn der Flusslauf vollführte an dieser Stelle eine enge, hufeisenförmige Schlaufe, ehe er weiter geradeaus floss.

Hugo war ganz aus dem Häuschen. Doch dann fiel ihm etwas Bedenkliches auf. Mit seiner Biegung umschloss der Flusslauf eine kleine Insel, beziehungsweise eine tränenförmige Halbinsel, die nur an ihrer schmalsten Stelle mit dem Flussufer verbunden war. Auf dem Inselchen lagen zwei dicke Schnecken. Ihre schleimig glänzenden braunen Leiber waren senfgelb getüpfelt.

»Was sind denn das für Viecher?« Hugo rümpfte angewidert die Nase.

»Wasserschnecken«, belehrte ihn Snowdon.

»Fleischfressende Wasserschnecken«, präzisierte Pigasus.

»Die sehen ja eklig aus. Aber so dick und so, na ja, schneckig wie sie sind, können sie uns wohl kaum gefährlich werden, oder doch?«

»Manchmal trügt der Schein«, erwiderte Snowdon warnend. »Die Schnecken sehen zwar behäbig aus, aber es sind todbringende Jäger. Sie haben einen unglaublich feinen Geruchssinn, sie schwimmen schneller, als ein Mensch rennen kann, und ihr Schleim enthält eine starke Säure. Haben sie einen erst einmal umzingelt, kriechen sie auf einen drauf, und ihr Schleim zersetzt das Opfer zu klebriger Schmiere. Anschließend nimmt die Schnecke die darin enthaltenen Nährstoffe über dic Haut auf.«

Hugo hatte noch an der Beschreibung dieser speziellen Todesart zu knabbern, als Delfina eine andere Entdeckung machte. Hinter den sich in der Sonne räkelnden Schnecken lag am gegenüberliegenden Flussufer ein kleines, kreisrundes, aus Lederstücken gefertigtes Boot. Zwei hölzerne Ruder lagen darin.

»Ist Pedro damit über den Fluss gerudert?«, fragte Hugo.

Snowdon schüttelte den Kopf. »Pedro hatte kein Boot. Damals, als er die silberne Eichel gestohlen hat, hatte der Fluss noch fast keine Strömung. Wahrscheinlich ist Pedro einfach hinübergeschwommen. In den letzten beiden Wintern jedoch wurde unsere Insel von schweren Unwettern heimgesucht und der Fluss ist zu einem reißenden Strom angeschwollen.«

»Aber wie ist Pedro an den Schnecken vorbeigekommen?«, wunderte sich Pigasus.

»Genau so, wie er den Hedderwald durchquert hat, nehme ich an«, erwiderte Snowdon. »Er hat einfach Glück gehabt.«

Delfina war skeptisch. »Wenn das Boot nicht Pedro gehört hat, wer hat es dann hier liegen lassen?«

Hugo spähte zu dem kleinen Fahrzeug hinüber und entdeckte etwas Glitzerndes.

»Seht mal! Das Boot ist in Noahs Glitzerstaub gehüllt. Ich glaube, unser Mini-Orakel will uns helfen, den Fluss zu überqueren.«

»Vielleicht habe ich ihn ja unterschätzt«, räumte Snowdon widerstrebend ein.

»Es mag undankbar klingen«, sagte Pigasus vorwurfsvoll, »aber es wäre wesentlich hilfreicher gewesen, wenn Noah das Boot auf unser Flussufer gelegt hätte. Andererseits ist mir gerade eine Idee gekommen. Und zwar eine geniale Idee!«

»Dann spann uns nicht auf die Folter!«, drängte ihn Herkules.

Pigasus räusperte sich bedeutsam: »Ich fliege zum Boot rüber und rudere ein Stück flussabwärts, wo es keine Wasserschnecken gibt. Dann wende ich und rudere an dieses Ufer hier, um euch abzuholen und mich in aller Bescheidenheit in eurer Dankbarkeit und Bewunderung zu sonnen.«

»Haben sich deine Flügel denn schon wieder erholt?«, erkundigte sich Hugo zweifelnd.

»Wollen doch mal sehen.«

Pigasus schlug mit den Flügeln. Er flatterte und flatterte, aber nichts geschah. Er holte tief Luft und nahm noch einmal Anlauf. Er schlug mit den Flügeln, bis er knallrot im Gesicht war, aber seine Hufe hoben keinen Fingerbreit vom Boden ab. Schließlich gab er es auf und seine Flügelchen hingen herunter wie zwei nasse Wischlappen.

»Es hat keinen Zweck«, sagte er kleinlaut. »Ich schaff's nicht. Hoffentlich denkt ihr deswegen nicht schlechter von mir.«

»Keine Bange, Pigasus, alter Freund«, erwiderte Herkules, »ich könnte gar nicht *noch* schlechter von dir denken.«

Pigasus schüttelte bekümmert den Kopf. »Offenbar hat der lange Flug von der Lilabucht mit Hugo auf dem Rücken seinen Tribut gefordert.«

»Und mit mir auf dem Rücken auch«, fügte Herkules an.

»Natürlich, natürlich. Dein Gewicht hat bestimmt den Ausschlag gegeben.«

»Lasst gut sein – ich übernehme das!«, meldete sich da Delfina zu Wort. »Ich kann schneller schwimmen als die ollen Warzenschnecken.«

»Und wenn sie dich trotzdem kriegen?«, fragte Hugo.

»Die kriegen mich nicht«, erwiderte Delfina trotzig, und schon stürmte sie das steile Kiesufer hinunter. Doch unten blieb sie stehen. Vor ihr kräuselte sich das Wasser. Die kreisrunden Kringel wurden immer größer, dann teilten sich die Fluten und ein schleimiger Klumpen tauchte auf und glitt wie eine Riesenmade das Ufer hoch. Delfina stand einer fleischfressenden Mörderschnecke Auge in Fühler gegenüber.

Als sich das Vieh vor ihr aufbäumte, machte Delfina einen Luftsprung, schnellte mit einem Salto über den Kopf der Schnecke hinweg und landete geräuschlos hinter ihr. Sie nahm das Seil von der Schulter, und während die Schnecke noch unschlüssig hin und her schwankte, ließ die Nixe schon die Schlaufe über dem Kopf kreisen. Je geschwinder das Seilende kreiste, desto größer und runder wurde die Schlaufe. Nun hatte die Giftschnecke Delfina endlich gewittert und bog den Leib, um sich auf sie zu wälzen. Die beiden kleinen Nasenöffnungen oben auf ihrem Kopf bebten vor Gier.

Delfina holte mit dem Lasso aus. Die Schlinge segelte durch die Luft und legte sich um den unförmigen Schneckenleib. Delfina versetzte dem Seil einen kräftigen Ruck und das plumpe Vieh hatte auf einmal eine schlanke Taille.

»Bravo, Delfina!«, jubelte Pigasus.

»Diese Schnecke *schlingt* so bald niemanden mehr herunter«, witzelte Herkules.

»Stimmt«, ging Hugo darauf ein, »das Vieh hängt ganz schön in den Seilen!«

Als sich die Riesenschnecke abermals aufbäumte, sprang Delfina noch einmal saltoschlagend über sie hinweg und kam neben einem Felsbrocken auf, an dem sie das freie Seilende befestigte. Sie machte einen großen Bogen um das Untier und lief wieder ans Ufer. Die aufgebrachte Schnecke wollte hinterher, wurde jedoch vom Seil zurückgerissen und fiel auf den Rücken.

»Geschieht dir recht, widerliches Schleimgetüm!«, rief Delfina schadenfroh.

Aber als sie eben in den Fluss springen wollte, tauchten zwei weitere Schnecken auf und glitten auf sie zu.

Delfina machte kehrt und kletterte die Böschung hoch, um sich ins Schilf zu flüchten. Daraufhin wachten die beiden dösenden Schnecken auf und beteiligten sich an der Jagd. Delfina wurde nun von vier Ungeheuern verfolgt, und es war abzusehen, dass sie ihnen nicht entkommen konnte.

Da kam Snowdon aus dem Schilf gestürmt, rannte brüllend die Böschung hinunter und schwang das Schwert mit beiden Pranken über dem Kopf. Ohne anzuhalten, preschte er geradewegs an Delfina vorbei und köpfte die vorderste Schnecke wie ein weichgekochtes Frühstücksei. Das kopflose Vieh kippte um, grüner Schleim floss über die Uferkiesel.

Snowdon machte kehrt und stapfte das Ufer entlang. Die drei verbliebenen Schnecken hatten nun ihn zu ihrem Opfer erkoren und glitten über den Kies, indem sie die Leiber abwechselnd zusammenzogen und wieder streckten und dicke Schleimspuren hinter sich herzogen.

Delfina begriff, dass Snowdon die Viecher ablenken wollte, und lief wieder zum Fluss. Sie glitt so geschickt ins Wasser, dass es sich nur kaum merklich kräuselte. Unter Wasser vollführte sie einen kräftigen Schlag mit den schwimmhäutigen Füßen und war verschwunden.

»Pass auf, Snowdon!«, rief Hugo.

Eine Schnecke hatte Snowdon beinahe eingeholt. Snowdon drehte sich mit gezücktem Schwert um, doch da rammte ihm eine andere Schnecke den plumpen Kopf in die Flanke, sodass er hinfiel. Er wollte sich aufrappeln, aber das Vieh schubste ihn abermals um. Jetzt war er umzingelt.

»Wir können doch nicht einfach zusehen!«, sagte Hugo. »Los, Pigasus, lass dir was einfallen! Pigasus?«

Schweigen.

»PIGASUS?«

»Die haben uns bestimmt schon gewittert«, jammerte Pigasus. »Dann sind sie im Nu hier, wälzen sich auf uns und zersetzen uns mit ihrem ekligen Schleim.«

»Du bist aber keine große Hilfe!«, tadelte ihn Herkules.

Doch Pigasus' verängstigtes Gestotter hatte Hugo auf eine geniale Idee gebracht.

32. Kapitel

Hugo nahm seinen Tornister ab und kramte hastig darin herum. Ganz unten steckten, sorgfältig in ein Tuch eingeschlagen, die Hühnereier, die er vom Schiff mitgenommen hatte. Ihre Schalen waren kühl und glatt und sie schmiegten sich in seine Handfläche.

»Ich finde wirklich nicht, dass dies ein günstiger Zeitpunkt ist, ans Frühstück zu denken«, sagte Herkules tadelnd.

Hugo beachtete ihn nicht und bat Pigasus um zwei Pfeile, die er vor sich auf den Boden legte. Er nahm eine Decke aus dem Tornister und riss davon zwei sieben Zentimeter breite Streifen ab. Hugo wickelte die beiden Eier in die Stoffstreifen und band sie an die Pfeilschäfte, gleich hinter die Feuersteinspitze. Dann gab er Pigasus die Pfeile zurück.

»Schieß die auf die Schnecken!«

Pigasus legte den ersten Pfeil selbstbewusst ein. »Auf welche soll ich zuerst zielen?« Er spannte den Bogen.

»Ganz egal.«

»Soll ich auf den Kopf zielen oder lieber auf den Schwanz?«

»Das spielt keine Rolle.« Hugo wurde ungeduldig.

Pigasus linste am Bogen vorbei und visierte sein Ziel an. Er zielte ein bisschen mehr nach links, dann ein bisschen höher und dann ein bisschen mehr nach rechts. Hugo schaute zu Snowdon hinüber. Der war noch einmal umgeschubst worden und eine Schnecke war schon halb auf ihn draufgekrochen.

»Es ist ein äußerst kniffliger Schuss«, erläuterte Pigasus. »Ich muss die leichte Brise ausgleichen und die Unebenheiten des Geländes, ganz zu schweigen von der Berechnung, wie sich das Gewicht des Eies auf die Flugbahn auswirkt.«

Herkules sprang von Hugos Schulter und landete, alle viere von sich gestreckt, auf Pigasus' Schnauze. »Zum Donnerwetter, Pigasus!«, fauchte er. »Schieß endlich!«

Pigasus tat wie geheißen. Der Pfeil sauste in hohem Bogen durch die Luft und weit am Ziel vorbei, ehe ihn das Ei nach unten zog. Der Pfeil fiel auf das Kiesufer, ungefähr zehn Meter hinter den Wasserschnecken.

Als der Pfeil zu Boden fiel, rollte das Ei aus seiner Stoffschlinge, stieß gegen einen Stein und zerbrach. Der rohe Inhalt lief über die Kiesel.

»Auweia, der ging ja ziemlich daneben.« Pigasus klang niedergeschlagen.

»Unsinn, das war ein echter Kracher!«, widersprach Hugo. »Schieß den anderen gleich hinterher – los!«

Der zweite Pfeil landete auf der anderen Seite der Wasserschnecken. Das Ei rollte aus der Schlinge und zerbrach.

»Was jetzt?«, fragte Pigasus, der nicht begriff, warum Hugo so zufrieden aussah.

»Jetzt können wir nur noch hoffen, dass die Eier inzwischen faul geworden sind.«

Die Eier waren tatsächlich faul geworden. Sie waren schon etliche Wochen alt gewesen, als Hugo sie im Hühnerstall auf der *El Tonto Perdido* entdeckt hatte. Nachdem sie anschließend noch ein paar Tage ganz unten in Hugos Tornister tüchtig durchgeschüttelt worden waren, waren sie so faul, wie es nur ging. Die Dotter bestanden nur noch aus eklig gelbgrünem Schleim. Der Wind trug den scheußlichen Gestank zu ihnen herüber.

»Lecker!«, sagte Pigasus und reckte schnüffelnd die Schnauze.

Er war nicht der Einzige, dem etwas aufgefallen war. Hugos Rechnung ging auf. Die Wasserschnecken brachten den Gestank nur mit einem in Verbindung – mit Büffelogern!

Sie ließen sofort von Snowdon ab und flüchteten alle vier in Richtung Fluss. Wie eine Herde Riesenwalrosse plumpsten sie ins Wasser und schlugen kräftig mit den Schwänzen. Spritzend und platschend schwammen sie flussabwärts und ließen den Fluss brodelnd und schaumbedeckt zurück.

»Die haben's aber ganz schön Ei-lig«, meinte Herkules.

»Ich hab's ja geahnt, dass die Viecher kein Rückgrat haben«, kicherte Hugo.

Pigasus grinste siegesfroh. »Ihr Kampfesmut ist zugleich mit der Eierschale gebrochen.«

Hugo und Pigasus liefen zu Snowdon und halfen ihm hoch. Das Fell an seinen Beinen war ganz verklebt. Er watete ins Wasser, um den Schneckenschleim abzuwaschen. Die Säure war noch nicht bis auf die Haut vorgedrungen, aber das Fell war angegriffen. Sein zuvor wehendes Beinfell war jetzt so kurz, dass er einem modisch geschorenen Riesenpudel ähnelte.

Danach beobachteten sie gespannt, wie sich Delfina abmühte, das Boot über den reißenden Fluss zu rudern. Das Fahrzeug war schwer und unhandlich, und die starke Strömung drohte es flussabwärts abzutreiben. Nach heldenhaften Anstrengungen erreichte Delfina schließlich doch das diesseitige Ufer und brach über den Rudern zusammen.

»Geht's dir nicht gut?«, erkundigte sich Hugo erschrocken.

»Mir geht's prima«, schnaufte sie, kaum fähig zu sprechen. »Jetzt lasst uns aber schleunigst den Fluss überqueren und weiter nach der Eichel suchen!«

Delfina legte den Kopf auf Hugos Schulter, während Snowdon das Boot mit langen, kräftigen Ruderschlägen über den dahinschießenden Fluss beförderte. Trotz seiner beträchtlichen Größe und seiner überragenden Körperkräfte hatte er ordentlich mit der Strömung zu kämpfen, doch zu guter Letzt kamen sie wohlbehalten drüben an.

»Wir müssen gleich weiter, aber vielleicht bleibst du lieber hier und ruhst dich aus, Delfina?«, schlug Snowdon keuchend vor und machte das Boot an einem Felsen fest.

»Ich will aber auch bei der Suche nach der Eichel helfen. Jetzt habe ich es schon bis hierher geschafft, da möchte ich auch bis zum Schluss dabei sein.«

»Du hast uns doch schon genug geholfen. Kein anderer hätte durch den Fluss schwimmen können. Ohne dich wären wir gar nicht so weit gekommen.«

»Na schön«, gab Delfina nach. »Dann passe ich eben auf das Boot auf.«

Hugo kramte noch einmal in seinem Tornister und hielt Delfina drei Eier hin.

»Die zerbrichst du, falls die Schnecken zurückkommen. Dann denken die Viecher, die Büffeloger seien wieder da, und du siehst nur noch das Wasser aufspritzen.«

Delfina nahm sich zwei von den Eiern. »Danke, Hugo. Und jetzt ab mit euch. Viel Glück, Freunde!«

Hugo stapfte los, immer am Ufer entlang. Herkules hockte auf seiner Schulter, Pigasus und Snowdon bildeten die Nachhut. Als sich Hugo noch einmal umdrehte, hatte sich Delfina schon ins hohe Gras geduckt.

»Ach übrigens, Hugo«, sagte Pigasus im Gehen beiläufig, »wäre es wohl möglich, dass du mir das letzte Ei überlässt – wenn sonst keiner Wert drauf legt?«

»Klar.« Hugo gab Pigasus das braunrosa Ei. »Rechnest du schon mit dem nächsten Schneckenüberfall?«

»Bloß nicht!«, lautete die Antwort. »Ich hab nur fürchterlichen Kohldampf.«

Pigasus warf das Ei hoch und fing es mit dem Maul auf. Grunzend und genüsslich schnüffelnd biss er die Schale durch und schlang den ranzigen Inhalt gierig hinunter. Ein rotzfarbener Schleimtropfen lief ihm übers Kinn. »Ausgez-Ei-chnet!«

»Igittigitt!« Hugo hielt sich die Nase zu, musste aber trotzdem lachen. »Jetzt stinkst du aus dem Maul wie ein Büffeloger.«

33. Kapitel

Am Ufer wuchs das Gras noch hoch und dicht, aber je weiter sie sich vom Fluss entfernten, desto kürzer wurde es, und bald liefen sie wie über samtenen Rasen. Mitten durch die Wiesenlandschaft verlief ein schmaler Schotterweg.

Hugo betrachtete das nächste Zeichen auf Pedros Karte.

Was bedeutete das nun schon wieder?

»Kann sich irgendwer irgendwas darunter vorstellen?«, fragte er in die Runde.

Herkules erwiderte ausweichend: »Ach, ich war gerade ganz in die schöne Aussicht vertieft.«

»Ich habe leider auch keine Ahnung«, gestand Pigasus.

»Am besten schauen wir uns einfach mal um«, schlug Snowdon vor. Die vier Freunde schauten sich um. Auf den weiten Wiesen standen vereinzelte kleine Baumgruppen, in der Ferne sah man drei hohe, schneebedeckte Berge. Es gab Blumen, die blauem Riesenlöwenzahn glichen, und winzig kleine

Sonnenblumen, aber nichts, was dem Zeichen auf Pedros Karte auch nur im Entferntesten ähnlich gesehen hätte.

»Haben wir uns womöglich verlaufen«, fragte Hugo.

»I wo! Wir wissen doch, wo wir sind«, erwiderte Pigasus munter. »Wir wissen bloß nicht, wo wir hinsollen.«

Hugo setzte sich ins Gras und ließ den Kopf hängen. »Jetzt finden wir die Eichel bestimmt nicht mehr rechtzeitig, und ich sehe Onkel Walter nie wieder. Was bin ich denn bloß für ein unfähiger Kartograf! Ich kann nicht mal die einfachste Legende lesen.«

»Ich weiß, wie wir dich aufmuntern!«, rief Pigasus. »Ich geh dir ein paar Pfirsiche suchen! Schön matschig und angegammelt, wie du sie am liebsten magst.«

Hugo rang sich ein Lächeln ab.

»Lass den Mut nicht sinken, Hugo!«, raunte Herkules. »Du machst deinen Weg. Ganz bestimmt.«

»He, kommt mal her!«, rief Pigasus da.

»Wahrscheinlich will er bloß, dass wir ihm beim Pfirsiche auflesen helfen«, murrte Snowdon, aber sie liefen doch los. Herkules hielt sich an Hugos Wams fest und wurde bei jedem Schritt hochgeschleudert.

Pigasus war nicht weit gekommen. Dort kreuzte ihr Pfad einen zweiten Pfad im rechten Winkel. Neben dieser Kreuzung lag ein eckiger Pfosten auf der Erde, an dessen Spitze vier Schilder genagelt waren. In der Erde war ein rechteckiges Loch, das den Eindruck machte, als ob der Pfosten hineinpasste.

Die Schilder zeigten in die vier Himmelsrichtungen. Snowdon hob den Wegweiser auf und drehte ihn prüfend hin und her.

»Das hab ich auch noch gefunden!« Pigasus deutete auf einen flachen Stein. Jemand hatte etwas hineingeritzt. Hugo las vor.

»Meidet das Unbekannte,
Und die Gefahr,
Nehmt den rechten Pfad
Und ihr seid bald da.

P.S. Gilt laut meinem Handbuch als Reim.«

Hugo feixte. »Das war Noah.«

»Ich hab's!«, rief Pigasus da. »Ich weiß, in welche Richtung wir müssen.«

»Nämlich?«, fragte Herkules.

»Noah schreibt, wir sollen ›den rechten Pfad‹ nehmen. Das heißt, wir müssen nach rechts, ist doch sonnenklar.«

Die anderen waren skeptisch.

»Vielleicht meint er damit eher ›den richtigen Pfad‹«, wandte Hugo ein.

»Wir brauchen doch bloß den Wegweiser wieder in die Erde zu stecken und diesem Zeichen zu folgen«, sagte Snowdon und zeigte auf:

»Und woher wissen wir, wie herum der Wegweiser in das Loch gehört?«, entgegnete Hugo. »Bei einem viereckigen Pflock gibt es genau vier Möglichkeiten, ihn in ein viereckiges Loch zu stecken. Jedes Zeichen kann in jede beliebige Richtung weisen, trotzdem ist nur eine Möglichkeit die richtige. Wenn wir uns irren, verlaufen wir uns vielleicht … oder es passiert etwas noch Schlimmeres.«

»Lasst uns doch erst mal überlegen, was die einzelnen Zeichen überhaupt bedeuten«, schlug Herkules vor.

Hugo war der Meinung, dass ? für das »Unbekannte« in Noah Langs Gedicht stand. Die anderen stimmten ihm zu, und sie kamen zu dem Schluss, dass ! wiederum für die »Gefahr« stand. Das ∢ war das, was sie suchten, und Ω war das Symbol für die Flussbiegung, wo die Wasserschnecken gelauert hatten.

Pigasus kratzte sich den Kopf. »Tja, Leute, es ist mir echt ein Rätsel. Wir wissen weder, in welcher Richtung die ›Gefahr‹, noch, in welcher Richtung das ›Unbekannte‹ liegt. Trotzdem muss es irgendwie möglich sein herauszufinden, welche Richtung man einschlagen muss, um den Zeichen auf Pedros Karte zu folgen.«

»Versuchen wir's doch mal andersherum«, schlug Snowdon vor. »Die einzige Richtung, mit der wir uns auskennen, ist der Rückweg zur Flussbiegung. Ich halte es für ausgeschlossen, dass die silberne Eichel dort versteckt ist.«

Da funkelten Hugos Augen mit einem Mal wie Noah Langs Glitzerwölkchen. »Ich hab's!«, verkündete er und grinste von einem Ohr zum anderen.

»Was hast du denn?«, wollte Pigasus wissen.

Hugo nahm den Wegweiser und hielt ihn mit ausgestrecktem Arm senkrecht neben das viereckige Loch.

»Es gibt vier Möglichkeiten, den Pfosten hineinzustecken«, wiederholte er und drehte den Wegweiser jeweils eine Vierteldrehung weiter. »Aber nur eine ist die richtige.«

»Ich will ja nicht meckern, aber das haben wir doch eben schon herausgefunden«, wandte Pigasus ein.

Hugo lächelte und drehte den Pfosten die nächste Vierteldrehung weiter. »Weiß ich. Aber es ist noch niemand draufgekommen, dass der Wegweiser, wenn er richtig herum im Boden steckt, auch anzeigen muss, wo es zur Flussbiegung geht.«

Hugo drehte den Pfosten noch eine Vierteldrehung weiter, bis das Schild mit dem Ω-Zeichen drauf in die Richtung zeigte, aus der sie gekommen waren. Dann steckte er den Pfahl in die Erde.

»Super!« Herkules vollführte Freudensprünge auf Hugos Kopf. »Der Kleine ist ein Genie!«

Snowdon nickte bedächtig und schmunzelte. »Gut gemacht, Hugo.«

Nur Pigasus begriff gar nichts.

»Also auf nach rechts!«, kommandierte Hugo mit einem letzten Blick auf den Wegweiser.

»Das hab ich doch schon vor zehn Minuten gesagt!«, wandte Pigasus ein.

»Das war wohl eher gut geraten!«, erwiderte Snowdon.

»Mein lieber Freund«, sagte Pigasus würdevoll, »eins kann ich dir versichern: Mit Raten hatte das rein gar nichts zu tun!«

»Die einen nennen es Raten«, beschwichtigte Hugo die beiden, »die anderen nennen es todsicheren Instinkt.«

»Danke schön, Hugo. Tatsächlich geht es mir oft so, dass ich die Lösung eines Problems geradezu wittere.«

»Kein Wunder, bei der Nase!«, stichelte Herkules.

Hugo schaute zum Himmel. Die Sonne hatte ihren höchsten Stand längst überschritten und wanderte in Richtung Horizont. Bald würde es dunkel werden. Hugo bekam Herzklopfen und ihm wurde flau im Magen.

»Kommt endlich!«, mahnte er. »Die Zeit drängt.«

34. Kapitel

Weiter ging es über sattgrüne und ockerfarbene niedrige Hügel und Wiesen. Snowdon hielt Ausschau nach Büffelogern, Pigasus hielt Ausschau nach etwas Fressbarem, Herkules hockte auf Hugos Schulter und alle vier blickten immer wieder zum Himmel empor. Sie verfolgten, wie sich die Sonne um fünf, zehn, fünfzehn Grad auf ihrer Bahn weiterschob, und immer noch war nirgends ein Hinweis auf Pedros nächstes Zeichen zu entdecken. Hugo bekam es abermals mit der Angst zu tun. Nahm der Weg denn gar kein Ende?

Da hörte der Weg plötzlich auf.

Vor ihnen lag nichts als weites, offenes Gelände. Hugo kratzte sich seufzend den Kopf.

»Was nun?« Er ging in die Hocke, um kurz zu verschnaufen.

Die Antwort war ein ausführliches Schweigen. Snowdon und Pigasus grübelten, wie sie Hugo am schonendsten beibringen konnten, dass sie leider nicht die leiseste Ahnung hatten, wie es weitergehen sollte.

»Ich geh mal eben ein paar Marmeladenbeeren pflücken«, wechselte Pigasus schließlich das Thema. Schon stand er unter ein paar Bäumen und schüttelte die Früchte herunter.

»Pigasus betrachtet Essen als die Lösung aller Probleme«, stellte Snowdon gutmütig fest. »Lasst uns eine kurze Rast einlegen. In einem müden Körper wohnt ein müder Geist.«

Hugo holte sein Notizbuch heraus und schlug die Seite mit der Karte der Insel auf. Er trug den runden Hedderwald ein und Noah Langs Baumstumpf. Er skizzierte die hufeisenförmige Flussbiegung, an der sie gegen die Wasserschnecken gekämpft hatten, und deutete mit einer gestrichelten Linie den Pfad an, den sie eingeschlagen hatten.

»Ach übrigens, als ich euch erklärt habe, warum ich euch nachgekommen bin, habe ich gelogen«, sagte Snowdon da.

Hugo blickte auf.

»In Wirklichkeit hat mich das bewegt, was du übers Aufgeben gesagt hast«, fuhr Snowdon fort. »Ich musste an meinen eigenen Vater denken. Der hat mich gelehrt, wie wichtig es ist, nie aufzugeben, auch wenn es noch so unwahrscheinlich ist, dass ein Vorhaben gelingt.«

»Ich bin froh, dass du mitgekommen bist«, sagte Hugo.

Snowdon nickte. »Ich auch.«

Hugo holte das Holzstück mit Pedros Karte aus dem Tornister. Herkules huschte seinen Arm hinunter, hockte sich auf seinen Handrücken und studierte mit bebenden Barthaaren die Inschrift.

»Ich komm nicht drauf!«, befand der Mäuserich schließlich. »Wo ist der verflixte Noah, wenn man ihn mal braucht?«

»Wenn es drauf ankäme, wäre er hier«, hielt Snowdon dagegen. »Dass er nicht hier ist, könnte bedeuten, dass wir der Lösung bereits auf der Spur sind.«

»Ist das nicht Wunschdenken?«

»Ich nenne es lieber positives Denken. Wahrscheinlich ist es eine Frage der Sichtweise.«

Dabei musste Hugo an die Nacht denken, als er mit seinem Onkel an Deck der *El Tonto Perdido* gesessen und die Sterne betrachtet hatte. Walter hatte ihm gezeigt, wie man den Großen Wagen auch als Großen Bären sehen konnte, und hatte Hugo erklärt, dass gerade ein Kartograf nie vergessen dürfe, dass man alles von mehreren Seiten betrachten könne.

Hugo schaute wieder auf Pedros Karte und drehte sie um, sodass die Inschrift auf dem Kopf stand. Anschließend hielt er das Holzstück hochkant, sodass die Zeichen nicht nebeneinander, sondern untereinander angeordnet waren.

Hugo stutzte – dann sprang er mit einem Jubelschrei auf. Das Herz schlug ihm bis zum Hals und vor lauter Aufregung überschlug sich seine Stimme.

»Snowdon! Herkules! Wir haben die Karte die ganze Zeit verkehrt herum gehalten. Man soll sie nicht von links nach rechts lesen, sondern von oben nach unten. Seht her!«

Snowdon begriff sofort, wofür das nächste Zeichen stand.

»Das ist ein Berg! Anscheinend hat Pedro die Eichel irgendwo im Gebirge versteckt.«

Da kam Pigasus mit roten und blauen Marmeladenbeeren beladen vom Proviantsammeln zurück. »Welcher Berg?«

»Das Zeichen hier steht für einen Berg«, weihte ihn Hugo ein. »Siehst du?« Er hielt Pedros Karte hochkant, sodass die Zeichen untereinander standen.

»Aha. Ich bin ganz deiner Meinung und beglückwünsche dich zu der klugen Herleitung.« Pigasus schlang schmatzend eine Handvoll Beeren hinunter. »Trotzdem muss ich auf meiner Frage beharren, lieber Junge: Auf welchen der drei völlig gleich aussehenden Berge dieser Insel verweist nun die Karte?«

Hugo blickte an den Bergen empor. Alle drei bestanden aus dem gleichen schroffen schwarzen Gestein wie die Felswand in der Lilabucht. Alle drei waren steil, spitz und schneebedeckt. Der einzige Unterschied war die Höhe. Hugos Hochstimmung verflüchtigte sich schlagartig.

Die Sonne wanderte unerbittlich weiter. Ehe es dunkel wurde, konnten sie höchstens noch einen der drei Berge erklimmen, für einen zweiten reichte die Zeit ganz gewiss nicht mehr, falls sich der erste als Fehlschlag erweisen sollte.

»Oje …«, seufzte Herkules, und seine Barthaare bebten noch heftiger als sonst. »Die Berge sehen alle drei gleich aus. Alle drei sind oben spitz und tragen eine Schneekrone.«

Hugo hob Herkules hoch und küsste ihn mitten auf die Schnauze. »Herkules, du bist der Größte! Das ist es! Der Schnee ist die Krone der Schöpfung.«

Herkules blinzelte verdutzt, stellte aber trotzdem stolz die Ohren auf.

»Laufen wir Gefahr, dass du uns an deiner Erkenntnis teilhaben lässt?«, erkundigte sich Pigasus.

»Der Berg auf Pedros Karte hat einen verschneiten Gipfel«, lautete Hugos Erwiderung.

Pigasus wechselte einen Blick mit Snowdon und verdrehte die Augen. »Auweia, der Kleine hat die anstrengende Wanderung nicht vertragen. Hugo, alter Kumpel, seh ich dreifach oder haben nicht alle drei Berge verschneite Gipfel?«

Hugo nickte lächelnd. »Du hast vollkommen recht. *Zurzeit* sind alle drei verschneit.«

»Sag ich doch!«

Nur Snowdon konnte Hugo folgen. »Pedro musste irgendwie deutlich machen, auf welchen der drei Berge sich seine Karte bezieht. Darum hat er ihn mit verschneitem Gipfel gezeichnet.«

»Jetzt reißt mir aber der Geduldsfaden!«, schimpfte Pigasus. »Wie oft muss ich das denn noch sagen? ALLE DREI BERGE SIND VERSCHNEIT!«

Snowdon amüsierte sich köstlich über den Wutausbruch seines Freundes, aber er legte Pigasus trotzdem besänftigend die Tatze um die Schulter. »Welche Jahreszeit haben wir gerade, Pigasus?«

»Anfang Frühjahr«, erwiderte Pigasus verständnislos.

»Richtig. Im Winter fällt überall Schnee. Aber um diese Jahreszeit fängt der Schnee auf den Berggipfeln zu tauen an. Als Pedro die Eichel gestohlen hat, war es Frühsommer. Dann ist der meiste Schnee geschmolzen.«

»Aber auf dem höchsten Berg bleibt der Schnee am längsten liegen«, nahm Hugo den Faden auf. »Darum ist er die Krone der Schöpfung.«

Endlich umspielte ein Lächeln Pigasus' Maul. Er stellte die Ohren auf und nickte bedächtig.

»Als Pedro die Karte gezeichnet hat, war nur der höchste Gipfel schneebedeckt«, erklärte Hugo abschließend.

»Demnach hat Pedro die Eichel auf diesem Gipfel versteckt.« Snowdon deutete auf den höchsten Berg. Die Sonne stand schon tief, es wurde kühl. Wolkenfetzen zogen über den Himmel und hüllten den Gipfel vorübergehend ein.

»Irgendwie unheimlich«, meinte Pigasus beklommen.

»Wenn wir oben sein wollen, ehe der Halbmond aufgeht, müssen wir uns aber ranhalten«, sagte Snowdon.

»Wollen wir denn bis auf den Gipfel?«, fragte Pigasus.

»Bis auf den Gipfel«, bekräftigte Snowdon.

»Hausen im Gebirge denn nicht die Büffeloger?«

»Scharenweise.«

»Halten sie dort auch Onkel Walter fest?«, warf Hugo ein.

Snowdon nickte.

»Könnten wir ihn dann nicht befreien, wo wir schon mal dort sind? Und danach weiter nach der Eichel suchen? Bitte!«

»Das ist nicht so einfach. Das unterirdische Labyrinth wird von den Büffelogern streng bewacht. Da kann man nicht einfach reinspazieren und einen Gefangenen mitnehmen. Die Suche nach der Eichel hat Vorrang. Haben wir sie erst gefunden, herrscht auf unserer Insel ohnehin wieder Frieden, und niemand hat mehr etwas zu befürchten.«

»Ich meinte ja nur, falls wir zufällig dort vorbeikommen …«

»Nein.«

»Aber …«

»Kein Aber«, sagte Snowdon. »Auf geht's.«

35. Kapitel

Es war ein langer, beschwerlicher Aufstieg. Die Felshänge waren zu steil, um den Gipfel auf geradem Weg zu erklimmen, die Gefährten mussten sich einen Zickzackpfad suchen. Auf dem tückischen schwarzen Geröll konnte man leicht ausrutschen und in die Tiefe stürzen. Jeder Schritt verlangte den Wanderern ungeheure Anstrengung ab. Und der bitterkalte Wind, der ihnen entgegenblies, machte die Sache wahrhaftig nicht besser.

Hugo war müde und er fror. Er schnitt einen Schlitz in eine seiner Decken und zog sie wie einen Kapuzenumhang über, aber der schneidende Wind drang trotzdem hindurch. Sein Gesicht und seine Hände brannten, in seiner Brust stach es. Wie gern hätte er mit Herkules getauscht, denn der Mäuserich hatte sich wieder in die Wamstasche geflüchtet. Hugo hätte sich auch lieber irgendwo zusammengerollt und ausgeschlafen, aber die Sorge um seinen Onkel hielt ihn wach und trieb ihn weiter.

»Wonach sollen wir eigentlich Ausschau halten, wenn wir oben sind?«, rief er Snowdon zu, aber der heulende Wind übertönte ihn. Daraufhin beschleunigte er seinen Schritt und zupfte Snowdon am Fell. Snowdon blieb stehen, wandte den Kopf vom Wind ab und blickte auf den Jungen herunter.

Sein langes Fell stand wie eine Fahne waagerecht ab. Als ihm eine Bö die Stirnfransen aus dem Gesicht peitschte, sah Hugo zum ersten Mal seine Augen. Sie glichen Katzenaugen und leuchteten hellorange, die Pupillen waren schwarze Schlitze.

Hugo wiederholte seine Frage.

»Nach etwas, das wie ein schwarzes Dreieck aussieht«, erwiderte Snowdon. »Ein Felsbrocken vielleicht oder irgendeine Markierung auf dem Boden. Aber wir haben nicht mehr viel Zeit.«

Die Sonne übergoss den Himmel mit orangefarbenem und rosarotem Licht. Sie streifte schon fast den Horizont – bald würde sich die Dunkelheit herabsenken.

Da duckte sich Snowdon unvermittelt hinter einen Felsen und bedeutete Hugo und Pigasus, sich hinter ihn zu kauern. Herkules spähte unter Hugos Deckenumhang hervor.

»Etwa dreißig Schritt vor uns liegt ein Eingang zum Bau der Büffeloger. Wahrscheinlich führt er in das unterirdische Labyrinth. Irgendwo in diesem Irrgarten muss die Höhle sein, wo die Scheusale Hugos Onkel gefangen halten – und wer weiß, wie viele andere wehrlose Opfer noch.«

Snowdon unterbrach sich und spähte um den Felsen herum, dann fuhr er fort: »Dort einzudringen, hätte keinen Zweck. Das Gewirr der unterirdischen Gänge ist viel zu weitläufig und verschachtelt. Es heißt, man kann sein Leben lang durchs Labyrinth der Büffeloger irren, ohne einen Ausgang zu finden. Und darum müssen wir auf den Gipfel hinauf und uns dort nach der Eichel umsehen.«

Dagegen hatte Hugo nichts einzuwenden.

Pigasus jedoch fragte nach: »Woher weißt du denn, dass hier ein Eingang zum Labyrinth der Büffeloger ist? Könnte es nicht auch der Eingang zu irgendeiner beliebigen Höhle sein?«

Snowdon schüttelte den Kopf. »Zweierlei spricht dagegen. Erstens haben die Eingänge zum Bau der Büffeloger eine ganz bestimmte Form, nämlich einen fast vollkommenen Halbkreis. Wie der Höhleneingang dort vorn.«

»Könnte genauso gut Zufall sein«, entgegnete Pigasus.

»Zweitens wird die Höhle dort vorn von einem Büffeloger bewacht.«

»Verstehe.« Pigasus nickte scheinbar nachdenklich. »Nur mal angenommen, dein Verdacht wäre begründet – wie in aller Welt sollen wir dann ungesehen an dem Scheusal vorbeikommen?«

»Entweder machen wir kehrt und ersteigen den Gipfel auf einem anderen Weg oder wir schleichen uns an dem Posten vorbei.«

»Ich wüsste da noch eine dritte Möglichkeit«, mischte sich Herkules ein. »Nämlich dass ich mich an den Büffeloger anpirsche und ihn aus dem Weg räume.«

»Wie jetzt?«, fragte Pigasus.

»Na, du weißt schon, das Vieh kaltmache. Es außer Gefecht setze, ausschalte, unschädlich mache.«

Auf Pigasus' Gesicht malte sich tiefstes Unverständnis.

»Ich – geh – hin – und – hau – dem – Vieh – eins – vor – den – Latz!«, erklärte Herkules überdeutlich.

Pigasus konnte sich das Lachen nicht verbeißen. »Mein lieber kleiner Freund – ich weiß sehr wohl, was ›aus dem Weg räumen‹ heißt. Ich kann mir nur nicht vorstellen, wie du das anfangen willst.«

»Ganz einfach. Ich klettere ihm auf den Kopf und … KAWUMM!«

»Kawumm?«

»Kawumm!«, wiederholte Herkules mit Nachdruck und hieb mit der geballten Pfote in die Luft. »Ein kräftiger Schlag auf den Hinterkopf und der Büffeloger ist hinüber. Kurz und schmerzlos. Er wird gar nichts merken.«

»Eben das hatte ich befürchtet«, entgegnete Pigasus.

»Das ist ein hervorragender Plan, Herkules«, mischte sich Hugo ein, »aber ich glaube doch, es wäre besser, wenn wir unauffällig vorgehen.«

»Jawoll!«, stimmte Pigasus zu. »Tarnung ist alles.«

»Und da Kehrtmachen zu lange dauert«, fuhr Hugo fort, »müssen wir uns irgendwie an dem Vieh vorbeischleichen.«

»Das sehe ich genauso«, sagte Snowdon. »Soweit ich es von hier aus erkennen kann, ist der Büffeloger eingeschlafen. Gewiss sammelt er Kräfte für das Fest heute Nacht. Wir müssen uns an ihm vorbeischleichen, ohne unser Dornröschen aufzuwecken. Mir nach! Und bleibt immer dicht hinter mir.«

Der Faule-Eier-Gestank, den der Büffeloger verströmte, drehte Hugo den Magen um. Er blieb dicht hinter Snowdon, rutschte aber immer wieder auf dem Geröll aus.

Eigentlich hatte er sich vorgenommen, das schlafende Ungeheuer nicht anzusehen, aber dann schielte er im Vorbeischleichen unwillkürlich doch hinüber. Der Büffeloger hockte auf den Hinterläufen auf einem Felsblock, das Kinn auf der Brust. Die stämmigen Vorderläufe hingen schlaff herunter, aus der schwarzen Nüster quoll bei jedem Atemzug stinkender Dampf. Das Maul stand halb offen, seitlich hing die dicke, blaurote Zunge wie ein Riesenstück rohe Leber heraus. An dem zottigen Kinn prangte ein dicker Sabberklumpen wie ein gläserner Tropfstein.

Eigentlich wirkte das Ungeheuer seltsam friedlich. Abstoßend hässlich, das schon, aber dennoch irgendwie friedlich.

Hugo und Snowdon waren schon fast an dem schlummernden Posten vorbei, als Hugo spürte, wie etwas sein Bein streifte. Als er sich umdrehte, sah er, dass Pigasus ausgerutscht war. Er strampelte und scharrte in panischer Angst, um wieder auf die Füße zu kommen, aber je mehr er scharrte, desto mehr Geröll kullerte den Hang hinunter.

Hugo bedeutete ihm, ganz ruhig zu bleiben, aber es war zu spät. Pigasus' verzweifelter Versuch, wieder Fuß zu fassen, verursachte eine Geröllawine. Große und kleine Steinbrocken rumpelten und polterten den steilen Hang hinunter.

Als Pigasus merkte, dass er gleich mitgerissen würde, nahm er alle Kraft zusammen und machte einen Riesensatz. Zum Glück fand sein Huf an etwas Festem Halt, das sein Gewicht aushielt.

Der erschrockene Hugo sah, dass sich Pigasus gegen den Hinterlauf des sitzenden Büffelogers stemmte. Das Scheusal hob jäh den Kopf, die milchig rosa Augen waren auf einen Schlag hellwach. Der Büffeloger packte Pigasus mit der kräftigen Tatze blitzschnell am Knie, erhob sich und schleifte seine Beute weg. Hugo wurde ganz schlecht, als er sah, wie sein Freund im Klammergriff des Ungeheuers baumelte, um sich trat und boxte und verzweifelt mit den Flügeln schlug. Der Büffeloger fuhr sich mit der dicken blauroten Zunge über die Lippen.

Hugo rief nach Snowdon, doch der stapfte unbeirrt weiter bergauf, und Hugos Ruf wurde vom Wind davongetragen. Es war allein an ihm, zu verhindern, dass Pigasus auf der Speisekarte für den Halbmondschmaus landete.

Hugo stürmte los, zog im Laufen sein Schwert und rammte es dem Büffeloger direkt unter die linke Hinterbacke. Das Ungeheuer drehte sich um. Es schien über den Angriff eher verärgert, als dass es sich bedroht fühlte – wie ein Hund, der von einer Fliege belästigt wird.

Als überlegte es, ob man Hugo fressen konnte oder nicht, legte das Vieh stirnrunzelnd den Kopf schief. Sein Atem ging rasselnd, sein Blick war starr.

Dann packte der Büffeloger den Jungen mit dem freien Vorderlauf an der Schulter und piekte ihn kräftig in den Magen. Hugo krümmte sich stöhnend.

Da sprang Herkules von Hugos Schulter und verschwand im dichten struppigen Fell auf dem Vorderlauf des Scheusals. Doch er tauchte gleich wieder auf dessen Kopf auf. »KAWUMM!«, rief er und drosch auf den breiten Schädel ein. »KAWUMM, KAWUMM!«

Der Büffeloger verzog keine Miene.

Hugo blickte starr vor Angst in die hässliche Nüster, einen bebenden, wulstigen Höllenschlund. Man sah, wie das Ungeheuer genießerisch die Witterung seines Opfers einsog, wie jemand, der an einem saftigen Pfirsich erst schnuppert, ehe er hineinbeißt. Da brachen sich Hugos Todesangst und Wut mit einem Mal Bahn.

»ICH BIN KEIN PFIRSICH!«, brüllte er und zog sein Schwert.

Er stieß dem Vieh die Klinge mit aller Kraft in die Nüster, und das derart schwungvoll, dass die Waffe fast in der Schnauze und im Kopf des Scheusals verschwand.

Der Büffeloger rollte wild mit den rosa Augen. Er zog die Lefzen hoch und streckte die Zunge heraus. Dann verdrehte er die

Augäpfel, bis man nur noch das Weiße sah. Ein letzter Schwall Eiermief quoll aus der Nüster, dann brach der Büffeloger in die Knie und lag als zottiger Berg am Boden.

Pigasus, den das stürzende Unheuer mitgerissen hatte, rappelte sich auf.

»Hast du was abbekommen?«, übertönte Hugo den Wind.

»Kann mich nicht beklagen!«, erwiderte Pigasus.

»Sag mal, Pigasus«, meldete sich Herkules zu Wort, »wie war das doch gleich? ›Tarnung ist alles‹?«

»Allerdings!« Hugo grinste seinen Freund an. »Ich habe übrigens noch nie etwas so Ungeschicktes gesehen wie deinen Fluchtversuch. Da macht ja jeder paukenschlagende Elefant weniger Lärm.«

Pigasus lächelte säuerlich. »Sehr witzig. Aber sag mal, Hugo, wieso lautet dein Kampfschrei eigentlich: ›Ich bin kein Pfirsich‹?«

»Das war das Erstbeste, was mir durch den Kopf ging.« Hugo merkte, dass er rot wurde. »Wollen wir bis heute Nacht plaudern, oder wollen wir versuchen, Snowdon einzuholen?«

»Geht voran, meine Retter«, entgegnete Pigasus. »Ich folge euch auf dem Fuße.«

36. Kapitel

Snowdon kam ihnen schon entgegen. Er war noch eine Weile weiter bergauf gelaufen, bis ihm aufgefallen war, dass er keine Begleitung mehr hatte.

»Wo wart ihr denn abgeblieben?«

»Hugo musste unbedingt den Büffeloger ärgern, und ich habe auf ihn gewartet«, erwiderte Pigasus.

Snowdon überlegte, ob er nachhaken sollte, kam zu dem Schluss, dass er genug gehört hatte, und sagte: »Kommt mit. Ich will euch etwas zeigen.«

Sie folgten ihm ein kurzes Stück bergauf, wo er sie zum Eingang einer weiteren Höhle führte. Dieser Eingang war enger als der vorige und lief nach oben hin spitz zu. In der Höhle wartete Noah Lang.

»Seht mal, wen ich getroffen habe«, sagte Snowdon.

»Herzlich willkommen!«, rief Noah. »Kommt rein und wärmt euch die Hände.« Er wies auf ein kleines Lagerfeuer im hinteren Teil der Höhle.

Hugo freute sich, Noah Lang wiederzusehen, und hielt die Hände an die Flammen. Seine Fingerkuppen kribbelten, als das Blut wieder in Gang kam.

»Wie kommt ihr voran?«, erkundigte Noah.

»Das fragen wir dich!«, gab Snowdon zurück.

Noah lächelte versonnen.

»Kannst du uns nicht wenigstens verraten, ob die Eichel auf diesem Berg versteckt ist?«, bat Hugo.

»O ja, die silberne Eichel liegt am höchsten Gipfel dieses Berges.« Noah Lang setzte hinzu: »Aber bedenkt eins, meine Freunde:

Was wirft man und es bricht doch nicht?
Was ist durchlässig und doch nicht licht?
Ihr seid wieder ungebunden,
Habt ihr die Lösung erst gefunden.«

Schon war er wieder in einer Glitzerwolke verschwunden.

»Das ist doch albern«, sagte Pigasus ärgerlich. »Wir haben wirklich keine Zeit, uns mit Rätseln aufzuhalten – draußen ist es schon fast dunkel. Eben hat er noch behauptet, dass die Eichel oben am Gipfel versteckt ist. Ich geh dann mal los.«

Als Pigasus ins Freie treten wollte, zuckte draußen vor der Höhle ein gleißend blauer Blitz auf, und es krachte ohrenbetäubend. Pigasus wurde zurückgeschleudert, prallte an die Höhlenwand und glitt benommen zu Boden.

»Was war das denn?«, fragte Hugo und beruhigte Herkules, der ihm vor Schreck in den Schoß gesprungen war.

Alle wandten sich nach dem Höhleneingang um. Eine Art Vorhang aus gelbem Licht hatte sich vor die Öffnung gelegt.

»Das ist irgendein Kraftfeld«, verkündete Snowdon, während sich Pigasus schwerfällig aufrappelte. »Anscheinend hat uns Noah mit seinem Hokuspokus hier eingeschlossen.«

Snowdon hob ein Steinchen auf und warf es in Richtung Eingang. Abermals krachte und blitzte es und der Stein wurde in die Höhle zurückgeschleudert. Er prallte von einer Wand zur anderen, bis er endlich liegen blieb.

»Nicht zu fassen«, sagte Snowdon. »Er hat uns tatsächlich hier eingesperrt.«

»Vielleicht hilft uns das Rätsel ja, herauszukommen«, regte Hugo an.

»Vielleicht will er uns aber auch einfach nur beschäftigen«, wandte Pigasus ein.

»Wir haben jedenfalls keine Wahl. Das Rätsel besagt, wenn wir es lösen, sind wir ›wieder ungebunden‹, und das könnte ja bedeuten, dass wir diese Höhle wieder verlassen dürfen. Also strengt euch an.«

»Was ist durchlässig und doch nicht licht?«, brummelte Snowdon vor sich hin.

»Glas vielleicht?«, meinte Herkules.

»Aber es heißt: ›Was wirft man und es bricht doch nicht‹«, gab Hugo zu bedenken.

»Hm. Wenn man Glas wirft, zerbricht es. Das war dann wohl 'ne Fehlanzeige.«

»Schade«, meinte Herkules.

»Wie lautet dein Vorschlag, Pigasus?«, fragte Hugo.

Aber Pigasus hörte nicht zu. Er konnte den Blick nicht vom Feuer wenden und beobachtete gebannt, wie der Widerschein der Flammen über die Wände der sonst dunklen Höhle flackerte.

»Pigasus?«, rief Hugo noch einmal.

Pigasus hob den Blick und sah zu Hugo hinüber. Mit einem Mal sträubte er die Borsten und rief verstört: »Pass auf, Hugo! Hinter dir!«

Hugo fuhr herum und zog kampfbereit sein Schwert. Hinter ihm lauerte eine riesenhafte pechschwarze Gestalt. Auch sie hielt ein Schwert in der Hand und schien sich jeden Augenblick auf ihn stürzen zu wollen.

Aber Hugo steckte sein Schwert wieder weg und wandte sich seelenruhig ab. Pigasus hatte sich hinter den kichernden Snowdon geflüchtet.

»Das ist doch bloß mein Schatten!«, sagte Hugo. »Er ist so groß, weil ich so dicht am Feuer stehe. Siehst du?«

Hugo trat vom Feuer zurück, und sein Schatten wurde immer kleiner, bis er genauso groß war wie er selbst. Als Hugo aber wieder auf die Flammen zuging, wuchs auch der Schatten an der Wand wieder.

»Ach, so ist das gemeint!«, rief Pigasus aus. »Was ist durchlässig und doch nicht licht? Na ja, Dunkelheit ist nicht licht, sondern das Gegenteil. Und durchlässig ist sie auch.«

»Aber wer wirft mit Dunkelheit?«, sinnierte Snowdon.

»Überleg mal. Wir alle werfen etwas Dunkles.«

»Einen Schatten!«, platzte Hugo heraus. »Wir werfen alle einen Schatten, und ein Schatten ist nicht licht, aber trotzdem durchlässig!«

Er hatte noch nicht ausgesprochen, da hörte man es am Eingang der Höhle fauchend knistern. Ein letzter blauer Blitz, dann erlosch das gelbe Licht.

Snowdon warf noch ein Steinchen. Das Steinchen flog ins Freie hinaus und verschwand im Dunkeln.

»Pigasus, du bist ein echter Geistesriese«, sagte Snowdon.

»Tja, Schönheit ist eben nicht alles«, gab Pigasus grinsend zurück.

»Schönheit? Wie kommst du denn darauf?«, neckte ihn Herkules.

»Das ist ja alles ganz nett, aber Noahs Rätsel zu lösen, hat wertvolle Zeit verschlungen«, unterbrach Snowdon das Geplänkel. »Vielleicht will er uns doch Böses?«

Alle liefen ins Freie. Dort drang ein dumpfes Ächzen aus dem Boden, als beklagte sogar der Berg ihre verzweifelte Lage.

Am pechschwarzen Himmel leuchtete ein strahlend weißer Halbkreis. Hinter dem Berg war der Halbmond aufgegangen und zog seine Bahn. Hugo spähte über den Hedderwald hinweg in Richtung Lilabucht. Im Mondschein konnte er die Klippe ausmachen, ja man erkannte sogar die Nebelwand – hinter der hoffentlich die *El Tonto Perdido* geduldig ausharrte, bis er und Onkel Walter wieder an Bord kamen.

37. Kapitel

Admiral Rupert Lilywhite stand auf dem Achterdeck der *El Tonto Perdido,* bewunderte den strahlenden Halbmond und fragte sich, wann Hugo und Walter endlich mit der Kokosnuss zurückkommen würden, oder was immer es wäre, das ihn berühmt machen würde. Nur ein fernes Ächzen störte den ungebrochenen Frieden dieses Abends.

»Wunderschöner Abend, was, Admiral?«, knurrte ihm jemand ins Ohr.

Rupert kreischte auf wie ein Schulmädchen und fuhr erschrocken herum. Muddel und der größte Teil der Mannschaft hatten sich mit finsteren Mienen hinter ihm zusammengerottet.

»Grundgütiger, Matrose Muddel!«, sagte Rupert. »Was hat das denn zu bedeuten?«

Oliver Muddel griente. »Ich und meine Leute haben uns überlegt, ob Sie nicht Lust auf 'nen kleinen Spaziergang hätten.«

»Einen Spaziergang? Ja, wohin denn, um Himmels willen?«

Oliver Muddel zückte sein Entermesser und richtete es auf Rupert. »Ans Ende einer Planke.«

Admiral Lilywhite fiel die Kinnlade herunter, seine Unterlippe bebte. »Soll das eine Meuterei darstellen, Matrose Muddel?«

»Keineswegs, Sir. Ich und meine Mannschaft haben bloß grade beschlossen, Sie von ihrem Kommando freizustellen.«

»Aber das ist doch dasselbe wie eine Meuterei!«, erwiderte Rupert verunsichert.

Verdutztes Raunen.

»Ach so«, sagte Oliver Muddel. »In diesem Fall, Sir, betrachten Sie es einfach als Meuterei.«

Rockford packte Rupert und drehte ihm die Arme auf den Rücken, Rusty und Swipe fesselten ihn, und Muddel dirigierte ihn mit dem Entermesser zu der Planke, die sie schon an die Reling des Hauptdecks gebunden hatten. Das Brett ragte ungefähr anderthalb Meter über das Wasser hinaus.

Rupert stieg hinauf. Muddel stupste ihn mit dem Entermesser an und der Admiral machte ein paar vorsichtige Schrittchen. Die Planke knarrte und knackte unter seinem Gewicht. Das Meer darunter schwappte wie schwarze Tinte gegen den Schiffsrumpf. Rupert brach in Tränen aus. Zwei rosa Spuren zogen sich über sein weiß gepudertes Gesicht.

»Warum macht ihr das?«, schluchzte er und drehte sich um. »Ich dachte immer, wir verstehen uns alle ganz prächtig!«

»Wir mussten leider erfahren, dass Sie vorhaben, den ganzen Ruhm für diese Unternehmung allein einzuheimsen. Und wir haben die Nase voll davon, auf den Kartenzeichner zu warten. Wir wollen endlich nach Hause.«

»Mir ist sterbenslangweilig«, beschwerte sich Bandit. »Wenn ich gewusst hätte, dass wir so lange wegbleiben, hätte ich mir ein gutes Buch mitgenommen.«

»Die viele Sonne schadet meinem Teint«, nörgelte Hawkeye. »Ich bin auf diesem Schiff um Jahre gealtert.«

»Ich will wieder zu meiner Mama!«, schniefte Rockford, und seine Muskeln schwollen an, als er sich mit einem winzigen Taschentuch die Augen tupfte. »Wenn wir nun über den Rand der Erde purzeln und ich sie nie mehr wiedersehe?«

»Von mir aus können wir sofort lossegeln«, erwiderte Rupert, der sich wieder gefasst hatte. »Wer übernimmt das Navigieren?«

Die Matrosen sahen einander verdattert an.

»Da habt ihr's«, sagte Rupert. »Wir brauchen den Kartografen, um wieder heimzusegeln. Wir müssen wohl oder übel auf ihn warten.« In dem Gefühl, dem Tod noch einmal von der Schippe gesprungen zu sein zu sein, machte Rupert kehrt.

Sogleich hob Oliver Muddel das Entermesser.

»Nicht so eilig. Ich hab heute Nachmittag mit der ganzen Mannschaft gesprochen, und sie wollen, dass ich künftig das Kommando übernehme. Vielleicht entschließe ich mich ja dazu, auf den Kartenzeichner zu warten, aber diese Entscheidung treffe ich erst, wenn Sie von meinem Schiff verschwunden sind.«

»Ihr habt also über meinen Kopf hinweg entschieden, mir den Boden unter den Füßen wegzuziehen?«, vergewisserte sich Admiral Lilywhite. »Wenn Ihr mich schon hinterrücks loswerden wolltet, hättet ihr mir das wenigstens ins Gesicht sagen können.«

Oliver Muddel blickte betreten drein.

»Die Sache ist die«, sagte Rusty Cleaver und fuchtelte mit einem Küchenmesser unter Ruperts Nase herum, »Sie halten sich für was Besseres, nur weil Sie 'nen Haufen Geld haben.«

»Das stimmt doch gar nicht!«, widersprach Rupert vehement. »Ich halte mich für was Besseres, weil ich vornehmer gekleidet bin als ihr, weil ich eine vorzügliche Ausbildung genossen habe und weil ich peinlich auf meine Körperpflege bedacht bin …« Als er die Mienen der Matrosen sah, verstummte er.

»Wir haben unsere Grundsätze«, entgegnete Muddel und hielt Rupert das Entermesser an die Brust. »Wir können uns nicht von jemandem befehligen lassen, den wir nicht achten. Und wir achten Sie nicht einfach so, bloß weil ihr Papi ’nen Haufen Geld hat. Achtung kann man nicht kaufen.«

»Wenn ihr mich leben lasst, bekommt ihr daheim in England die doppelte Heuer«, erwiderte Rupert.

Oliver Muddel drehte sich nach Rockford um und nickte ihm zu. Rockford beugte sich vor und packte Rupert am Kragen … dann zog er ihn wieder aufs Schiff.

Oliver Muddel griente. »Willkommen an Bord, Admiral!«

Da zerriss ein grässliches Geheul die nächtliche Stille.

38. Kapitel

Das schrille Ächzen unter Hugos Füßen schwoll zu einem markerschütternden Geheul an. Er begriff sofort, was da vor sich ging. In ihrem unterirdischen Labyrinth bereiteten die Büffeloger ihren Festschmaus vor und heulten vor ungestillter Gier.

»Los, kommt weiter!«, drängte Hugo.

Er schaute zum Gipfel empor. Sie kamen schon an die Schneegrenze. Von nun an würde der Aufstieg noch beschwerlicher und riskanter. Es konnte Stunden dauern, bis sie ganz oben waren. Wie hatte Pedro das seinerzeit nur angestellt?

»Wartet mal einen Augenblick«, rief er. »Warum ist Pedro eigentlich damals auf den Berg gestiegen?«

»Wie meinst du das?«, fragte Snowdon.

»Pedro ist vor Erebus geflohen.« Hugos Gedanken wurden immer klarer. »Er wollte mit der Eichel von der Insel verschwinden. Wozu sollte er dann mühsam den Berg erklimmen, um seinen Schatz hier oben zu verstecken? Hätte er sich nicht eher zur Lilabucht durchschlagen müssen?«

Snowdon war nicht überzeugt. »Niemand kennt Pedros Beweggründe. Warum hat er die Eichel überhaupt versteckt? Warum hat er sie nicht mitgenommen? Pedro ist und bleibt ein Rätsel.«

»Außerdem hat uns Noah bestätigt, dass die Eichel hier oben ist«, sagte Pigasus.

»Eben! Noah hat gesagt, die Eichel sei oben am Gipfel, aber seine Antworten sind immer verschlüsselt. Das ist oberstes Orakelgebot, wie er uns schon ganz zu Anfang erklärt hat.«

»Nachdem uns der Bursche mit seinem albernen Schattenrätsel in der Höhle aufgehalten hat, ist mir die Lust vergangen, mich nach ihm zu richten«, knurrte Snowdon.

»Das war kein albernes Rätsel«, widersprach Hugo. »Es war wieder einmal ein verschlüsselter Rat. Schaut mal nach unten!« Er wies auf das in bläuliches Mondlicht getauchte Tal zu ihren Füßen. »Wie sieht der Schatten aus, den der Berg wirft?«

»Wie ein großes schwarzes Dreieck«, sagte Pigasus.

»Und wie sieht das nächste Zeichen auf Pedros Karte aus?«

»Wie ein schwarzes Dreieck!«, jubelte Herkules.

»Und jetzt seht euch beide Zeichen zusammen an«, fuhr Hugo fort. »Sie stehen für den Berg – und seinen Schatten!«

»Die Eichel ist zwar oben am Gipfel«, er grinste verschmitzt, »aber am Gipfel des Schattens.«

Snowdon sah sich um und überlegte. Der Schatten des höchsten Gipfels lag unweit der hufeisenförmigen Flussbiegung. Wenn Pedro den Fluss dort überquert hatte und auf direktem Wege zur Lilabucht unterwegs gewesen war, musste er an dem Schatten vorbeigekommen sein, ehe er wieder im Wald Schutz gesucht hatte.

»Wenn der Mond mittig über diesem Berg steht, zeigt der Schatten auf die silberne Eichel«, verkündete Hugo.

Snowdon malte sich aus, was in Pedro vorgegangen sein mochte, als er die Eichel versteckt hatte. Ihm musste klar gewesen sein, dass er verfolgt wurde, darum hatte er rasch einen Lageplan angefertigt, damit er eines Tages zurückkommen und die Eichel holen konnte.

»Eigentlich ist es eine ziemlich simple Karte«, fuhr Hugo fort. »Sie führt uns in den Wald und an die Spitze des höchsten Bergschattens, der in die Nähe der hufeisenförmigen Flussbiegung fällt.«

»Logisch!«, sagte Snowdon. »Endlich ergibt das Ganze einen Sinn.« Er klopfte Hugo so kräftig auf den Rücken, dass der Junge beinahe zusammenbrach.

»Worauf warten wir dann noch?«, fragte Pigasus und schlitterte auch schon den steilen Abhang hinunter.

Snowdon und Hugo folgten ihm mit langen, entschlossenen Schritten. Herkules klammerte sich mit beiden Vorderpfoten an Hugos Umhang, sein Körper und sein Schwanz wehten wie ein Pelzwimpel hinterher. Bei jedem Schritt polterte loses Gestein bergab. Hinunter ging es wesentlich schneller als hinauf – und es machte auch viel mehr Spaß.

Sie schrien und lachten wie Kinder, die eine riesengroße Sanddüne hinunterschlittern. Das Ziel war in Sicht, bald war die Gefahr ausgestanden. Vampirkäfer, dreiköpfige Schlangen und fleischfressende Wasserschnecken waren vergessen. Sie dachten nicht einmal mehr an die dreifach gehörnten gefräßigen Ungeheuer, die im Bergesinneren Vorbereitungen für ihren Festschmaus trafen.

Und dann liefen sie einer Herde Büffeloger geradewegs in die Arme, die ihnen entgegengestapft kam.

39. Kapitel

Pigasus begegnete den Scheusalen als Erster. Er war viel zu sehr damit beschäftigt, nicht auf dem Geröll auszurutschen, um darauf zu achten, wo er hinlief. Am vordersten Büffeloger schlitterte er ahnungslos vorbei, in den zweiten lief er geradewegs hinein. Er krachte gegen das Vieh wie gegen eine zottige Mauer und plumpste benommen zu Boden. Snowdon konnte nicht mehr anhalten und nahm den gleichen Weg, Hugo schlitterte zwischen den Beinen des vordersten Büffelogers hindurch und prallte gegen Snowdon. Herkules wurde durch die Luft geschleudert und landete mit leisem *Rums!* auf dem Bauch.

Die Büffeloger stellten sich im Kreis um die Gefährten auf. Manche ließen sich auf alle viere fallen und lauerten geduckt wie Katzen, andere blieben auf den Hinterläufen stehen. Snowdon, Pigasus und Hugo standen Rücken an Rücken und behielten die Ungeheuer im Auge, Herkules huschte zu ihnen hinüber und baute sich zwischen Hugos Beinen auf.

Die Ungeheuer grunzten, geiferten und verdrehten vor Gier die rosafarbenen Augen. Manche legten die Köpfe in den Nacken und stießen gellende Schreie aus, von denen man eine

Gänsehaut bekam, denn es klang, als kratzte man mit dem Fingernägel über eine Schiefertafel, nur hundertmal schriller. Andere fielen in das Gejaul ein, bis die ganze Herde in einem schauerlichen Chor vereint war.

»Ich bin ja kein Fachmann für die Viecher«, rief Pigasus aus voller Kehle, »aber mir schwant, dass sie uns mit ihrem Geheul nicht einladen wollen, als Gäste an ihrem Festschmaus teilzunehmen.«

»Du denkst natürlich wieder mal nur ans Essen«, tadelte ihn Herkules.

»Was machen wir denn jetzt bloß?«, krächzte Hugo. Er hatte so einen trockenen Mund, dass er kaum ein Wort herausbrachte.

»Ich würde sagen, der Augenblick ist gekommen, zu den Waffen zu greifen«, erwiderte Snowdon und zückte das Breitschwert, das er auf dem Rücken trug. Hugo zog sein Schwert und Herkules seinen Kaktusstachel. Nur Pigasus rührte sich nicht.

»Du auch, Pigasus!«, mahnte Snowdon. »Spann deinen Bogen und schieß, wie du noch nie geschossen hast.«

Widerstrebend nahm Pigasus den Bogen von der Schulter. »Ich muss euch etwas gestehen«, sagte er und legte mit zitternden Hufen einen Pfeil ein. »Ich bin eigentlich kein besonders guter Schütze. Ich habe vorhin im Wald gar nicht auf die dreiköpfige Schlange gezielt, sondern auf den Vampirkäfer, der Hugo überfallen hatte. Und danach wollte ich eigentlich die Wasserschnecken treffen – ich hatte ja keine Ahnung, dass Hugo es darauf abgesehen hatte, dass ich noch mal danebenschieße.«

»Dann will ich dir auch etwas gestehen«, entgegnete Snowdon. »Das war uns die ganze Zeit klar.« Die Büffeloger rückten näher. »Aber die Scheusale stehen gleich so dicht vor uns, dass sie sogar ein Blinder auf einem galoppierenden Esel nicht verfehlen kann.«

Snowdon, Hugo und Pigasus hoben ihre Waffen. Die Büffeloger schlichen um sie herum. Es stank betäubend nach faulen Eiern.

Da stürzte ein Ungeheuer vor. Es bewegte sich so flink wie ein Löwe. Hugo sah es kommen und wich einen Schritt zurück, aber Snowdon stellte sich dem Vieh in den Weg und zog ihm das Schwert mit beiden Händen über den Kopf. Das Untier polterte zu Boden.

Die anderen Büffeloger heulten gellender denn je. Hugo merkte, dass er wie Espenlaub zitterte. Die Lage schien aussichtslos, aber damit hatte er Gelegenheit, sich als würdiger Sohn seines Vaters zu erweisen. »Gib nie auf!«, ermahnte er sich leise und fasste nach seiner Schachfigur. »Gib nie auf!«

Die nächsten beiden Bestien gingen zum Angriff über. Ihre mörderischen Zähne, ihre hechelnden Zungen und die irren Augen schimmerten im Mondlicht. Snowdon fuhr herum, holte mit dem Schwert aus und schlitzte einem Büffeloger den Bauch auf. Das Vieh winselte und trat den Rückzug an. Im selben Augenblick sprang sein Artgenosse Snowdon von hinten an. Snowdon ging in die Knie, und Hugo dachte schon, sein Freund sei gestürzt. Doch da richtete sich Snowdon mit einer gewaltigen Kraftanstrengung und unter grollendem Gebrüll auf und schüttelte den Büffeloger ab. Der fiel zappelnd auf den Rücken, und ehe er sich wieder aufrappeln konnte, stieß ihm Snowdon das Schwert ins Herz.

Pigasus spannte seinen Bogen und zielte auf das nächstbeste Untier. Der Pfeil sauste in schrägem Winkel durch die Luft und verfehlte das anvisierte Scheusal um mindestens zehn Meter. Doch dafür traf das Geschoss ein anderes, das sich eben auf Hugo stürzen wollte, und tötete es.

Hugo bekam davon gar nichts mit, weil er anderweitig beschäftigt war – mit dem nächsten Büffeloger. Wie jedes Mal hielt er sein Schwert erst hinter dem Rücken und ließ das Ungeheuer herankommen. Dessen bebende runde Nüster glich einer großen Zielscheibe.

»Ich sag's noch mal: ICH BIN KEIN PFIRSICH!« Damit rammte Hugo dem Untier das Schwert schwungvoll in die Nüster. Das Vieh jaulte kläglich, brach in die Knie und kippte vornüber. Hugo konnte gerade noch beiseitespringen, sonst hätte es ihn zermalmt.

»Mitten ins Schwarze!«, brüllte Hugo.

»Eher mitten ins Gelbe!«, witzelte Herkules. Aber dem Mäuserich verging das Witzeln, als er sah, dass sich noch ein Büffeloger von hinten an Hugo heranpirschte. Das Vieh packte den Jungen am Kragen, hob ihn hoch und wandte sich zum Gehen. Hugo strampelte mit den Beinen, sein Schwert hieb in die leere Luft.

Herkules huschte an dem Büffeloger vorbei und stellte sich ihm in den Weg. In trotziger Haltung schwenkte er seinen Kaktusstachel und brüllte:

»Lass meinen Freund los oder ich mach dich kalt!«

In Erwartung eines Zweikampfs auf Leben und Tod schlug ihm das Herz bis zum Hals.

Doch der Büffeloger sah und hörte ihn gar nicht. Er stieg über ihn hinweg und weiter bergauf.

Fest entschlossen, seinen Freund zu befreien, flitzte Herkules hinterher. Diesmal entschloss er sich zu einer anderen Taktik und sprang dem Vieh auf den Knöchel. Er drehte sich, sodass er kopfüber im Zottelfell der Bestie hing, und rammte ihr den treuen Kaktusstachel tief in die Ferse.

Der Büffeloger stieß einen misstönenden Schrei aus, blieb unvermittelt stehen und ließ Hugo los. Während das Ungeheuer noch mit seinem Fuß beschäftigt war, steckte Hugo Herkules in die Tasche und lief zu Pigasus zurück.

Aber wo waren die Büffeloger geblieben? Die Gefährten hielten überall nach ihnen Ausschau.

»Ich glaub, sie sind weg«, sagte Hugo schließlich schwer atmend.

»Die haben es mit der Angst zu tun gekriegt!«, erwiderte Pigasus stolz.

Doch als sie sich nach Snowdon umwandten, um ihm die frohe Botschaft zu verkünden, begriffen sie, wie grausam sie sich getäuscht hatten.

Während es Pigasus, Hugo und Herkules immer nur mit zwei, drei Büffelogern auf einmal zu tun gehabt hatten, hatte sich die übrige Horde auf Snowdon konzentriert. Die Untiere hatten ihn dicht umzingelt und umkreisten ihn lauernd. Immer wieder wagten sich zwei, drei gleichzeitig vor. Klauen blitzten, Schlachtrufe erschollen und Snowdon erlegte eines nach dem anderen. Überall lagen tote Büffeloger. Die Zungen hingen ihnen schlaff aus den Mäulern, die Augen waren verdreht.

Snowdon hielt die Stellung – aber mit letzter Kraft. Er konnte sich kaum noch auf den Beinen halten und das Schwert nur noch mit einer Tatze führen, wobei er sichtlich Mühe hatte, die schwere Klinge überhaupt zu heben. Die andere Tatze drückte er auf den Bauch. Blut strömte aus einer großen Wunde, befleckte seinen silbrigen Pelz und sammelte sich in einer dunkelroten Lache zu seinen Füßen.

Hugo stürmte in die Meute der Ungeheuer hinein und hieb nach ihren Beinen und Füßen, ohne jedoch viel auszurichten.

»Snowdon!«, rief er verzweifelt, »Snowdon!«

»Geh … mit … Pigasus«, antwortete Snowdon schleppend. »Sucht die silberne Eichel. Ich schlage meine letzte Schlacht, aber ihr müsst weiterziehen. Gib nicht auf, Hugo.«

»Ich lasse dich doch nicht im Stich!«, rief Hugo entrüstet.

»Doch, lass uns gehen!« Herkules war wieder auf Hugos Schulter geklettert. »Die Eichel ist unsere letzte Hoffnung!«

Hugo brachte es kaum übers Herz, Snowdon mit den Untieren alleinzulassen, aber er wusste, dass Herkules recht hatte. Tränen brannten ihm in die Augen, als er sich aus der tückischen Horde wieder herauskämpfte und zu Pigasus zurücklief.

»Wir müssen die Eichel suchen«, sagte er und tat ein paar Schritte bergab.

»Warte mal!«, sagte Pigasus. »Mir ist was eingefallen.«

»Was denn?«

»Steigt auf meinen Rücken und haltet euch gut fest.«

Pigasus ließ sich auf alle viere nieder. Hugo setzte sich rittlings auf seine Schultern, hinter den Bogen und den Köcher, Herkules setzte sich seinerseits rittlings auf Hugos Schultern und hielt sich an seinen blonden Locken fest.

»Es kann losgehen!«, rief Hugo und griff mit beiden Händen tief in Pigasus' Fell.

Pigasus holte Luft und schlug mit den Flügeln. Hugo und Herkules hielten sich gut fest. Nichts geschah.

Pigasus hielt inne und atmete mehrmals tief durch.

»Lass dir Zeit«, sagte Herkules und beobachtete einen einzelnen Büffeloger, der auf sie zugestapft kam.

»Beeil dich!«, rief Hugo. »Das Schicksal der ganzen Insel hängt von uns ab!«

Pigasus schlug und schlug mit den Flügeln.

Hugo verzagte.

Da spürte er, wie das Flatterschwein abhob, aber nur ein kleines Stück. Schon kam der Büffeloger in vollem Lauf angetrabt und stürzte sich mit gefletschten Zähnen und ausgefahrenen Klauen auf sie. Doch als das Vieh Pigasus eben packen wollte, stieß der sich vom Boden ab und entschwebte in den Nachthimmel. Der Büffeloger hatte große Mühe zu begreifen, wohin seine Beute auf einmal verschwunden war.

»Du hast's geschafft!«, jubelte Hugo. »Wir fliegen!«

Doch als Hugo noch einmal nach unten schaute, verstummte er. Snowdon sah ihnen nach. Er hielt das Schwert stoßbereit erhoben. Dann jedoch tat er etwas gänzlich Unerwartetes. Er legte sein Schwert auf den Boden. Die Büffeloger hielten argwöhnisch inne. Snowdon hob die Tatze, um ihnen zu bedeuten, dass er sich ergab, und sank auf die Knie.

Da stürzten die Ungeheuer vor. Im Nu hatten sie den struppigen Hünen bewusstlos geschlagen und schleiften ihn an den Knöcheln bergauf in Richtung ihres unterirdischen Baus.

Hugo wandte den Blick ab. Er konnte nicht mitansehen, wie sein Freund davongeschleift wurde wie ein Sack Kohlen. Snowdon war immer so unglaublich mutig und tapfer gewesen. Weshalb hatte er mit einem Mal kapituliert? Nun kam es Hugo vor, als hätte Snowdon *ihn* im Stich gelassen.

Auf dem Hang unter ihnen stand ein einsamer Büffeloger und sah dem davonfliegenden Pigasus immer noch völlig verdattert nach. Er wandte sich um, als wollte er sich seinen davonziehenden Gefährten anschließen, überlegte es sich dann aber anders und stürmte trotzig schnaubend bergab.

40. Kapitel

Hugo sah weiter oben etwas über den Nachthimmel segeln. Erst hielt er es für Einbildung, dann vernahm er träge Schwingenschläge.

»Ich glaube, wir bekommen Gesellschaft«, wandte er sich an Pigasus. »Ein Skavagor.«

»Na großartig!« Pigasus flatterte so geschwind, dass seine kleinen Flügel vor dem Blick verschwammen, und schnaufte schwer.

Hugo hielt sich mit der Linken noch besser fest und suchte den Himmel nach dem Rattenvogel ab. Es war eine klare Nacht, Millionen Sterne funkelten.

»Meins, meins!«, krächzte der Skavagor und stieß nieder.

Hugo überlegte kurz, dann ließ er Pigasus los, nahm sein Schwert in beide Hände und hob die Klinge senkrecht über den Kopf. Ein grässlicher Schrei ertönte, gefolgt von wüstem Geflatter. Der Skavagor trudelte ohne einen weiteren Laut zu Boden und war kurz darauf aus Hugos Blickfeld verschwunden.

»Guter Trick, dass du dein Schwert immer erst im letzten Augenblick ziehst«, lobte ihn Herkules und klammerte sich an Hugos Kragen.

»Tja, der Skavagor hat offenbar vor lauter Staunen das Fliegen vergessen.«

Pigasus verlor an Höhe. »Wir kommen gleich an die Spitze des Schattens«, verkündete er. »Wetten, Pedro hat die Eichel unter dem Baum da unten verbuddelt?«

Hugo sah, dass gerade auf der Spitze des dreieckigen Schattens ein Baum stand. Beim Landeanflug fing Pigasus wie bei ihrer ersten Begegnung wieder in der Luft zu rennen an.

Hugo spürte, wie sich Herkules krampfhaft festhielt, dann streiften sie den Boden. Pigasus wollte weiterrennen, aber sie hatten zu viel Schwung. Das Flatterschwein rutschte aus, plumpste auf den Bauch und schlitterte mit immer noch beträchtlicher Geschwindigkeit weiter, wobei es mit der Schnauze eine tiefe Furche in die weiche Erde pflügte. Unter dem Baum kamen sie zum Halten. Pigasus' Schnauze berührte beinahe den Stamm.

»Alle Achtung«, schnaufte Pigasus und schüttelte sich Erdkrumen aus den Ohren. »Zwei Landungen, und alle beide eins a. Anscheinend bringst du mir Glück, Hugo.«

Hugo hätte dieser Einschätzung nicht unbedingt zugestimmt, aber er war schon mit etwas anderem beschäftigt. Er betrachtete den kleinen Hügel, den Pigasus beim Landen aufgeworfen hatte. In der aufgewühlten Erde gleich vor dem Baum glitzerte etwas.

Hugo sprang von Pigasus' Rücken, aber als er das glitzernde Ding aufhob, war es keine silberne Eichel, sondern ein fast handflächengroßer Diamant.

Hugo warf den Edelstein weg, kniete sich hin und wühlte wie besessen in der Erde. Dann machte er große Augen.

»Seht euch das an!«

Pigasus linste über seine Schulter und machte noch größere Augen.

41. Kapitel

Der Erdboden war voller Schätze.

Pigasus setzte seine scharfkantigen Hufe wie Kellen ein und im Handumdrehen hatten sie Pedros Reichtümer freigelegt. An den Baum gelehnt, betrachteten Herkules und Pigasus die Beute. Vor Hugo lag eine aufgerollte dicke Kette wie ein kleiner Goldberg.

»Da möchte man doch fast meinen, dass es Pedros größter Herzenswunsch war, ein reicher Mann zu sein«, sagte Hugo.

»Scheint ja geklappt zu haben«, pflichtete ihm Herkules bei und hüpfte auf einen römischen Soldatenhelm, der aus purem Gold gefertigt war.

»Nur dass sein Glück nicht von Dauer war.« Hugo durchstöberte einen Haufen Juwelen. »Mit so vielen Schätzen beladen hätte er die Insel nicht verlassen können.«

»Jedenfalls sehen wir hier den Beweis, dass die silberne Eichel stets ihre Wirkung tut«, sagte Pigasus und bewunderte sein Spiegelbild in einem goldenen Brustpanzer. »Der Zauber wirkt zuverlässig und prompt.«

Hugo riss sich zusammen. »Wir müssen weitersuchen! Die Eichel muss irgendwo hier sein.«

»Wir haben doch schon den ganzen Boden um den Baum herum aufgebuddelt«, wandte Pigasus ein.

»Dann müssen wir eben noch tiefer graben!« Hugo hatte sich schon wieder an die Arbeit gemacht. »Wir können doch nicht aufgeben, wenn wir schon so dicht dran sind!«

Pigasus legte ihm den Huf auf die Schulter. »Wir haben so tief gegraben, wie wir konnten. Finde dich damit ab: Pedros Karte führt nicht zur silbernen Eichel, Pedros Karte führt zu Pedros Schatz.«

»Und wo ist die Eichel dann?«

Herkules sprang wieder auf Hugos Schulter. »Vielleicht hat Pedro sie doch mitgenommen.«

Hugo wollte und konnte sich nicht mit dem abfinden, was ihm seine Freunde nahelegen wollten. Da hörte man es auf einmal schnauben und eine Gestankwolke wehte heran. Hugo ahnte, noch ehe er aufsah, was er erblicken würde.

Aus kaum hundert Metern Entfernung kam ein Büffeloger auf sie zugaloppiert. Seine Augen funkelten mordlustig.

42. Kapitel

Hugo und Pigasus sprangen auf und duckten sich hinter den Baum.

»Was nun?«, raunte Pigasus.

»Ist doch egal«, erwiderte Hugo resigniert. »Onkel Walter und Snowdon sind wahrscheinlich längst aufgefressen. Unsere einzige Waffe ist dein Bogen, der, um ehrlich zu sein, unberechenbar ist. Nimm's mir nicht übel.«

»Ach wo!«, erwiderte Pigasus. »Aber wir sind noch nicht am Ende. Büffeloger sind zwar grausame, gnadenlose Jäger, aber es sind Herdentiere. Sie fressen ihre Beute erst, wenn alle dabei sind.«

»Du meinst, sie fangen nicht eher mit ihrem Halbmond-Festschmaus an, bis unser Freund hier zur Herde zurückgekehrt ist?«

»Richtig. Solange wir den Burschen beschäftigen, bleibt Snowdon und deinem Onkel eine Gnadenfrist. Sie sind zwar weiterhin in einem verzwickten unterirdischen Labyrinth eingesperrt, aber immerhin bleiben sie noch eine Weile am Leben.«

Man sah schon den Dampf aus der Nüster des Büffelogers quellen.

»Und wieder einmal sieht es aus, als läge unsere Rettung in luftiger Höhe. Steigt auf.«

Hugo gehorchte und Pigasus flatterte drauflos. Die Schweinehufe hoben ruckelnd ab.

»Das nützt doch auch nichts mehr. Du bist doch schon viel zu erschöpft«, wandte Hugo ein.

»Wir fliegen ja auch nicht weg«, lautete Pigasus' Erwiderung, »wir fliegen bloß hoch.«

Pigasus flog mit Hugo und Herkules ins schützende Blattwerk des Baumes empor und landete schwer atmend auf einem kräftigen Ast. Unten stand der Büffeloger und glotzte begriffsstutzig zu ihnen hoch.

»Na, Kleiner?«, ärgerte ihn Herkules. »Sag bloß, du kannst nicht klettern.«

Der Büffeloger legte die Pranken an den Stamm und heftete den milchigen Blick auf Hugo und Pigasus. Dann kletterte er los, den Bauch fest an den Stamm gedrückt. Er war geschmeidig wie eine Eidechse und sein Schwanz wand sich hinter ihm her.

»Huch, anscheinend kann er doch klettern«, stellte Herkules fest. »Und sogar ziemlich flink.«

43. Kapitel

Los, kletter höher!«, rief Pigasus und schob Hugo auf den nächsten Ast.

Hugo kletterte, so schnell er konnte, von Ast zu Ast. Je höher er kam, desto dünner wurden die Äste. Schon bogen sie sich unter seinem Gewicht.

»Mit meiner kräftigen Statur bin ich offenbar doch ein bisschen zu schwer für diese zarten Zweiglein«, meinte Herkules.

»Friss in Zukunft nicht so viele Marmeladenbeeren«, japste Hugo. Da stieß Pigasus unter ihm einen markerschütternden Schrei aus. Als Hugo zwischen seinen Füßen durchschaute, sah er, dass der Büffeloger seinen Freund eingeholt hatte und ihn von seinem Ast zerrte. Pigasus riss angstvoll die Augen auf.

»Klettert höher!«, brüllte er.

Hugo überlegte fieberhaft. Ihm gingen hundert Gedanken gleichzeitig durch Kopf. Er dachte an all jene, die er nie wiedersehen würde. Er dachte an Onkel Walter, an Pigasus, an Snowdon und Delfina. An Pedros rätselhafte Karte.

»Ich kann mir nicht vorstellen, dass sich Pedros Karte bloß auf seine Schätze bezieht. Sonst hätte er doch keine Eichel eingezeichnet«, überlegte er laut.

Herkules quiekte erschrocken. Der Büffeloger stand wieder auf festem Boden. Er hielt Pigasus mit dem gewaltigen Schwanz fest, stemmte die Schulter gegen den Stamm und fing an, den Baum zu schütteln.

Hugo fiel wieder ein, wie Pigasus eines Abends im Schlupfwinkel Marmeladenbeeren vom Baum geschüttelt hatte. Hugo hatte die Kerne nicht zerbeißen können und sie vergraben, um Pigasus nicht zu kränken. Am nächsten Morgen waren daraus zwei ansehnliche Schösslinge gesprossen. Wenn nun alle Pflanzen auf der Insel so schnell wuchsen?

Hugos Ast kam derart ins Schwanken, dass er abrutschte und sich nur noch mit den Händen festhielt. Er schlang die Beine verzweifelt um den Ast, dabei versuchte er, seine Überlegung weiterzuspinnen.

Wenn Pedro die Eichel nun bei den anderen Schätzen vergraben hatte? Hätte sie in dem fruchtbaren Boden gekeimt? Snowdon hatte erzählt, dass in den letzten beiden Jahren unwetterartige Regenfälle auf die Insel niedergegangen waren. Damit hätte die Eichel genug Wasser bekommen. Angenommen, die Eichel hatte tatsächlich ausgetrieben – dann musste aus ihr längst ein Baum geworden sein. Hugo betrachtete das Laub um sich her.

»Du, Herkules, auf was für einem Baum sitzen wir eigentlich?«

»Ich bin grade nicht in Stimmung für ein Naturquiz.«

»Sag's mir einfach.«

Herkules warf einen flüchtigen Blick auf die gewellten Blattränder.

»Das ist doch kinderleicht. Das ist eine Eiche.«

Delfina hatte Hugo erzählt, dass die silberne Eichel einst am

Baum der Hoffnung gehangen hatte – einer gewaltigen Eiche mit einer einzigen silbernen Frucht.

Hugo schöpfte wieder Zuversicht. Konnte es sein, dass ein neuer Baum der Hoffnung aus der Eichel gesprossen war? Wenn ja, musste der Baum seinerseits eine silberne Frucht hervorgebracht haben!

Noah Langs Worte gingen ihm durch den Kopf:

Bin ich als eurer Orakel verschwunden,
Ist die Silbereichel bald gefunden.

Hugo spähte suchend ins Geäst. Da sah er etwas blinken.

Die Frucht hing dicht über seinem Kopf am Ende eines üppig verzweigten Astes und war halb von Blättern verdeckt. Hugo griff nach oben …

… und hielt die silberne Eichel in der Hand.

44. Kapitel

Der Baum wackelt ja gar nicht mehr«, stellte Herkules fest.

»Wollt ihr beiden die ganze Nacht da oben sitzen bleiben?« Das war Pigasus. »Ich könnte eine ordentliche Portion gestampfte Kartoffeln und ein paar Matschpfirsiche vertragen.«

»Ist die Luft denn rein?«, rief Hugo zu ihm herunter.

»Rein ist gar kein Ausdruck«, antwortete Pigasus. »Du bist ein Held, Hugo.«

Hugo spähte nach unten. Der Büffeloger graste ganz in der Nähe. Seine Hörner waren glatt und sanft geschwungen, seine Augen schokoladenbraun. Er beachtete Hugo gar nicht, als der Junge mit freudig zitternden Händen vom Baum kletterte. Pigasus richtete sich auf den Hinterläufen auf und drückte Hugo an seinen borstigen Bauch.

»Wir sind frei!«, jubelte das Flatterschwein. »Du hast uns alle befreit! Ich kann's kaum glauben! Ich bin so glücklich, ich könnte dich küssen!« Und er schlabberte Hugo einmal quer übers Gesicht.

Hugo lachte. »Lass mich los!«

»Zeig mal die Eichel!«, sagte Pigasus neugierig.

Hugo hielt ihm die flache Hand hin und Pigasus pfiff durch die Zähne.

»Willst du sie auch mal nehmen?«, fragte Hugo.

»Lieber nicht. Wenn sich nämlich mein größter Herzenswunsch erfüllt, werden wir unter einem Berg Matschpfirsiche begraben!«

»Du bist der Retter der Insel!«, sagte Herkules und gab Hugo einen feuchten Schmatz auf die Wange.

Aber Hugo war mit den Gedanken woanders. »Was ist mit Onkel Walter? Wir müssen ihn aus dem unterirdischen Labyrinth befreien.«

»Ich könnte mir denken, dass sich Snowdon darum kümmert«, erwiderte Pigasus.

»Aber Snowdon hat doch sein Schwert fallen lassen und sich ergeben.«

»Bist du sicher? Oder hat er vielleicht nur so getan?«

Hugo zuckte die Achseln. »Wozu das denn?«

»Wart's ab!«, entgegnete Pigasus augenzwinkernd.

45. Kapitel

Seht mal da!«, rief Pigasus. Sie hatten schon den halben Weg zu der Stelle am Fluss zurückgelegt, wo sie Delfina zurückgelassen hatten, da kam ihnen eine schwerfällige Gestalt entgegen. Erst als sie näher heran war, erkannte Hugo Snowdon. Er ging gemächlich und trug etwas auf dem Rücken. Nein, er hatte jemanden huckepack genommen.

»Onkel Walter!« Hugo rannte los.

Snowdon kniete sich hin, und Onkel Walter rutschte von seinem breiten Rücken, um seinen Neffen zu begrüßen. Hugo warf sich ihm in die Arme und hätte ihn dabei beinahe umgeschmissen.

»Das ist ja eine Freude!«, sagte Walter lachend. »Wie geht's meinem Lieblingsneffen?«

Hugo brachte anfangs keinen Ton heraus. Sein Onkel war ganz schmal und blass, aber Hugo war einfach nur überglücklich, dass er noch lebte. »Ich dachte schon, ich seh dich nie wieder!«, schluchzte er. »Erst war da der schreckliche Skavagor, dann der Hedderwald, dann die Vampirkäfer und die fleischfressenden Wasserschnecken und dann auch noch die Rätsel und …«

»Ich weiß, ich weiß«, beschwichtigte ihn Walter und drückte Hugo fest an sich. »Du hast mir das Leben gerettet. Snowdon hat mir schon alles erzählt. Und anscheinend ist es dir nebenbei gelungen, die ganze Insel zu kartografieren!«

»Wie habt ihr wieder aus dem Labyrinth herausgefunden?«, fragte Hugo. »Ich dachte, darin verirrt man sich rettungslos.«

»Offen gestanden dachte ich dasselbe«, erwiderte Walter sachlich. »Als mich die Büffeloger in den Berg verschleppten, hatte ich keine Ahnung, was mir bevorsteht, aber mir war klar, dass ich allein nie mehr herausfinden würde. Dann machten die Untiere Feuer, und ich begriff, dass sie mich demnächst fressen wollten, ich wusste nur nicht, wann. Als Snowdon hereingeschleift wurde, kam es mir schon vor, als hätte ich eine Ewigkeit in meinem Verlies geschmachtet, doch dann schien es auf einmal so weit zu sein, dass der Festschmaus losgehen konnte. Snowdon raunte mir zu, ich solle mich nicht fürchten, aber als mich eine der Bestien ans Feuer schleppte, bekam ich es schon ein wenig mit der Angst zu tun. Das Feuer brannte unerträglich heiß und ich spürte schon die ersten Brandblasen. Als mir die Flammen dann auch noch den Schnurrbart versengten, ergab ich mich in mein Schicksal. Doch da wurden die Büffeloger mit einem Mal, ohne dass irgendetwas vorgefallen war, lammfromm. Sie hatten alles Interesse daran verloren, mich zu braten, sondern wanderten gemächlich auf allen vieren umher und knabberten hier und da an einem Grasbüschel. Snowdon hat gleich begriffen, dass du die silberne Eichel gefunden hattest, Hugo. Er nahm mich huckepack und brachte mich hierher.«

Hugo strahlte seinen Onkel an. Dann sah er zu Snowdon hinüber. »Wie hast du denn aus dem Labyrinth herausgefunden?«, fragte er misstrauisch. »Ich dachte, du hättest dich ergeben.«

»Ich bin den Spuren gefolgt, die ich auf dem Weg hinein hinterlassen hatte.«

»Und wie konntest du Spuren hinterlassen, ohne dass die Büffeloger etwas merkten?«

»Ich habe stark geblutet. Ich wusste, dass ich eine Blutspur hinterlasse, wenn mich die Büffeloger in ihren Bau schleppen, darum habe ich mich zum Schein ergeben.«

Hugo wurde ein bisschen verlegen. »Und ich dachte schon, du willst aufgeben, und war stinksauer auf dich. Ich nehme alles zurück!«

»Ist schon gut«, erwiderte Snowdon freundlich. »Es war ein Missverständnis, so etwas kommt vor.«

Weiter bergauf ertönte ein Jubelschrei. Als sie sich umdrehten, sahen sie ein junges Mammut den Hang herunterpreschen. Es fuchtelte freudig mit dem Rüssel. Snowdon lächelte und winkte ihm.

»Ich bin so was von erledigt!«, ächzte Herkules. »Ungeheuer aus dem Weg räumen und Rätsel lösen ist furchtbar anstrengend. Was dagegen, wenn ich mich in deiner Tasche zusammenrolle, Hugo?«

»Aber bitte sehr!« Hugo hielt seine Tasche auf.

»Du blutest immer noch ganz schön doll, Snowdon«, stellte Walter fest.

»Lasst uns am besten schnell in den Schlupfwinkel zurückkehren«, meinte Pigasus.

»Macht euch um mich keine Sorgen. Ich erhole mich wieder«, wehrte Snowdon ab.

»Wer hat behauptet, dass ich mir Sorgen um dich mache?«, gab Pigasus zurück. »Ich will zum Frühstück wieder zu Hause sein! Ich bin halb verhungert!«

Delfina erwartete sie am Boot. Sie hatte beide faulen Eier verbraucht, um sich der Wasserschnecken zu erwehren. Gerade als Hugo die silberne Eichel gefunden hatte, waren die Schnecken ein drittes Mal angekommen.

»Da haben sie plötzlich kehrtgemacht und sind ganz friedlich davongekrochen«, berichtete Delfina. »Ich habe mir gleich gedacht, dass du die Eichel gefunden hast. Ich habe immer gewusst, dass es dir gelingt.«

Sie stiegen ins Boot und Snowdon ruderte sie über den Fluss. Sogar der Hedderwald wirkte nicht mehr so bedrohlich. Das Dickicht schien gelichtet, Mondschein schimmerte durchs Blätterdach, im Unterholz sprossen die buntesten Blumen. Hugo ging dicht an zwei Vampirkäfern vorbei, doch die achteten gar nicht auf ihn. Sie hielten einen Festschmaus ab – auf der Speisekarte stand ein Ginsterbusch. Hoch am Himmel sah Hugo einen Skavagor träge über den Wipfeln kreisen. »Endlich frei, endlich frei!«, krächzte der Rattenvogel. Bald hatten sie den Wald durchquert und waren zum Schlupfwinkel unterwegs.

Den nächsten Morgen beging die Truppe mit einem Frühstücksgelage aus gebratenem Aal und zerstampften Kartoffeln. Zum Nachtisch gab es Pfirsiche und Marmeladenbeeren. Alle aßen, bis sie schier platzten.

Hugo sah in die Runde und ihm wurde ganz warm ums Herz. Er konnte sich keinen ungewöhnlicheren Haufen merkwürdiger Persönlichkeiten vorstellen – und keine besseren Freunde.

»Hast du dich schon entschieden, was du mit der Eichel anfangen willst?« Kramer wischte sich die Mäuler.

»Es steht dir offiziell zu, als Fürst Hugo über die Insel zu herrschen«, sagte Pigasus.

Hugo schaute fragend zu Walter hinüber.

»Das musst du entscheiden, Hugo«, sagte Walter.

Hugo ergriff das Wort. »Euer Angebot ehrt mich. Aber auch wenn ihr mir alle schrecklich fehlen werdet, ich kann nicht hierbleiben. Es gibt noch so viele spannende Orte, die der Entdeckung harren, und Länder, die ich kartografieren will. Auf mich warten noch viele, viele Abenteuer und ich bin gerade erst auf den Geschmack gekommen.«

»Der Himmel steh uns bei!« Walters Augen funkelten belustigt.

»Das können wir gut nachvollziehen«, erwiderte Delfina. »Ihr werdet uns auch fehlen.«

»Natürlich kann ich die silberne Eichel nicht mitnehmen«, fort Hugo fort. »Deshalb würde ich sie gern Snowdon vermachen. Er soll künftig über eure Insel herrschen. Er ist rechtschaffen und tapfer, gerade wie sein Vater, Fürst Erebus.«

Snowdon fragte erstaunt: »Woher weißt du das?«

»Du hast seine Körperkräfte und seinen Kampfgeist geerbt. Abgesehen davon steht sein Name auf dem Schwert, das du mir gebracht hast.«

Snowdon warf den Kopf in den Nacken und prustete donnernd los.

»Stimmt das, Snowdon?«, fragte Delfina. »Warum hast du uns das nie erzählt?«

»Ich habe wohl nicht angenommen, dass ich würdig bin, Fürst zu werden«, entgegnete Snowdon verlegen. »Außerdem wollte ich nicht bevorzugt behandelt werden, nur weil ich Erebus' Sohn bin.«

Delfina widersprach lächelnd: »Dein Vater wäre stolz auf dich.«

»Das sehe ich genauso«, stimmte ihr Pigasus zu. Er kämpfte mit den Tränen und schnaubte, um seine Rührung zu überspielen. »Du hast bewiesen, dass du ein würdiger Thronfolger bist.«

Delfina befestigte die Eichel an einem Lederband und hängte sie Snowdon um.

»Hiermit ernenne ich dich zum Fürsten!«, verkündete sie feierlich, und alle jubelten ihrem neuen Oberhaupt zu.

Während die anderen feierten, kam Pigasus zu Hugo herüber.

»Ach, mein lieber Junge, das Leben hier wird ohne dich nicht mehr dasselbe sein«, sagte er leise.

»Du wirst mir auch fehlen.«

»Wer hat denn was von Fehlen gesagt?«, entgegnete Pigasus lachend und stupste Hugo spielerisch mit der Schnauze. »Ich freu mich schon drauf, mich von den ganzen Abenteuern zu erholen!«

»Vielleicht begegnen wir uns ja mal wieder.« Hugo kraulte seinen Freund hinterm Ohr.

»Klar doch, so wahr Flatterschweine fliegen können! Pass auf dich auf, Hugo. Und noch mal vielen Dank für alles.«

Snowdon wandte sich an Hugo und Walter: »Es ist wirklich sehr schade, dass ihr gehen müsst. Ich möchte euch übrigens bitten, niemandem von unserer Insel zu erzählen.«

»Da mach dir mal keine Gedanken«, gab Walter zurück. »Ich habe mir schon überlegt, wie wir dafür sorgen können, dass ihr ungestört bleibt.«

46. Kapitel

Vor ihnen im Nebel ragte verschwommen der Rumpf der *El Tonto Perdido* auf. Walter legte sich mit aller Macht in die Riemen.

Hugo brüllte: »Hilfe, Hilfe!«

Als ihn die Matrosen hörten, waren sie gerade dabei, sich in der Sonne zu aalen und sich zu besaufen. Ein, zwei Männer schwankten ans Heck, um zu sehen, was los war, Rupert kam aus seiner Kajüte geeilt und zog sein Fernrohr aus. Doch inzwischen waren Hugo und Walter schon zu nah heran und Rupert erkannte nur verwaschenes Blau. Er schob das Fernrohr wieder zusammen und legte theatralisch die Hand über die Augen, um zu demonstrieren, wie angestrengt er Ausschau hielt.

Als die Matrosen über die Reling blickten, waren sie sprachlos. Hugo und Walter wurden in ihrem Ruderboot von einem gräulichen Untier verfolgt. Das Untier war lang und glitschig, hatte einen hubbeligen Rücken und ein fürchterliches Gebiss. Als es näher herangeschwommen war, erkannten die Männer, dass es sich um ein zweiköpfiges Krokodil handelte.

»Ein Seeungeheuer!«, quietschte Rupert und versteckte sich hinter Rockford.

»Werft die Strickleiter aus«, rief Walter. »Da kommen noch mehr!«

»Erst zeigt ihr mal vor, was ihr mir mitgebracht habt!«, erwiderte Rupert mit verängstigter Kieksstimme. »Warum sollte ich sonst riskieren, dass lauter Krokodile an Bord kommen und uns allesamt fressen?«

»Wir haben Ihnen eine Karte Ihrer Entdeckung angefertigt«, verkündete Hugo. »Damit werden Sie ganz bestimmt reich und berühmt.«

»Worauf warten Sie noch, Matrose WieimmerSieheißen?«, blaffte Rupert. »Werfen Sie den beiden endlich die verflixte Strickleiter zu!«

Hawkeye ließ die Strickleiter herunter, Hugo und Walter kletterten hinauf, sprangen an Deck und machten möglichst verstörte Gesichter. Ein paar Matrosen scharten sich um sie und wollten hören, was sie zu berichten hatten.

Walter überreichte dem Admiral ein Blatt Papier.

»Die Karte Ihrer Insel.«

Es war eine erfundene Karte, die Walter am selben Vormittag angefertigt hatte. Darauf waren weder die silberne Eichel noch der Baum der Hoffnung eingetragen und ebenso wenig der Hedderwald. Rechts unten hatte Walter die Koordinaten des Eilands verzeichnet. Sollte irgendwer versuchen, mit Hilfe dieser Koordinaten dorthin zurückzukehren, käme er fünfhundert Seemeilen von Fürst Snowdons Reich entfernt heraus.

Hugo hatte seine eigene Karte der Insel fertiggestellt und den halbrunden Eingang zum Labyrinth der Büffeloger mit einem kleinen dreifach gehörnten Ungeheuer bezeichnet. Entsprechend hatte er die kleinere Höhle, wo ihnen Noah Lang seinen letzten Rat erteilt hatte, mit einer Karikatur des Orakels markiert. Auf seiner Karte waren inzwischen auch die drei kegelförmigen Berge eingetragen, die drei dreieckige Schatten in Richtung Fluss warfen. Er hatte auch den Baum der Hoffnung eingezeichnet, der an der Spitze des längsten Schattens wuchs, der wiederum beinahe bis an die hufeisenförmige Flussbiegung reichte. Unter den Baum hatte Hugo ein paar Goldstücke gemalt und an einen Ast die silberne Eichel. Dann hatte er die Karte wieder in sein Notizbuch gesteckt und ganz unten in seinem Tornister vergraben.

»Da ist ja gar nichts drauf!«, stellte Rupert enttäuscht fest.

»Auf Ihrer Insel ist ja auch so gut wie nichts drauf«, erwiderte Hugo.

»Woher sollen wir wissen, dass ihr beide uns nichts verheimlicht?«, fragte Oliver Muddel argwöhnisch.

»Du kannst gern rüberrudern und nachsehen«, entgegnete Walter. »Unterwegs muss man sich zwar mit ganzen Schwärmen zweiköpfiger Krokodile herumschlagen, aber das kann einen wackeren Seemann wie dich ja bestimmt nicht erschüttern.«

Daraufhin beschloss Matrose Muddel, Walter doch zu glauben. Genau genommen war sich im Nu die ganze Mannschaft darüber einig, dass es auf der Insel nichts Spannendes zu sehen gebe. Jedenfalls war es ganz gewiss nicht nötig, hinzurudern und sich selbst davon zu überzeugen.

Rupert war unglücklich. »Ich kann doch unmöglich nach England zurücksegeln und dem König verkünden, dass ich eine Insel entdeckt habe, auf der nichts Spannendes los ist!«

»Sie können dem König doch von dem zweiköpfigen Krokodil erzählen«, regte Bandit an.

»Schon«, meinte Walter, »aber dann wundert sich der König wahrscheinlich, warum Sie es nicht gefangen und ihm mitgebracht haben.«

Das ließen die Matrosen eine Weile auf sich wirken. Doch wie Walter erwartet hatte, meldete sich niemand freiwillig zur Krokodiljagd.

Da wurde Rupert wütend. Er lief puterrot an, dicke Zornesadern schwollen an seinem Hals. »Ich fass es nicht! Was ist das für eine Insel, auf der nichts los ist? Und wo ist überhaupt meine Kokosnuss? Ich habe euch doch aufgetragen, mir irgendetwas in der Art mitzubringen!«

»Ach richtig!« Hugo kramte in seinem Tornister. »Etwas Kokosnussähnliches konnten wir nicht auftreiben, dafür habe ich Ihnen die hier mitgebracht.«

Rupert betrachtete das, was Hugo in die Höhe hielt. Es war faustgroß, braun, rundlich und erdverkrustet. »Was ist das?«

»Das ist eine Kartoffel. Man kann sie backen oder kochen und anschließend zerstampfen und essen.«

Rupert nahm die Kartoffel und besah sie sich von allen Seiten.

»Glaubt ihr allen Ernstes, dass ich dem König von England diese abstoßende, mit violettem Dreck verkrustete Knolle offeriere und ihn auffordere, davon zu kosten? Der lässt mich doch köpfen und vierteilen!« Wutschnaubend warf Rupert die Kartoffel über die Schulter. Sie flog über die Reling und plumpste ins Wasser.

Anschließend erklomm Rupert das Achterdeck, um eine kleine Ansprache zu halten.

»Aufgepasst, Leute! Auf der Insel ist nichts los. Der Proviant wird knapp und wir müssen die Heimfahrt antreten.« Er wies auf den Horizont. »Wir haben zwar nichts Nennenswertes entdeckt, aber lasst uns diese Reise keinesfalls als Fehlschlag verbuchen, sondern lieber als fruchtlose Übung. Oder meinetwegen auch als Zeitverschwendung.«

Die Matrosen sahen einander verständnislos an. Admiral Lilywhite spürte, dass er nicht ganz den rechten Ton getroffen hatte.

»Was ich sagen will«, nahm er noch einmal Anlauf, »ist Folgendes: Ihr seid alle brave Matrosen, sogar Sie, Muddel. Wir haben uns als Truppe zusammengerauft und die alberne Geschichte mit der Meuterei bewältigt. Ich für meinen Teil bin stolz drauf, sagen zu können, dass ihr mir unterstellt seid. Soll heißen, dass ich euch überlegen bin. Soll heißen, ich bin sehr stolz drauf, dass ihr meine Mannschaft seid.«

Das musste jetzt aber genügen.

Hawkeye kletterte in die Takelage und Rockford holte den Anker ein.

Hugo und Walter standen im Heck des Schiffes. Kramer winkte ihnen vom Meer aus zu und verzog die Mäuler zu einem breiten, zähnestarrenden Grinsen.

Hugo vergrub die Hände in den Taschen und streifte etwas Warmes, Flauschiges. Er kitzelte es, und Herkules lugte heraus.

»O je, Herkules!«, flüsterte Hugo. »Ich hatte ganz vergessen, dass du noch da drin bist.«

»Ich hab bloß ein Nickerchen gemacht.« Herkules sah sich blinzelnd um. »Das ist also das Schiff, von dem ich schon so viel gehört habe?«

»Wir haben soeben Segel gesetzt und sind auf der Heimfahrt nach England.«

»Nach England!«

»Schon klar, dass du jetzt sauer bist, aber wir kriegen das schon irgendwie geregelt …«

»Sauer? Wer ist hier sauer? Schließlich gibt es noch so viele spannende Orte, die der Entdeckung harren. Pigasus und die anderen werden mir zwar fehlen, aber dieses Abenteuer würde ich um nichts in der Welt verpassen wollen!«

»Du willst also nicht auf die Insel zurück?«

»Wenn es dir nichts ausmacht, würde ich dich lieber begleiten.«

Hugo lächelte verschmitzt. »Dann mal herein in die gute Stube!«

Hugo, Walter und Herkules sahen zu, wie die Nebelwand um die Insel immer kleiner wurde. Die Wellen schlugen plätschernd an den Schiffsrumpf. Es war warm und die Luft schmeckte nach Salz.

»Glaubst du, dass irgendwann jemand anders die Insel entdeckt, Onkel Walter?«, fragte Hugo.

»Eher nicht. Jedenfalls frühestens in vielen hundert Jahren.«

»Und glaubst du, dass wir noch mehr Entdeckungsreisen unternehmen?«

»Das nehme ich doch schwer an. Aber nur, wenn du mir eins versprichst, Hugo. Bei unserem nächsten Abenteuer gehst du bitte allen Gefahren aus dem Weg.«

»Einverstanden!« Hugo grinste zahnlückig. »Ich werd mir jedenfalls Mühe geben.«

Rob Stevens

ist Pilot bei British Airways. Er ist verheiratet und hat zwei Kinder. Seine Bücher schreibt er meistens, wenn er beruflich unterwegs ist. In den Hotelzimmern findet er alles, was er zum Schreiben braucht: Ruhe, Papier und Gratis-Kugelschreiber.

Perdido

Das Amulett des Kartenmachers

ist der erste Band,
der von Hugos Abenteuern berichtet.

Der zweite Band folgt in Kürze.

Katherine Marsh

Jack Perdu

und das Reich der Schatten

256 Seiten ISBN 978-3-414-82084-6

Als der 14-jährige Jack Perdu von einem Auto angefahren wird, nimmt sein Leben eine dramatische Wendung. Zwar bleibt er unverletzt. Trotzdem schickt sein Vater ihn zu einem Arzt nach New York. Dort lernt Jack das Mädchen Euri kennen. Sie zeigt ihm unterirdische Geheimgänge und verlassene U-Bahn-Schächte. Er ist in der Geisterwelt New Yorks gelandet!

Eine moderne Version von »Orpheus und Eurydike«, ausgezeichnet mit dem Edgar Allen Poe Award.

»Geistreich und warmherzig.« *Chicago Tribune*